QUAND LES LUMIÈRES S'ÉTEIGNENT

Fille aînée de Thomas Mann, Erika Mann est née en 1905 à Munich. Femme de lettres, comédienne et chanteuse, elle quitte l'Allemagne avec son frère Klaus dès l'arrivée d'Hitler au pouvoir. Exilée en Suisse puis en Amérique, elle deviendra correspondante de guerre durant la Seconde Guerre mondiale. Erika Mann est décédée à Zurich en 1969.

ERIKA MANN

Quand les lumières s'éteignent

TRADUIT DE L'ALLEMAND ET PRÉFACÉ PAR DANIELLE RISTERUCCI-ROUDNICKY

Postface d'Irmela von der Lühe

GRASSET

Titres originaux :

THE LIGHTS GO DOWN
et
WENN DIE LICHTER AUSGEHEN

Le texte original en langue allemande est aujourd'hui perdu.
La traduction américaine, faite à partir du texte allemand original, par Maurice Samuel avec le soutien d'Erika et Klaus Mann, est parue en 1940 sous le titre *The Lights Go Down* avec des illustrations de John O'Hara Cosgrave, II, chez Farrar & Rinehart, Inc., New York / Toronto et chez Secker and Warburg, Londres.
La traduction espagnole, faite à partir de la version américaine par C. A. Jordana, est parue en 1942 sous le titre *Las Luces Se Apagan* aux Éditions Ercilla, Santiago du Chili avant d'être republiée en 2009 aux Éditions Destino, Barcelone, sous le titre *Cuando las luces se apagan*.
La traduction allemande, faite à partir de la version américaine par Ernst-Georg Richter est parue en 2005 sous le titre *Wenn die Lichter ausgehen. Geschichten aus dem Dritten Reich* chez Rowohlt, Reinbek bei Hamburg.
Une première version française partielle, sans nom de traducteur, est parue de 1939 à 1943 sous le titre *Ténèbres sur l'Allemagne* dans *The Civil and Military Gazette* de Lahore.
La nouvelle traduction française a été faite à partir de la version allemande au miroir des traductions américaine et espagnole par Danielle Risterucci-Roudnicky.

Illustrations de John O'Hara Cosgrave, II, tirées de l'édition originale. Publiées avec la permission de Rowohlt Verlag GmbH.

ISBN : 978-2-253-16931-4 – 1re publication LGF

Préface
à la nouvelle traduction française

Habent sua fata libelli
(Les livres ont leur destin)
Terentianus MAURUS

La « saga Mann » compte tellement de personnalités célèbres qu'entre la fratrie des pères et celle des fils, le lecteur hésite parfois sur le lien de parenté de l'un ou l'autre avec le grand homme, Thomas Mann, époux de Katia, frère de Heinrich, père d'Erika, Klaus, Monika, Golo, Elisabeth, Michael, et grand-père de plusieurs petits-enfants dont Frido, le préféré. Grâce à Irmela von der Lühe et Uwe Naumann, les œuvres de Klaus et d'Erika Mann – certaines inédites ou n'existant qu'en langue anglaise et traduites ou retraduites en allemand – sont rassemblées, commentées et publiées chez l'éditeur allemand Rowohlt, avec une belle régularité leur assurant la postérité qu'elles méritent.

L'histoire de la famille Mann est indissolublement liée à celle de l'Allemagne du XXe siècle par le premier conflit mondial, la République de Weimar, le nazisme, la partition des deux États allemands. Dans les années 1930, l'exil a ouvert un chapitre nouveau dans la destinée de toute la famille, et chacun des membres du clan s'est révélé à lui-même. Erika et Klaus, unis dans une même lucidité sans faille, ont compris tôt la menace que représentait le nazisme pour la liberté et la démocratie, et sont parvenus à convaincre leurs parents d'abord, et leurs grands-parents Pringsheim plus tard, de quitter l'Allemagne à temps. Pour Klaus et Erika, déchus de la nationalité allemande, l'émigration dès 1933 fut d'abord la fuite pour vivre (*Escape to Life*[1]), mais aussi le combat contre la dictature, porté ailleurs, sous des formes variées. Ainsi Erika Mann transplante-t-elle le *Pfeffermühle,* son célèbre cabaret, d'Allemagne en Suisse, puis de Suisse aux États-Unis où il ne parvint pas à atteindre le public espéré. Klaus et Erika s'adaptent à une autre langue, Klaus n'écrira plus qu'en anglais après le 29 août 1939, Erika en anglais et en allemand. Elle sillonnera les États-Unis pour de très nombreuses conférences sur l'Allemagne, publiera divers articles sur les dangers des totalitarismes et couvrira la guerre d'Espagne avec son frère pour un journal new-yorkais. Pendant la Seconde Guerre mondiale, correspondante de journaux américains, canadiens et anglais, elle travaillera pour la BBC à Londres, et pour l'armée américaine dans plusieurs pays.

Convaincue que l'écriture peut agir sur le monde,

---

1. Erika et Klaus Mann, *Fuir pour vivre. La culture allemande en exil* (*Escape to Life*, 1938), traduit par Dominique Miermont, Paris, éd. Autrement, 1997.

Erika Mann, qui ne se pensait pas écrivain, devient une auteure engagée. C'est ainsi qu'elle publie un livre essentiel, fondé sur une grande collecte de documents, et, selon le propos de Thomas Mann qui en écrit la préface, « l'objet est abominable ; il parle d'une manière informée, fondée, de l'éducation dans l'Allemagne nazie, de ce que le national-socialisme entend par éducation[1] ». Dans sa biographie de l'auteure allemande, Irmela von der Lühe décrit ainsi cette période :

> Erika Mann avait changé : la cabarettiste était devenue une oratrice politique. La parodie de Hitler laissait la place à la documentation, le persiflage à l'information authentique. L'Allemagne de Hitler était elle-même une caricature. Le quotidien du Troisième Reich démentait l'idéologie national-socialiste. Les pacifiques festivals mondiaux de la Jeunesse au stade olympique de Berlin dissimulaient mal la politique d'armement et d'incitation à la guerre[2].

Entre les lignes que Klaus et Erika Mann ont écrites et leur vie, il y eut toujours une continuité éthique : ils voulaient témoigner et se faire entendre, non pas des émigrés, mais du public étranger afin de combattre son ignorance ou son indifférence. Ce qui leur importait, c'était de montrer que le combat contre le nazisme n'était pas seulement celui des émi-

---

1. Thomas Mann, Préface à Erika Mann, *Dix millions d'enfants nazis*, Paris, Tallandier, 1988, p. 8, traduit de l'allemand par E. et R. Wintzen et D. Luquet.

2. Irmela von der Lühe, *Erika Mann. Eine Lebensgeschichte*, Hambourg, Rowohlt, coll. Rororo, 2009, p. 177-178.

grés contre l'Allemagne de Hitler, mais celui de tous les hommes qui refusent l'avilissement de la force inique et de l'arbitraire criminel. Pour ne pas commettre les mêmes erreurs, pour ne pas constater un jour, comme le professeur Scherbach, l'un des personnages de *Quand les lumières s'éteignent* : « Il avait glissé dans le piège des nazis et il ne savait pas vraiment comment. Avait-il sous-estimé la révolution ? Ne l'avait-il pas prise suffisamment au sérieux ? Ou bien avait-il tout simplement tenu pour impossible qu'elle pût pénétrer de façon si destructrice dans la sphère privée d'un excellent professeur ? Cette hypothèse était probablement la bonne. » Dans le même esprit que son ami Sinclair Lewis qui publie *It Can't Happen Here*[1], Erika écrira « Don't make the same mistake[2] ». Mais il faudra attendre 1942 et Pearl Harbour pour que les Américains se sentent concernés par ce combat.

Pourquoi retraduire ?

Une petite ville allemande du sud de l'Allemagne, dans les années 1930. Un touriste américain, tel le Persan de Montesquieu, curieux de ce pays qu'il idéalise, découvre peu à peu le vrai visage d'une société atteinte du mal pernicieux du nazisme. Le narrateur omniscient, doué de pouvoirs que n'a pas l'Américain, joue les Cazotte pour le lecteur, en soulevant le toit

---

1. Sinclair Lewis, *It Can't Happen Here* (1935), New York, New American Library, 2005.
2. Erika Mann, « Don't make the same mistake » (« Ne commettez pas la même erreur »), in *Zero Hour*, New York, Toronto, Farrar & Rinhart, 1940, p. 13-76.

des maisons, en entrant dans tous les milieux et en pénétrant dans les vies, les esprits et les cœurs des habitants. Ainsi pourrait-on très brièvement résumer le livre d'Erika Mann, *The Lights Go Down* (1940), *Las Luces Se Apagan* (1942), *Ténèbres sur l'Allemagne* (1939-1943), *Wenn die Lichter ausgehen* (2005), *Quand les lumières s'éteignent* (2010). Écrite en exil, l'œuvre, sous sa profusion de titres babéliens, est elle-même en exil de sa langue et de son auteure. En effet, perdu peut-être à jamais, l'original allemand n'existe plus maintenant qu'à travers les voix de ses traducteurs américain, espagnol, français, et… allemand, variations sur un original en filigrane. Dans cette configuration atypique, la traduction américaine, effectuée par Maurice Samuel, ami d'Erika et Klaus Mann, acquiert un statut de « traduction originale ».

Œuvre engagée dans un combat contemporain, *The Lights Go Down* a trouvé à l'époque « ses » traducteurs: deux exilés, le Roumain Maurice Samuel et le Catalan Cèsar August Jordana. Né en 1895 dans une famille d'ouvriers juifs qui émigre en Angleterre en 1900, Maurice Samuel resta toute sa vie attaché au peuple juif auquel il consacra de nombreuses études, comme en témoignent son travail d'interprète lors du traité de Versailles et de la commission Morgenthau, ainsi que son œuvre d'homme de radio, d'homme de lettres et de traducteur du français, de l'hébreu, du yiddish et de l'allemand. Quant à Cèsar August Jordana, né à Barcelone en 1893, il fuit la dictature de Franco, au Chili d'abord, puis en Argentine où il mourra en 1958. Outre des ouvrages sur la langue catalane, le langage administratif et la littérature anglaise, il publia des textes dans différentes revues. En exil, il vécut surtout de ses traductions de Shakespeare, Scott, Stevenson, Dickens, Joyce, Huxley et V. Woolf. Le livre d'Erika Mann trouvait un profond écho dans l'expérience de ces deux exilés engagés dans les conflits totalitaires de leur temps. Traduire, c'était prolonger leur œuvre, leur action et leurs choix.

Quant à la traduction française, publiée sans nom de traducteur, elle paraît de 1939 à 1943 en cinq parties organisées en un ordre différent de celui de la version américaine, sous le titre *Ténèbres sur l'Allemagne*, dans la *Civil and Military Gazette* de Lahore. Il est possible que ce titre et celui du dernier récit « Vers la lumière », aient été inspirés au(x) traducteur(s) par l'œuvre même d'Erika Mann. Dans *Dix millions d'enfants nazis*, l'auteure clôt son chapitre sur « L'école » par ces mots : « Un jour les ténèbres s'éloigneront de nous et, avec un soupir de soulagement, nous nous tournerons vers la lumière qui apparaît enfin ; ce sera la lumière de la connaissance et de la raison définitivement reconquises. » Mais ce titre « français » ne tient pas compte du titre initialement choisi par Erika Mann qui, dans une note liminaire à l'édition américaine, en expose la genèse. Elle avait d'abord songé à *Facts* (« Faits »), justifié par l'origine « factuelle » vérifiable des dix histoires racontées, inaugurant un genre entre réalité et fiction. Elle avait aussi envisagé *Our Nazitown* : outre qu'il est une reprise infléchie du titre de la pièce de théâtre de Thornton Wilder, *Our Town*[1], qu'Erika et Klaus

1. Thornton Wilder, *Our Town. A Play in Three Acts* (1938), Stuttgart, Reclam, 1984.

Mann avaient vue à Boston en 1938, ce titre orientait davantage la lecture vers l'organisation des récits, les dix histoires se déroulant dans le microcosme d'une petite ville. Le titre définitif, *The Lights Go Down*, d'inspiration biblique, met l'accent sur l'un des thèmes phares qui sous-tend les récits de ce recueil, le mot « lumière » appelant le pluriel « Lumières » associé au siècle de la raison : or les dix histoires sont des récits d'absurdité, de folie et de fanatisme, témoignant des excès d'une société que la raison et la foi en Dieu et en l'homme désertent progressivement. Ce dernier titre évoque immanquablement celui du premier roman de Rudyard Kipling – qui fut un collaborateur de la *Civil and Military Gazette* –, *The Light that Failed* (1891). Coïncidence ou intertexte volontaire[1] ?

1. En 1882, Kipling, qui se trouve à Lahore chez ses parents – son père est directeur de l'école des beaux-arts et conservateur du musée local –, se met à travailler pour la *Civil and Military Gazette*, le journal le plus important du Pendjab, dirigé par Stephen Wheeler, et dont il sera le sous-directeur pendant cinq ans. Erika Mann avait-elle rencontré Kipling en France où il s'était rendu en 1936 ? Au cours de ses nombreux reportages en Europe (notamment pour des journaux anglais) avait-elle fait des rencontres qui lui ont permis de contourner la censure en passant par la *Civil and Military Gazette* ? La proximité des titres des deux œuvres est troublante. Elle peut se justifier par le mélange d'histoire (l'expédition du Nil conduite par Lord Wolseley de 1884 à 1885) et de fiction qui les caractérise et la part importante que chaque auteur y a mise de soi. *La lumière qui s'éteint* – qui peut renvoyer à la fin tragique de la deuxième version du roman de Kipling et à la cécité du héros Dick –, pourrait désigner métaphoriquement les dix récits d'aveuglement de *Quand les lumières s'éteignent* d'Erika Mann – sous la forme de l'illusion, du mensonge volontaire, du refus de voir la vérité –, et rejoindrait l'ambition d'Erika Mann, de déciller les yeux du lecteur.

Les cinq parties de la traduction française qui subsistent se trouvent disséminées dans diverses bibliothèques, la Library of Congress, la BNF, et la Bibliothèque d'Augsbourg. L'absence de dates de publication à la BNF – seule hypothèse indiquée: «entre 1940 et 1945» – et la date de 1943 pour la première partie à la Library of Congress pourraient faire penser que la publication en français a suivi la publication américaine de 1940. Cependant, les données bibliographiques de la bibliothèque d'Augsbourg – qui ont été formellement confirmées – infirment cette hypothèse. En effet, la cinquième partie (le chapitre 10 de l'édition américaine) est enregistrée comme parue en français à Paris en 1939, chez l'éditeur Schweiger. Si la date de 1939 est avérée, la traduction française, en tout cas celle du dixième chapitre, serait alors antérieure à la traduction américaine de 1940. Le document consulté, une édition brochée, a l'apparence des autres publications de la *Civil and Military Gazette*. Nos recherches, quant à un éventuel éditeur Schweiger à Paris en 1939, n'ont rien donné. En revanche le nom «Schweiger[1]» pourrait être un signe de connivence à destination des écrivains en exil pour se jouer de la censure avec humour, ce que corroborerait le nom du personnage du chapitre 2, Hannes Schweiger. D'autant plus que le réseau onomastique des dix récits est signifiant.

La traduction française appelait une retraduction. Il a semblé nécessaire de redonner à l'œuvre une cer-

1. Le verbe *schweigen* signifie «se taire, garder le silence».

taine homogénéité. En effet, la diversité des postures traductives permet de supposer que plusieurs traducteurs ont été à l'ouvrage : semblent l'attester les divergences dans le choix des registres de langue ou dans le respect inégal de « l'original », le traducteur tantôt respectant le texte dans son intégralité, tantôt le caviardant, tantôt opérant des coupes sombres. Ainsi, au chapitre 9, la biographie du professeur Scherbach, interrompant le récit sur plus de trois pages, participe du projet d'ensemble de l'ouvrage : montrer des « types » d'humanité moyenne, recrutés dans les milieux les plus divers, confrontés au processus insidieux du nazisme. La digression introduite peu après l'incipit – « Cela vaut la peine de prêter attention à l'évolution, durant ces années, du professeur Scherbach, cet homme de grand talent, au caractère d'Allemand moyen » –, gommée par le traducteur, ampute le récit de l'une de ses fonctions essentielles. De même, le filtre des codes sociaux interfère parfois jusqu'à détruire un effet voulu par l'auteure. Ainsi, au chapitre 3, intitulé « Herr Huber, l'industriel », le dialogue entre le patron, Herr Huber, et sa secrétaire Annie, dont il est profondément épris, joue sur le vouvoiement et le tutoiement. La jeune fille, de mère juive, tient son soupirant à distance afin d'éviter la catastrophe de l'aveu qui entraînerait son renvoi. Elle ne cède donc pas aux sollicitations de Huber qui la tutoie et qui souhaite qu'elle fasse de même, ce qu'elle évite prudemment. Le jeu des pronoms suit une courbe dramatique qui crée une tension jusqu'à la révélation tant retardée. Or le traducteur français, estimant probablement qu'entre un patron et sa secrétaire, il n'était pas bienséant de recourir au tutoiement, a opté pour le vouvoiement dans l'ensemble du dialogue. Effet d'époque qui se fait également sentir dans le niveau de langue, trop souvent éloigné de l'« original »: pas de familiarité là où le parler du personnage et le monologue intérieur l'exigeraient, et choix constant d'un niveau de langue « littéraire » dans toutes les histoires.

De plus, la publication en revue, en privilégiant le fragment contre l'ensemble – cinq parties dans la traduction française contre un texte liminaire suivi de dix chapitres dans « l'original » –, a altéré le lien qui unissait les divers récits. Les parties, libérées de leur pivot narratif central, ont paru sans chapeau introductif et dans un ordre qui abolit le récit-cadre: le texte liminaire « Notre ville », placé après le premier chapitre, occupe une place non pertinente dans l'économie de l'œuvre. Certains textes sont regroupés en diptyques: les chapitres 6 et 7 de « l'original » constituent la quatrième partie de la traduction française, et les chapitres 8 et 9 en composent la deuxième. La dissémination des textes a un autre effet: le ou les traducteurs se sont affranchis des titres originaux. Ainsi, « Notre ville » devient « Province »; « À la suite d'une regrettable erreur » se transforme en « Marie, une jeune fille allemande »; « Surveillance réciproque » se mue en « Hannes Schweiger, le marchand »; « Herr Huber, l'industriel » est rendu par « Le mariage de Herr Huber »; « La justice est ce qui sert notre cause » se modifie en « La ruse du professeur Habermann »; « Un paysan fuit en ville » se change en « L'exode »; « Dernier voyage » est traduit par « La Noël de Frau Murks ». Quant au titre du dernier chapitre qui, dans l'« original », est éponyme du recueil – « Quand les lumières s'éteignent » –, il se métamorphose dans la traduction française en antithèse optimiste, « Vers la lumière », choix qui infléchit la lecture de manière discutable : il semblerait que, malgré l'ordre triomphant de la dictature, le salut soit possible. Or la survie miraculeuse de la famille Eberhardt, fruit d'un heureux hasard, est réservée à quelques privilégiés (l'argent investi dans les tableaux), chanceux (beaucoup de naufragés n'ont pas survécu), et ne figure que la réussite d'une entreprise individuelle, nullement un devenir collectif. De plus, l'exil qui commence représente une vie nouvelle qui ne contient pas les promesses suggérées par le titre, et l'auteure, qui vivait en exil depuis 1933, en savait quelque chose. En donnant au recueil le titre de cette nouvelle de clôture, *The Lights Go Down,* Erika Mann dénonçait et ne consolait pas. Enfin, la métaphore *Quand les lumières s'éteignent* évoque le déclin progressif d'un monde que la raison déserte, et saisit ce moment fragile où la lumière vacille mais n'est pas encore éteinte : à côté du désespoir de ceux qui sont « broyés par les meules » d'un système impitoyable, des hommes ont le courage d'une résistance à leur mesure. Enfin, le titre français *Ténèbres sur l'Allemagne,* en situant d'emblée le lieu des nouvelles, en restreint la portée. Si le creuset allemand des années sombres est un exemple surdéterminé de ce que peuvent entraîner la terreur et l'humiliation, il n'est qu'un modèle à l'aune duquel peuvent se mesurer toutes les dictatures. C'est pourquoi nous avons traduit le titre allemand de 2005, en l'amputant de son sous-titre (*Geschichte aus dem*

Dritten Reich; *Histoires du Troisième Reich*), qui ne figure pas dans la « traduction originale » de Maurice Samuel. En effet, si le sous-titre renforce l'intention factuelle et historique de l'œuvre, le titre de « l'original » américain ouvre la réflexion au-delà du cadre du Troisième Reich, aux mécanismes des sociétés totalitaires en général.

Pour retraduire en français, quel « texte » fallait-il choisir parmi les variantes de l'original disparu ? S'il est vrai que la « traduction originale » américaine est investie d'une forte valeur de référence, la retraduction allemande introduit une donnée fondamentale. Le texte américain, en opérant des transformations dans le tissu sémantique de la langue du Troisième Reich – souvent par paraphrases explicatives dans un souci de clarté culturelle pour le lecteur américain – a altéré ce qui faisait de l'œuvre originale allemande une œuvre plus puissante, traversée par la *Lingua Tertii Imperii*, nommée, décrite et analysée par Victor Klemperer. En faisant repasser la frontière de la langue au texte américain, le traducteur allemand, Hans-George Richter, restituait tout à la fois une œuvre à sa langue, et à la langue de l'œuvre son marquage historique. En effet, les traductions française et espagnole avaient procédé au même « aplatissement » de la langue du Troisième Reich. Ainsi, dès le premier chapitre intitulé « Our Town », les deux soldats qui apostrophent l'étranger sont pour Maurice Samuel *Two storm troopers*, dénomination reprise en espagnol par Cèsar August Jordana (*Dos miembros de las tropas de asalto*) et en français (*Deux soldats des troupes d'assaut)*. Le traducteur allemand rétablit le terme *Zwei SA-Männer*, mot riche d'associations évocatrices: la puissante et redoutable police politique de Hitler, leur chef Ernest Röhm, le massacre de la nuit des longs couteaux. Le lecteur pénètre dans un monde qu'il identifie par ces « marqueurs » qui historicisent et dramatisent sa lecture. Marqueurs que nous avons maintenus en langue originale dans la traduction française. Ainsi, «*Zwei SA-Männer*» a été traduit au cours du récit, tantôt par « Les deux hommes de la SA » ou par « Les deux SA ». Par ailleurs, la confrontation du texte allemand aux versions américaine et espagnole a révélé quelques différences: à certains endroits, en allemand, le rythme des phrases est plus resserré, des nuances sont infléchies, certains éléments sont supprimés ou résumés par un terme générique, l'italique, qui fonctionne comme un langage, entre insistance et ironie, est respecté de façon inégale. Enfin, la langue allemande a un pouvoir de synthèse parfois créateur d'ambiguïtés que les variantes américaine et espagnole ont permis de lever. Nous avons donc choisi de traduire le texte allemand au miroir des traductions américaine et espagnole, en rétablissant les termes omis, l'italique et les nuances du texte « original » aux endroits où elles nous ont semblé trop significatives pour être ignorées. Notre objectif a été de donner au lecteur français un texte traduit de l'allemand qui respecte le rythme et l'écho de la langue d'origine de l'auteure, sans s'éloigner du texte « original » américain.

Traduire une langue en exil d'elle-même

Dans une note placée en clôture du livre *Dix millions d'enfants nazis*, les traducteurs français demandent l'indulgence du lecteur pour la traduction approximative des expressions propres à la langue national-socialiste. En quatre chapitres enserrés entre un prologue et un épilogue – « L'enfant sous le Troisième Reich »; « La famille »; « L'école »; « La jeunesse d'État » –, Erika Mann décrit non seulement le cadre impitoyable d'un embrigadement conditionné, mais elle met au jour les arcanes d'une langue nouvelle glanée dans une masse de documents authentiques: extraits de *Mein Kampf*, directives scolaires, décrets, arrêtés, circulaires destinées aux enseignants, livres d'enfants, articles du *Stürmer*. Cette « langue nouvelle », repérable dans les inventions sémantiques que la langue allemande, dans ses infinies possibilités de combinaison, rend possibles, confronte le traducteur à des choix. C'est ainsi que dans notre traduction, nous avons conservé le terme *Blockwart*[1], signe d'une réalité historique non transposable. Au lecteur français d'aller au-devant de cette représentation doublement étrangère, dans l'espace et dans le temps. À lui de saisir la richesse tristement inépui-

1. *Blockwart* (ou *Blockleiter*): sous le nazisme, « gardien » responsable de la surveillance politique d'un « îlot » urbain (une cinquantaine de foyers), constitué soit d'un immeuble, soit d'un groupe d'habitations individuelles. Membre officiel de la NSDAP, il était le lien entre le parti nazi et la population, chargé d'espionner les habitants et d'informer la Gestapo sur les activités et les opinions antinazies. Il s'occupait de diverses collectes au bénéfice du Parti.

sable de la sémantique antisémite que la traduction rend imparfaitement – *Volljuden, Juden, Halbjuden, Weltjuden Judenfrei*[1] – variations autour d'un mot qui fonde une antisociété définie par la privation progressive des droits humains. À lui d'entrer dans l'organisation délirante d'une société réduite à des catégories (BDM, HJ[2], etc.), des tâches (Front du travail, Front des vieux papiers, etc.), de se frotter à « un véritable jargon aux rauques sonorités [...] *Reichsführer-SS, Reichsarzt-SS* [...] stupidités au point de vue linguistique[3] ».

Car le traducteur est confronté à une langue bien particulière, dont le philologue Victor Klemperer a démonté le mécanisme et le fonctionnement dans *LTI. Lingua Tertii Imperii*[4] :

---

1. D'après les lois de Nuremberg de 1935, le « Juif » se décline en variations généalogiques très codifiées : face à l'idéal aryen se trouvent les *Volljuden* (les « Juifs complets », ceux dont trois grands-parents sur quatre étaient juifs) ; puis les *Halbjuden* (les « demi-Juifs », dont seuls deux des quatre grands-parents étaient juifs, aussi nommés « Juifs métis au premier degré ») ; les « quart de Juifs » ou « Juifs métis au deuxième degré » (dont un seul des grands-parents était juif). Était considéré comme « Juif complet » tout citoyen dont l'un des grands-parents au moins avait appartenu à la communauté religieuse juive. À ces distinctions correspondent des restrictions de droits : interdiction de travail, port de l'étoile, interdiction de faire des études, d'avoir des animaux domestiques, de se marier avec des Aryens ou de les fréquenter, confiscation des biens. L'expression *Judenfrei* (« sans juifs ») désignait des villages ou des villes dans lesquels ne vivait plus aucun Juif, car ils avaient fui ou avaient été déportés.

2. *BDM* : *Bund Deutscher Mädel* (Ligue des jeunes filles allemandes) ; *HJ* : *Hitlerjugend* (Jeunesse hitlérienne).

3. Erika Mann, *Dix millions d'enfants nazis*, *op. cit.*, p. 289.

4. Victor Klemperer, *LTI, la langue du IIIe Reich. Carnets d'un philologue [LTI – Notizbuch eines Philologen]*, traduit par Elisabeth Guillot, Paris, Albin Michel, coll. Pocket, 1996.

> La langue nazie [...] change la valeur des mots et leur fréquence [...] elle réquisitionne [...] elle imprègne les mots et les formes syntaxiques de son poison, elle assujettit la langue à son terrible système [...] elle s'empar[e] de tous les domaines de la vie privée et publique[1].

Or les histoires d'Erika Mann mettent en scène la langue décrite dans *LTI*. Cette langue qui n'est qu'aboiement, suite d'éructations, « hurlement », « gueulement [de] carnassier », et fait penser au « style obligatoire [...] de l'agitateur charlatanesque[2] ». Langue de bois traversée de formules parodiques à force de contre-emploi, décentrée de son code, dénaturée, et dont Klemperer démasque les excès de falsification : « Jamais, au grand jamais, tout au long du XVIIIe siècle français, le mot fanatisme (avec son adjectif) n'a été aussi central et, dans un total renversement de valeurs, aussi fréquemment employé que pendant les douze années du Troisième Reich[3]. »

En pratiquant la citation avec un volume et une fréquence qui en soulignent la valeur critique, Erika Mann crée une écriture engagée qui exploite les possibles de l'ironie plus que la violence du réquisitoire. Quand elle reprend à l'usage nazi l'emploi surdéterminé des guillemets par dérision caricaturale, elle fourbit des armes qu'elle a dérobées à l'ennemi :

---

1. *Ibid.*, p. 41 et p. 45.
2. *Ibid.*, p. 49.
3. *Ibid.*, p. 50.

> Les guillemets simples et primaires ne signifient rien d'autre que la restitution littérale de ce qu'un autre a dit ou écrit. Mais les guillemets ironiques ne se bornent pas à citer d'une manière neutre, ils mettent en doute la vérité de ce qui est cité, et par eux-mêmes qualifient de mensonges les paroles rapportées [...] Pas un seul article de journal, pas une seule reproduction de discours qui ne grouille de ces guillemets ironiques [...] Ils appartiennent à la LTI imprimée comme à l'intonation de Hitler et de Goebbels, ils lui sont inhérents[1].

L' « urgence nationale », « les valeurs nationales les plus sacrées », « la Nouvelle Allemagne », « l'espace vital », « l'heure décisive », « l'industrie vitale pour la guerre », « l'économie nationale équitable », « la philosophie de la vie », « le principe de totalité », « les frères de sang allemands », « l'infection juive », le « déchaînement spontané de la colère du peuple », ces formules slogans, en parasitant le récit, font émerger les bribes d'un discours détourné sur le mode de l'antiphrase jubilatoire.

La traduction échoue à rendre compte de la manière à la fois ludique et satirique dont Erika Mann exploite l'onomastique. Le prénom de Marie est choisi à contre-emploi dans « À la suite d'une regrettable erreur », la faire travailler dans la famille Pfaff – le nom de la grande marque allemande de machines à coudre – où on lui demande d'exécuter, entre autres, des travaux de couture, est un clin d'œil au lecteur allemand, et Johannes Schweiger porte

1. *Ibid.*, p. 108.

bien son nom, lui que le régime condamne au silence et force à brûler son vieux livre de comptes, tout comme il condamne au silence les écrivains dont les livres sont eux aussi brûlés. Le nom d'Habermann peut phonétiquement connoter l'*Habeas corpus,* cette ordonnance sur la liberté fondamentale de ne pas être emprisonné sans jugement. Or le professeur, dans son cours, traite de la justice national-socialiste fondée sur l'arbitraire à travers le cas du Juif Lissauer, qui fait écho au récit des prisonniers enfermés sans procès ou envoyés en camp de concentration, à la suite d'une simple dénonciation. Si le terme anglais *murk* désigne l'obscurité, les ténèbres, suggérant un destin funeste, en langue allemande familière il désigne un travail mal fait. Or s'adressant à l'aubergiste et au touriste américain, Frau Murks affirme: « Quand je travaille, je me donne à fond, vous devez le savoir, Monsieur Schindhuber, et vous aussi [...]. » Le rapport ironique entre le nom propre et le propos tenu est à l'image de l'utilisation du langage dans *Quand les lumières s'éteignent*. En effet, les paroles sont contredites par l'attitude des personnages qui dissimulent leurs véritables pensées. Il semble que le langage soit entré dans une « ère du soupçon » et dysfonctionne sur trois modes: les noms propres signifient; les mots signifient autre chose que ce qu'ils semblent dire; enfin la fréquence des citations souligne l'émergence d'une autre langue.

Dans un État totalitaire, les frontières de l'interdit sont telles qu'aucun mot n'est « sûr », et tous les personnages se heurtent à la contamination ambiante du langage. Les habitants de la petite ville parlent d'« anges de paix » pour désigner les armes fabriquées dans l'usine de Herr Huber, Frau Murks ne comprend pas le sens de la carte envoyée par son fils Max : « Mon Dieu, de nos jours, il faut être rusé comme un renard si on veut comprendre une simple carte postale. » De même, c'est à une longue métaphore filée qu'a recours Eberhardt dans un article de l'*Anzeiger* où, exploitant un fait divers – l'accident d'un bus dû à l'imprudence du chauffeur –, il se livre à une critique du Führer que les lecteurs décryptent en frissonnant de crainte et de plaisir. Car la pensée sous contrainte utilise les figures du contournement, et le professeur Habermann, véritable artiste de l'antiphrase, joue très habilement au chat et à la souris avec les suppôts du régime. Mais cette forme de résistance n'a pas empêché la contagion nazie de s'étendre, et de nombreux écrivains ont dû s'exiler: face à un public étranger, il leur a fallu trouver des formes nouvelles pour le toucher et le conquérir.

Traduire une œuvre d'exil

C'est en pensant d'abord au public américain qu'Erika Mann écrit *The Lights Go Down,* comme le souligne à diverses reprises Irmela von der Lühe dans la postface:

> C'est le document d'un engagement littéraire et journalistique […] destiné à éclairer un large public américain, ainsi qu'à l'informer sur l'Allemagne à l'époque de la croix gammée, en donnant de la situation en Allemagne, une image concrète et vérifiable.

Le lecteur américain pouvait s'identifier au touriste de la fiction qui déchiffre l'Allemagne de Hitler par procuration, d'autant plus que l'auteure exploitait des schémas narratifs qui lui étaient familiers. Ainsi, le titre du texte liminaire « Notre ville », écho de celui de Thornton Wilder (*Our Town,* 1938), inscrit *The Lights Go Down* dans le genre du « roman de petite ville » (*small-town-litterature*), également incarné par les œuvres de Sherwood Anderson (*Winnesburg, Ohio. Roman d'une petite ville,* publié en 1919) et Sinclair Lewis (*Main Street,* 1920). Ces intertextes qu'indique Irmela von der Lühe dans sa postface sont révélateurs de l'intention et des effets recherchés par Erika Mann. À partir d'une forme unificatrice qui organise les divers récits, un narrateur omniscient présente une galerie de portraits et dresse un tableau de caractères à des fins didactiques, en se fondant sur le principe du retour de personnages et sur la « typification » réaliste des protagonistes, saisis dans leur individualité représentative de l'humanité universelle. Dans le clair-obscur d'une civilisation qui se désagrège lentement rôde une menace sourde : la destruction de la communauté humaine devant la peur, la dénonciation et l'antisémitisme sans équivoque. En restituant l'état historique de la société allemande sous le Troisième Reich à travers des destins particuliers, Erika Mann rend compte des tragédies humaines poignantes qui se cachent derrière les mots ronflants de la propagande. La dramatisation des « faits », renforcée par la composition du livre, exploite les possibilités du recueil de nouvelles, du roman et même du théâtre.

Du recueil de nouvelles et du roman tout à la fois, *The Lights Go Down* a la structure : chaque texte jouit d'une certaine autonomie, mais s'anime d'une autre vie au contact de l'ensemble des récits, dont le lien est affirmé par la composition en chapitres, comme dans un roman où les destins s'entrecroiseraient sur un mode discontinu.

Le lien entre les chapitres est assuré de manière explicite par un narrateur omniscient, qui n'est pas sans évoquer celui du théâtre ou du roman épiques, dans le bandeau placé en exergue de chaque récit.

> La vie dans notre ville suivait son cours [...] Dans notre ville, tout semblait s'être amélioré [...] Notre université était d'ordinaire pleine d'audacieux jeunes gens [...] La vie continuait dans (notre) ville [...] La Vieille Auberge du Corbeau était l'un des endroits les plus jolis de la ville [...] Dans notre ville, les gens allaient encore à l'église [...] Pendant la période de l'avent, notre ville était plus belle que jamais [...] Le fameux hôpital de notre ville était encore présenté aux étrangers comme un exemple du niveau exceptionnel de la science allemande [...] La vie dans notre ville suivait son cours.

Comme un bonimenteur brechtien qui conduit le jeu, le narrateur montre la réalité sous l'apparence : derrière le tableau « paisible », « envoûtant » et « brillant » de la petite ville de province du sud de l'Allemagne, sorte d'écrin cliché de la germanité, il révèle « la fatigue et l'abattement » des habitants et discerne « l'odeur de brûlé » des pogroms. Derrière l'affairement et les papotages des femmes qui font leur marché, il dévoile la peur de la délation et de la guerre. Il rompt le charme de l'illusion romanesque, comme au chapitre 7 où, interrompant l'histoire de Xaver, il se concentre sur l'évasion du pasteur Gebhardt – (« Nous quittons la prison de la ville [...] Toutefois, nous n'accompagnerons pas le malheureux [...] Nous jetons un dernier regard à ceux qui restent [...] ») –, avant de se lancer dans une longue prolepse à fonction d'épilogue qui informe le lecteur du sort des différents personnages. De même, les digressions, qui ralentissent l'action proprement dite, participent du travail de distanciation qui est au cœur de l'entreprise, afin de solliciter la raison du lecteur. Cet effet visé se retrouve dans le schéma récurrent de chaque histoire, où un personnage abusé a la révélation de son erreur. Tel Sisyphe qui intéresse le philosophe au moment où il redescend vers la plaine parce qu'alors il mesure l'absurdité de sa condition, les personnages de la petite ville allemande intéressent l'auteure à l'affût de cette prise de conscience.

Des années avant la fin de la guerre, elle pose la question qui va habiter de nombreux penseurs du XXe siècle. Ce qui frappe le lecteur d'aujourd'hui, c'est la prescience de cette jeune femme qui, en 1938, démonte la machine infernale du nazisme, en fait la démonstration par histoires interposées. D'autres œuvres et d'autres témoins confirmeront des années plus tard la valeur profonde de ces récits. Le roman de Hans Fallada, *Seul dans Berlin*[1], en 1947, dressera, à l'échelle d'un immeuble de la rue Jablonski à Berlin, le tableau d'une microsociété

1. Hans Fallada [Rudolf Ditzen], *Jeder stirbt für sich allein* (*Seul dans Berlin*), Paris, Plon, 1967.

de 1940, représentative de la société tout entière sous le nazisme. Dans les années 1970, Horst Krüger, qui avait vingt-six ans à la fin de la guerre, fournit un pendant autobiographique au livre d'Erika Mann, *Un bon Allemand*[1]. Presque quarante ans plus tard, Erika Mann obtient ainsi une réponse à sa question, d'un homme qui, remontant le temps, dévoile les procédés implacables de la mécanique totalitaire. L'auteur revient à Berlin,

> hanté par le désir de savoir [...] ce qui aujourd'hui nous paraît à tous incompréhensible [...] J'aimerais être le fils d'un érudit ou celui d'un modeste ouvrier, le fils de Thaelmann ou celui de Thomas Mann, ça, ce seraient des positions à tenir, mais voilà moi [...] je suis un fils typique de ces Allemands inoffensifs qui n'ont jamais été nazis mais sans qui jamais les nazis ne seraient parvenus à leurs fins.

Plus récemment, le récit autobiographique de Sebastian Haffner, rédigé au début des années 1940, découvert à sa mort en 1999 et publié par ses proches en 2000, *Geschichte eines Deutschen*[2] (*Histoire d'un Allemand*), renforce la justesse des analyses d'Erika Mann. Sur le vif, de l'intérieur d'une société qui se « nazifie », le narrateur, jeune juriste récipiendaire, raconte ce que montre avec ironie le cours du professeur Habermann, l'émergence pro-

1. Horst Krüger, *Das Zerbrochene Haus. Eine Jugend in Deutschland*, 1966, traduit par Pierre Foucher, Arles, Actes Sud, 1976.
2. Sebastian Haffner, *Geschichte eines Deutschen*, 2000, traduit par Brigitte Hébert, Arles, Actes Sud, 2002.

gressive d'une justice au service de la politique nazie, les persécutions antisémites, le danger de la dénonciation, la menace des camps de concentration. Il cerne l'ampleur du mal national-socialiste dans une formule qui confirme la lucidité et la justesse des dix récits d'Erika Mann :

> Non, il était impossible de se retirer dans une sphère privée. Où que l'on se retirât, on se retrouvait partout placé devant ce qu'on avait voulu fuir. Je compris que la révolution nazie avait aboli l'ancienne séparation entre la politique et la vie privée, et qu'il était impossible de la traiter simplement comme un « événement politique ». Elle ne se produisait pas seulement dans le domaine politique, mais tout autant dans la vie de chaque individu ; elle agissait comme un gaz toxique qui traverse tous les murs. Si on voulait échapper à ses émanations, la seule solution était l'éloignement physique. L'exil. L'adieu au pays auquel on était attaché par la naissance, la langue, l'éducation, l'adieu à tous les liens de la patrie[1].

Il décrit le sentiment « d'effroi » et « de dégoût » qui le submerge au fil des jours, et discerne combien « la vie quotidienne [est] un obstacle à l'analyse lucide[2] ». En 1940, en exil, il lui est possible « avec le recul », de comprendre pourquoi, dès 1933, tout le monde s'est mis à obéir. Et c'est en historien qu'il analyse la capitulation morale des chefs de l'opposition au cours de la révolution de mars 1933, le désarroi et la faiblesse qui en ont résulté et qui ont mené à une dépression brutale, liée à la peur : « Le résultat de

---

1. *Ibid.*, p. 326-327.
2. *Ibid.*, p. 205.

cette dépression généralisée fut le peuple uni, prêt à tout, qui est aujourd'hui le cauchemar du monde entier[1]. »

C'est en auteure engagée qu'Erika Mann avait relevé le défi de toucher et de convaincre. Pour toucher, elle choisit des histoires où le tragique et l'absurde le disputent au révoltant. L'originalité littéraire de son entreprise peut s'apprécier à la lumière de l'article paru dans *Die neue Weltbühne* à Prague le 22 avril 1937, dans lequel Klaus Mann rend hommage aux romans d'Irmgard Keun, « une femme de talent, qui nous raconte la réalité de ce pays où nous ne pouvons plus mettre les pieds[2] ». Dans sa recension de deux de ses romans, *Après minuit* et *La Jeune Fille en soie artificielle*, il salue la manière qu'a l'auteure de peindre la réalité cachée sous les apparences, et de restituer ainsi un tableau vivant de la société sous le nazisme :

> [...] On ne voit que des visages riants –, mais [...] le désastre se prépare, [...] la tension est dans l'air, [...] la mort est déjà à l'affût [...] L'air dans lequel ces êtres se meuvent est confusément chargé de tensions. Il rappelle à la fois celui de la prison et celui de l'asile d'aliénés [...] Aucun n'est heureux. On n'est pas heureux dans l'État totalitaire fasciste [...][3].

---

1. *Ibid.*, p. 203.
2. Klaus Mann, *Die Neue Weltbühne*, 22 avril 1937, cité dans *Contre la barbarie 1925-1949*, traduit par D.-L. Miermont et C. Gepner avec une préface de Michel Crépu, Paris, Phébus, 2009, p. 155.
3. *Ibid.*, p. 155-157.

Le lecteur découvre la pourriture envahissante à travers le regard de Suzanne Moder, jeune campagnarde de dix-huit ans venue à Francfort en 1936 et qui choisira de s'exiler. Non sans naïveté et humour, elle livre ses remarques sur le vif et fustige le nouvel ordre où « le bureau de la Gestapo » est un « vrai lieu de pèlerinage. Des mères dénoncent leurs belles-filles, des filles leurs beaux-pères, des frères leurs sœurs, des sœurs leurs frères, des amis leurs amis, des camarades de brasserie leurs camarades, des voisins leurs voisins. Et les machines tapent, tapent, tapent[1]. » À cette lecture, Klaus Mann énonce les principes d'un « genre » idéal qu'Irmgard Keun aurait presque atteint :

> C'est un livre important, aussi important, me semble-t-il, que les fameux documents sur les camps de concentration, le travail illégal, le martyre et les exploits de l'opposition allemande. Car c'est aussi un document – malgré son agencement romanesque, en partie un peu trop romanesque. Dans son contenu propre, dans sa description du Troisième Reich, il restitue la vérité – comme le devinent tous ceux qui savent distinguer l'authentique de l'inauthentique : la vérité et rien d'autre. Qu'elle ressemble à cela est lamentable, odieux et insupportable. Mais c'est effectivement ce qu'elle est devenue – jusqu'à nouvel ordre : c'est-à-dire jusqu'à ce que ceux qui la trouvent lamentable, odieuse et insupportable la fassent changer[2].

---

1. Irmgard Keun, *Après minuit* (*Nach Mitternacht*, 1980), traduit de l'allemand par Georges Berthier, Paris, Balland, 1981, p. 84-85.
2. Klaus Mann, *op. cit.*, p. 157.

La réserve émise sur le côté « un peu trop romanesque » des livres d'Irmgard Keun définit *a contrario* ce que l'ouvrage d'Erika Mann réalisera : un document porté par un substrat narratif qui ne l'emporte pas sur la force des faits. En choisissant de raconter l'État nazi sous des angles variés, l'écrivaine cherchait un « genre » qui s'adaptât à l'exploration de l'universel dans le particulier. Pour cela, elle a travaillé les divers types de discours afin de suggérer, dans un arrangement polyphonique, une forme de totalité. Par un habile montage, elle convoque des archives et des témoignages de natures diverses qu'elle assemble par emboîtement et collage, discours politiques, extraits de *Mein Kampf*, articles de journaux – le *Volkischer Beobachter*, l'*Anzeiger*, *Der Deutsche Lebensraum*, *Das Schwarze Korps*, ou plus critique comme la *Frankfurter Zeitung*[1]. Sans cesse, le lecteur passe de la vision omnisciente du narrateur et des interventions de l'auteure aux voix des perspectives particulières, par le biais des dialogues, des monologues intérieurs, du discours rapporté et du discours indirect libre. L'habileté des récits est d'entrecroiser les voix plurielles de la société allemande des années 1930 en brouillant les frontières de la ponctuation. De ce mélange de voix naissent les figures multiples de l'antithèse qui sous-tend les rapports entre l'individu et la société.

---

1. C'est à la *Frankfurter Zeitung* que Peter von Hasselberg fut rédacteur en 1934, mais ses articles, notamment ceux qui traitaient de la guerre d'Espagne, attirèrent l'attention de Goebbels, et il émigra en Argentine en 1937.

Le passage de l'écriture de *Dix millions d'enfants nazis* à celle de *Quand les lumières s'éteignent* permet de saisir l'évolution de l'écrivaine vers un genre hybride qu'Irmela von der Lühe assimile à la « Doku-Fiktion ». Dans le chapitre intitulé « L'enfant sous le Troisième Reich », Erika Mann décrit ainsi l'un des pivots de la société quotidienne nazie, le blockwart (traduit ici par « chef d'îlot ») :

> Ce « chef d'îlot » est une personnalité très dangereuse; il a été mis en place par le gouvernement pour surveiller et contrôler le bloc d'immeubles où l'on habite. Il doit faire régulièrement un rapport sur la direction de l'immeuble et sur le comportement de ses habitants. Il est recommandé de prendre, face au « chef d'îlot », une attitude militaire et de tendre le bras pour le « grand » salut hitlérien.

Reprenant ce motif du blockwart dans *Quand les lumières s'éteignent*, l'auteure choisit d'en présenter l'identité, la fonction et la puissance de deux manières qui se complètent. D'une part, à travers la restitution intégrale du questionnaire que chaque blockwart devait remplir, pièce maîtresse de tout un réseau d'informations auquel se reconnaît une organisation totalitaire. D'autre part, à travers la tragédie intime de Hannes Schweiger: la peur de la délation – dans sa propre famille – le réduit au silence, et le pouvoir du blockwart, entre autorité menaçante et corruption morale, mine toute confiance et tout amour. Le récit, en jouant sur les deux plans de la raison critique et de l'identification émotionnelle, réalise une synthèse de l'écriture engagée selon Erika Mann. Et le dixième chapitre de *Quand les lumières s'éteignent*, dans lequel l'auteure ironise sur le style traversé de clichés des récits de chasse d'Eberhardt, peut se lire comme une poétique en creux de la fonction de la littérature. L'écrivain ne peut se retirer dans sa tour d'ivoire, sa mission consiste à montrer la réalité dans toute sa vérité pour la changer, et il lui faut inventer un autre style. Dans sa maison à la lisière de la forêt dont la fenêtre donne désormais sur un camp de concentration, Eberhardt est condamné à la page blanche :

> Assis à son bureau, Eberhardt ne pouvait se concentrer. Il était difficile d'écrire d'idylliques histoires d'animaux quand dehors, à sa porte, des hommes comme lui étaient plus maltraités que des bêtes. En colère, il chiffonna une feuille – il avait subitement pris conscience qu'il avait attribué à son héros, un chasseur, une pitié ridicule, et entièrement déplacée pour les animaux persécutés. « Ça ne peut plus continuer ainsi », dit-il à voix haute, puis il se leva et sortit.

Erika Mann n'a jamais détourné le regard de la réalité la plus terrifiante, mais l'a affrontée sur le terrain, plume en main.

Danielle RISTERUCCI-ROUDNICKY

« Faits »
Remarque préliminaire d'Erika Mann

À la recherche d'un titre qui corresponde au contenu, l'auteur de ce livre, Erika Mann, voulait l'intituler « Faits ». Car les histoires, les tragédies, les personnes, les événements, les conséquences, les lois, les statistiques et les discours – tels qu'ils sont présentés ici – reposent tous, sans exception, sur des faits. Ce *sont* des faits : rien n'est imaginé, tout s'est réellement produit, et il n'y a pas un seul incident dont l'auteur n'ait eu connaissance, soit par les intéressés eux-mêmes, soit par des témoins tout à fait dignes de foi.

D'un matériau très riche, parmi les centaines d'autres histoires vraies qu'elle aurait pu exploiter, l'auteur n'a sélectionné qu'un nombre assez faible. Sa reconnaissance va à ceux qui doivent ici rester anonymes, mais qui ont autorisé le récit de ces faits. Dans le choix, qui fut difficile à faire, elle s'est laissé guider par deux principes :

1. Toutes les histoires devaient être typiques. Ce livre ne devait traiter ni des crimes atroces d'un

petit groupe de puissants criminels, ni des actions héroïques d'un semblable petit groupe de bons Allemands. Car, bien qu'ils existent, les crimes et les martyrs ne sont pas la règle. Ce sont des exceptions – autant sous le Troisième Reich de Hitler qu'ailleurs. Aussi l'auteur s'est-elle décidée à raconter des histoires vraies arrivées à des gens ordinaires, dont ni le pouvoir ni l'héroïsme n'étaient particuliers, ni le malheur ni le crime exceptionnels. Quelle était la situation de l'Allemagne lorsque la guerre a éclaté ? Dans quel état psychologique, moral, économique et physique le peuple allemand est-il entré dans cette guerre ? Pour répondre à ces questions, il fallait recréer l'atmosphère qui entourait la vie de la classe moyenne allemande, et c'est cette atmosphère même qui a donné à ce livre factuel son titre poétique : *Quand les lumières s'éteignent*.

2. En se limitant à dix histoires, l'auteur a su rendre le décor sombre dans lequel elles se déroulent – décor non pas imaginaire, mais fondé sur des faits vérifiables. L'auteur a pensé qu'il ne suffisait pas de retracer le quotidien d'« un » avocat, d'« un » homme d'affaires, d'« une » mère ou d'« un » prêtre pris au hasard, à moins de démontrer de manière convaincante que, selon les lois (qu'il fallait citer) et les intentions (qu'il fallait rendre évidentes) du système national-socialiste, la vie de tous les avocats, de tous les hommes d'affaires, de toutes les mères et de tous les prêtres ne pouvait, dans ce pays, que suivre le même cours inévitable.

Pour ne pas accabler le lecteur, toutes les citations et les informations ont été placées en annexe. Chaque fois que des déclarations de témoins ou d'autres personnes impliquées ont été utilisées dans le texte, celles-ci ont été indiquées dans les pages suivantes.

NOTRE VILLE

La vie dans notre ville suivait son cours.
La vieille place du marché aux maisons colorées
encerclant la statue équestre n'avait pas changé
au cours des siècles. Au visiteur de passage
s'offrait un tableau paisible et envoûtant.

Un étranger se promenait au hasard dans la ville. Il n'y connaissait personne, et ne savait pas où les rues conduisaient. En suivant l'étroite Glockenstraße, il déboucha de manière inattendue sur la vieille place du marché avec ses maisons à pignons et sa statue équestre. Il était impressionné par la grâce somnolente et le calme inhabituel, étrange à neuf heures et demie du soir. Seuls les drapeaux rouges à toutes les fenêtres bruissaient dans le vent. Quelque part un chien aboyait. Ou bien était-ce une voix qui sortait d'un lointain haut-parleur ?

L'étranger s'assit au pied du monument et leva les yeux vers le ciel. La nuit d'octobre était froide et claire. En face, dans la vitrine du magasin qui faisait l'angle, les images saintes, en couleurs, s'argentaient dans la clarté lunaire. Il n'y avait pas d'autre lumière sur la place du marché; les réverbères étaient éteints;

peut-être ne les avait-on pas même allumés. L'étranger avait les oreilles encore pleines du bruit du voyage, et le cœur empli de l'agitation du départ et de l'arrivée. Il aspira d'autant plus goulûment la paix qui l'entourait.

Ça, c'est l'Allemagne, pensa-t-il. C'est ainsi que sont les vieilles villes allemandes, charmantes et envoûtantes. Hier, à Berlin, c'était très différent. Là-bas, on pouvait sentir le pouls puissant, l'énergie infatigable de ces hommes qui travaillent jour et nuit pour, une fois de plus, sortir ce pays de la ruine et le conduire vers la puissance et la grandeur. Berlin baignait dans la lumière et le bruit; les restaurants étaient pleins à craquer de gens qui riaient, et semblaient sans inquiétude. Aucun signe de peur, nulle part. Je déteste ces ragots – à cette pensée, il secoua la tête avec agacement –, je déteste ces formules stupides sur la « Terreur de la dictature ». Ce Hitler a fait de grandes choses et, même s'il exige de gros sacrifices des Allemands, ces derniers n'en laissent rien paraître. Comme c'est joli, ces drapeaux rouges. La croix gammée flotte même au-dessus de la petite boutique aux images pieuses. Je suis content d'être ici et je vais rester deux, trois jours, même si je n'ai rien de particulier à faire dans cette ville. Le vent est rafraîchissant, comme s'il venait des montagnes. C'est vrai qu'elles ne sont pas loin; on peut y être en quelques heures. Tiens, il y a des gens qui viennent par ici. Ils marchent d'un pas cadencé – peut-être des soldats qui défilent au clair de lune ?

Deux hommes de la SA, de robustes gars sanglés dans des uniformes bruns impeccables longèrent la Marktstraße, traversèrent la place du marché et se dirigèrent vers l'étranger. Celui-ci resta tranquillement assis sur les marches.

« Heil Hitler !, crièrent-ils en se plantant devant lui.

— Heil Hitler !, répondit l'étranger, mais il ne leva pas le bras, retenu par une gêne soudaine.

— Hé ! Levez-vous au moins pour le salut allemand ! » commanda l'un des deux.

L'étranger obéit et se mit debout.

« Heil Hitler ! » reprirent les hommes en uniforme en levant le bras.

Cette fois-ci, l'étranger répondit par le même salut.

« Que faites-vous ici ? demanda celui qui lui avait adressé la parole en premier.

— Rien, répondit l'étranger.

— Rien ? répéta le SA avec mépris. Ne faites pas le malin. Vous savez très bien ce que je veux dire. Pourquoi n'êtes-vous pas en train d'écouter la radio, voilà ce que je veux savoir. Est-ce qu'il n'y aurait pas assez de haut-parleurs dans la ville ?

— Écouter la radio ? Haut-parleurs ? »

Décontenancé, l'étranger haussa les épaules.

Alors seulement les deux SA remarquèrent son accent étranger.

« Je vous demande pardon, dit le premier. Vous êtes étranger, nous n'avions pas remarqué. Nous sommes de service cette nuit et nous recherchons les passants qui n'écoutent pas le discours du Führer. Pour les étrangers, ce n'est pas la même chose, bien sûr. Excusez-nous. »

L'étranger sourit. « Si j'avais su que Herr Hitler tenait un discours, je l'aurais écouté. Dites-moi », il se tourna vers le plus silencieux des deux, « supposons que je sois allemand et que vous m'ayez pincé, que me serait-il arrivé ? »

Le SA haussa les épaules.

« À vrai dire, pas grand-chose, dit-il. Nous vous aurions conduit au poste. Il y a une radio, et là vous auriez pu écouter le discours. Nous vous aurions laissé partir avec un avertissement. Bien sûr, ce type d'avertissement n'est pas anodin. À l'avenir, au plus petit incident de ce genre – quelqu'un vous soupçonne et vous dénonce, par exemple –, vous seriez bon pour le camp de concentration ! Et... »

Le premier SA, qui n'appréciait pas le ton de confidence de son plus jeune camarade, interrompit son flot de paroles d'un geste brusque.

« Ça suffit, dit-il. Le camp de concentration ne regarde pas ce monsieur. Nous vous prions de nous excuser encore une fois. Heil Hitler ! »

Ils claquèrent les talons en même temps, firent demi-tour et s'en allèrent. Ils s'attardèrent devant la petite boutique aux images pieuses. L'étranger les entendit rire; leurs voix juvéniles retentirent sur la place du marché. Puis le silence absorba progressivement leurs pas.

Dommage, pensa l'étranger. J'aurais bien voulu entendre le discours.

Quelque chose lui avait gâché le plaisir. Les deux gars avaient été corrects et polis. Malgré tout, la rencontre l'avait oppressé. Pourquoi avaient-ils ri devant la vitrine ? Il s'en approcha et découvrit une petite affiche qu'il n'avait pu voir de loin.

« Scandale public ! » pouvait-on lire. « Le Führer a besoin de soldats, pas de bonnes sœurs ! À bas les hypocrites ennemis du peuple ! Les curés dehors ! Heil Hitler ! »

À cette lecture, l'étranger éprouva de la fureur et du dégoût. Puis il pensa que de telles vilénies étaient possibles partout. Dans le monde entier, la jeunesse commettait des bêtises de ce genre. Chez nous, ils nous font avaler le poisson d'avril. Ce n'est pas mieux. Mais pourquoi les deux hommes en uniforme n'ont-ils pas arraché le papier ? Ils sont peut-être trop jeunes et cela a dû les amuser. En tout cas, je ne vais pas laisser cette affiche me gâcher l'humeur, ni gâter l'impression que j'ai de cette ville. Il frissonna et pensa qu'un cognac lui ferait du bien.

La petite auberge de la Glockenstraße résonnait du bruit du haut-parleur. Quelques clients, attablés devant leur bière, écoutaient en silence les paroles du Führer. Pourquoi fulminait-il autant, se demanda l'étranger. Il saisit qu'il était question de la croissance économique du « Troisième Reich », sujet pourtant peu susceptible de déclencher une telle fureur. Combien de nuitées avait-on dénombrées dans les hôtels au cours de l'année écoulée en Allemagne ? Combien de rouleaux de papier étaient sortis des usines allemandes ? Combien de randonnées en montagne avaient été organisées ? Chaque chiffre était aboyé au micro, comme pour ébranler et terrasser les auditeurs : « 770 841 ouvriers dans l'industrie ».

L'aubergiste bâillait derrière son comptoir. Le cognac allemand avait un goût d'alcool de méthyle parfumé, et le morceau de pain que l'étranger avait commandé était humide, gris et pâteux.

« Avez-vous des œufs ? demanda l'un des clients.

— Non, répondit l'aubergiste, mais vous pouvez avoir le *Völkischer Beobachter*[1]. »

Le client auquel on avait proposé le *Völkischer Beobachter* à la place des œufs se leva, s'étira, bâilla et regarda l'heure.

« Une heure et demie, dit-il, et pas un mot sur nos frères des Sudètes. »

Qu'est-ce que ça veut dire, se demanda l'étranger. Personne ne semble enthousiaste ici. Des gens flegmatiques, ces Bavarois, un peuple insensible et pondéré, ils savent dissimuler leurs élans.

Dans un coin, près du poêle, une petite fille était en train d'écrire.

« À l'école, demain, elle a un devoir, dit l'aubergiste. Alors, elle doit prendre des notes et les apprendre par cœur, sinon elle sera punie.

— Il y avait combien d'ouvriers dans l'industrie ? » demanda l'enfant.

Personne ne répondit.

L'étranger écouta le discours jusqu'à la fin. Il resta assis, même après que le Führer, en colère, eut terminé, et que le *Horst-Wessel-Lied*[2] eut achevé de résonner. Il voulait voir l'effet produit par le discours et il voulait parler avec l'aubergiste qui paraissait

---

1. Journal du parti national-socialiste dès 1920 (*VB*). Son sous-titre : « Journal de combat du mouvement national-socialiste de la Grande Allemagne ».

2. Le *Horst-Wessel-Lied* fut le chant officiel du parti national-socialiste NSDAP à partir de 1930. De 1933 à 1945, il était entonné après l'hymne national. Son auteur, Horst Wessel, membre de la NSDAP et des SA depuis 1926, mourut en 1930 au cours d'une fusillade. La propagande attribua cette mort aux communistes et Horst Wessel fut déclaré héros et martyr du Parti.

avenant. Sa moustache broussailleuse aurait fait honneur à un phoque mais, dans le visage rouge brique, les yeux clairs étaient expressifs. Pourtant ce n'était pas un homme disert. Aux tables aussi on parlait peu. Personne n'évoquait le discours du Führer.

« As-tu vu les bannières de l'Église ? demanda une femme à son mari. J'en ai compté au moins huit, et cinq rien que dans la Bärenstraße. »

Son mari acquiesça. Un ricanement contracta ses traits.

« Quelle insolence ! dit-il. Accrocher des bannières d'Église là où c'est interdit ! »

Pour manifester son indignation, il frappa la table du plat de la main. Cependant, l'étranger eut l'impression que l'homme était ravi.

« Une insolence consommée », reprit-il en lançant un regard plein de malice à l'aubergiste.

Le temps passait et les clients quittèrent le café les uns après les autres.

L'étranger attendait, curieux de tout ce qu'il pourrait encore glaner.

« Il y a combien d'habitants dans cette ville ? demanda-t-il à l'aubergiste pour entamer la conversation.

— Cent vingt mille, dit l'aubergiste. Mais une famille sur cinq n'a pas de logement. Nous avons peu de maisons et beaucoup de cages à lapins. Ça ne fait rien, s'empressa-t-il d'ajouter lorsqu'il vit l'étranger plisser le front. Ce n'est que passager, jusqu'à ce que nous ayons achevé le réarmement. Bien sûr, l'industrie de l'armement a priorité en ce moment. D'abord la politique, ensuite la vie privée.

— Une famille sur cinq ? demanda l'étranger. D'où tenez-vous cette précision ? »

L'aubergiste pencha encore davantage son corps puissant sur le comptoir. Son propre fils, déjà marié, habitait encore ici, à la maison, parce qu'il n'avait pas pu obtenir d'appartement.

« Et puis, continua-t-il avec, dans ses yeux bleus, un regard amical, je lis aussi les journaux. Il y a 21 000 familles dans la ville et seulement 17 000 maisons. Celui à qui on n'en a pas attribué prend ça mal, bien sûr. Mais c'est égoïste et témoigne d'une courte vue ; aujourd'hui, on doit faire preuve d'intelligence pour comprendre les nécessités politiques.

— Vous vivez dans une très jolie ville, dit l'étranger. Je suis ici pour la première fois, et elle me plaît beaucoup. »

L'aubergiste mordilla sa moustache et se frotta les mains avec satisfaction.

« Surtout aujourd'hui, remarqua-t-il, avec tous les drapeaux. »

Une fois de plus, l'étranger eut l'impression que l'homme ne pensait pas ce qu'il disait. Il ne pouvait oublier ni les bannières de l'Église ni le mot affiché sur la boutique.

La porte s'ouvrit et une femme entra.

Vigoureuse, la cinquantaine, elle portait une veste militaire, un pantalon marron et des bottes en caoutchouc qui montaient bien au-dessus du genou.

« La Défense aérienne, dit l'aubergiste. Un thé pour la protectrice de notre patrie », commanda-t-il à la cuisine. « Un bon thé chaud, ça vous dirait, Frau Murks ? »

Frau Murks acquiesça.

« Oh oui, dit-elle en claquant des dents, sinon je vais mourir gelée. »

Elle attendait l'exercice de défense aérienne. Elle s'assit au comptoir, près de l'étranger.

« C'est le septième aujourd'hui, dit-elle. Le septième exercice de défense aérienne de cet automne. »

D'un geste encourageant, l'aubergiste lui tapota l'épaule.

« Félicitations, dit-il. Déjà le septième. Dix en tout jusqu'au nouvel an. Alors il ne vous en reste plus que trois, et vous allez encore tenir le coup, Frau Murks.

— Peut-être, peut-être pas, répondit la femme.

— Bah, en tout cas il ne durera pas autant que d'habitude, vu que le Führer a parlé longtemps. On avait espéré que l'exercice serait annulé en son honneur. Mais il n'en est plus question maintenant. L'exercice a lieu, même si nous ne commençons qu'à minuit. »

L'étranger réclama l'addition. Frau Murks, remuant son thé avec ressentiment, lui lança un regard méfiant.

« Monsieur est étranger, dit l'aubergiste. Il est aujourd'hui chez nous pour la première fois. Mais ça lui plaît ici, il faut dire qu'il est venu au bon moment, avec ce beau temps…

— Je comprends, dit la femme, déjà plus aimable. Ainsi, vous venez d'ailleurs ? »

Elle se tut, mais elle sembla vouloir poser une question ou ajouter quelque chose. L'étranger l'encouragea d'un signe de tête, il lui aurait volontiers donné tous les renseignements qu'elle voulait. Mais Frau Murks se tourna de nouveau vers l'aubergiste.

« Vous savez ce qui est arrivé à ma belle-sœur ? demanda-t-elle. Elle a vraiment la poisse. Elle est tombée malade ; rien de sérieux, une grippe, sans plus. Mais elle ne peut pas venir à l'entraînement cette nuit. Et nous, on doit traîner le lourd tuyau à trois jusqu'à la pompe, en plus avec ce froid. »

Il sembla à l'étranger que c'était plutôt Frau Murks qui avait la poisse et non sa belle-sœur – elle pouvait rester au lit, pendant que les autres actionneraient la pompe. Mais l'aubergiste était mieux informé.

« Mon Dieu ! s'exclama-t-il. C'est pas de chance ! Au septième exercice ! Maintenant elle doit tout recommencer depuis le début. C'est terrible ! »

Frau Murks secoua la tête d'un air affligé.

« Et en plus ma belle-sœur n'est pas des plus fortes, ni des plus jeunes. Le mois prochain elle aura cinquante-huit ans. Et maintenant voilà qu'elle doit de nouveau faire les dix exercices en entier. Les six qu'elle a déjà effectués ne comptent plus parce qu'elle en manque un aujourd'hui. Si on pouvait au moins les faire dans la journée. Mais dans la journée, il n'y a pas de temps pour ça. Et la nuit, il fait un froid à tomber malade. »

L'étranger posa un billet sur le comptoir : C'est dur, pensa-t-il. Dur pour une femme de cinquante-huit ans. Mais c'est aussi une bonne chose pour la population de savoir ce qu'elle doit faire en cas de guerre. On peut même trouver du plaisir à faire de tels exercices. Cette Frau Murks a l'air pleine d'entrain, et puis les randonnées aussi se font souvent dans le froid et la fatigue.

On aurait dit que Frau Murks avait deviné ses pensées : « Quand je travaille, je me donne à fond, vous devez le savoir, Monsieur Schindhuber, et vous aussi, pour votre rapport », dit-elle en se tournant de nouveau vers l'étranger.

L'étranger fut surpris.

« Rapport ? demanda-t-il. Je ne suis pas journaliste.

— Est-ce que je sais ce que vous êtes, rétorqua la femme. En tout cas si vous faites un rapport : Je suis à cent pour cent pour le Führer. Avez-vous des exercices de défense aérienne à Londres ? » demanda-t-elle soudain.

L'étranger expliqua qu'il était américain et qu'il n'avait encore jamais participé à des exercices de défense aérienne. À sa connaissance, il y en avait eu quelques-uns à Londres, mais ils n'avaient pas dû être conduits avec tant de rigueur.

« Quand à Londres une femme de cinquante-huit ans est malade, on ne va pas exiger d'elle des exercices supplémentaires. »

À ces mots, Frau Murks s'indigna.

« Écoutez-moi ça ! s'écria-t-elle. Les démocraties ne connaissent aucune discipline. Notre ministre de la Propagande vient de le déclarer, les démocraties le font penser à un ramassis de vieux fossiles ridicules. Moi aussi je les trouve pourries et corrompues jusqu'à la moelle. Qu'est-ce qu'un petit exercice de défense aérienne peut bien faire à ma belle-sœur ? Et même si elle meurt d'une infection pulmonaire, que représente une telle mort pour la communauté du peuple ? C'est une mort de soldat comme une autre, et ceux qui restent pourront se souvenir d'elle avec fierté. »

L'étranger se rendit compte que Frau Murks croyait ferme à ce qu'elle disait. Comme la pauvre est troublée, pensa-t-il. Comme elle est changeante

– d'abord elle se plaint, ensuite elle est « à cent pour cent pour le Führer ». Bizarre. D'abord elle s'assure que je ne la citerai pas dans « mon rapport », ensuite elle parle avec un véritable enthousiasme. L'aubergiste surenchérit en se lissant la moustache.

« Désolé pour vous, dit-il à l'étranger, mais Frau Murks a raison. La démocratie libérale a fait son temps. Et puis le monde appartient maintenant à la race des Seigneurs. »

L'étranger qui, en somme, appartenait à la même « race des Seigneurs » que Herr Schindhuber et que la Frau Murks en uniforme, dont les larges pommettes révélaient les origines slaves, ne voulait pas faire d'histoires.

« D'une façon ou d'une autre, votre Führer a réalisé de grandes choses. S'il voulait renoncer à son attitude agressive envers le monde extérieur – il ravala ce qu'il voulait ajouter, à savoir les atrocités envers les Juifs –, et préserver la paix, il est certain que personne n'aurait rien contre lui. »

Frau Murks devint plus véhémente: « Nous sommes encerclés, nous devons pouvoir nous défendre. »

Mais l'aubergiste, ayant repris un air rusé, s'appuya sur le comptoir et murmura à l'étranger: « Est-ce que vous avez vu notre nouvelle usine métallurgique? Oui, je pense à ce magnifique bâtiment, sur l'autre rive du fleuve. Vous savez ce qu'on y fabrique? Des munitions? Dieu nous garde! Ils fabriquent des anges de paix, rien d'autre que de jolis anges de paix tout brillants. »

Cela faisait une demi-heure que Herr Schindhuber buvait un whisky après l'autre. L'étranger avait l'impression qu'il n'avait plus l'esprit très clair; en outre, il était déjà tard, et il se mit en route.

« Heil Hitler ! dit-il en s'empressant de lever le bras.

– Heil Hitler ! » s'écria Frau Murks qui se leva pour faire le salut allemand.

En revanche, Herr Schindhuber se contenta de dire: « Je vous souhaite bonne nuit. »

Puis il vida encore un verre.

Dehors, le ciel s'était couvert. La pluie était fine mais persistante; la rue luisait. À l'arrêt du tram, sur la place du marché, les gens se pressaient. Quelques taxis attendaient à la station, mais personne ne semblait vouloir faire appel à leurs services. L'étranger décida de rentrer à l'hôtel en tram; ainsi, il glanerait encore d'autres impressions sur les gens d'ici. Herr Schindhuber et Frau Murks l'avaient troublé. Il tremblait de froid et attendit huit ou neuf minutes.

Lorsque le tram arriva, la foule, comme prise de folie, se précipita. Des hommes repoussaient des femmes. Une enfant, dont la mère était déjà montée, s'égara dans une forêt de jambes qui se bousculaient, et commença à pleurer; l'étranger s'élança, saisit la petite fille, la souleva par-dessus les têtes des gens qui se bousculaient et put enfin la tendre à sa mère qui se tenait sur la plate-forme, désespérée. Le tram bondé démarra, des grappes de gens sur le marchepied.

Devait-il rentrer à pied à l'hôtel ? Le temps s'était gâté. Et en plus il ne se sentait pas bien, des pensées le tourmentaient. Il fit signe à un taxi qui s'approcha aussitôt.

« À l'hôtel Reichshof, s'il vous plaît, dit l'étranger.

— Autrefois c'était l'hôtel Bavaria», dit le chauffeur de taxi sur un ton qui semblait rendre l'étranger responsable du changement de nom.

Pendant toute la course, le chauffeur parla pardessus son épaule. L'étranger se sentit mal lorsqu'ils se frayèrent un chemin à travers les ruelles étroites. Pourquoi ne se concentrait-il pas sur la conduite au lieu de faire la conversation? se demandait-il.

«Vous n'avez pas réussi à monter dans le tram? demanda le chauffeur avec un rire malicieux. Pour vous, ce n'est pas très gênant, vous n'avez qu'à prendre un taxi pour aller à l'hôtel Bavaria. Mais les gens d'ici n'ont pas cette chance. On a eu autrefois cent douze tramways et on en avait besoin d'autant. Maintenant il n'y en a plus que soixante-deux. Les vieilles voitures ont été retirées de la circulation et il n'y a plus de quoi en produire de neuves. Toutes les matières premières vont à la production d'"anges de paix" (Encore ces anges de paix!). En outre, on n'a pas assez de conducteurs – même pas pour les minables soixante-deux voitures. Ceux qui sont là sont surmenés et débordés par la circulation. Comment peut-on conduire un tram, quand on n'a même pas assez de place pour se tenir debout? Et puis, quand il se passe quelque chose, comme le discours du Führer, et que tout le monde, après l'avoir écouté, veut rentrer chez soi en même temps? Les trams sont alors de vrais asiles de fous. Mais personne ne prend de taxi. Seuls les riches peuvent se le permettre et ils ont leur Mercedes.»

L'étranger leva les sourcils.

«Nos métros à New York sont souvent bondés, mais nous ne faisons pas une tête d'enterrement pour autant.»

Le chauffeur de taxi appuya sur la pédale d'accélérateur. La rue qui conduisait à l'hôtel était large et droite, mais l'asphalte était glissant, et l'étranger aurait déjà voulu être dans sa chambre.

« Des têtes d'enterrement ! dit le chauffeur. Qui s'intéresse à nos têtes ? Nous sommes déjà bien contents qu'il n'y ait pas de guerre. Croyez-vous qu'il y en aura une ? » Il regardait par-dessus son épaule, alors que la voiture fonçait à une vitesse inquiétante. « Vous croyez que les Anglais s'engageront dans une guerre ? »

L'étranger répondit : « Personne ne veut la guerre. Et dans le monde entier, on a le plus grand respect pour l'Allemagne. »

Ce n'était pas une réponse. Le chauffeur de taxi soupira.

« J'ai trois enfants, continua-t-il, et chaque jour je peux m'attendre à être liquidé. "Liquidé" ! Vous savez ce que ça veut dire ? Il y a trop de chauffeurs dans la ville et pas d'essence. Et ils ont besoin de main-d'œuvre pour la ligne Siegfried[1]. Chaque jour, je peux être envoyé très loin de ma famille pour travailler aux installations de défense. Mais je veux rester chez moi, ici, dans ma ville ; ça m'est égal si tout n'est pas rose ici. Ma place est ici, près de ma femme et de mes enfants. Je ne suis pas prussien, et ce n'est pas non plus mon métier de construire des fortifications, je suis un chauffeur bavarois ! »

---

1. La ligne Siegfried, ou *Westwall*, était un système de défense s'étendant sur plus de 630 km le long de la frontière occidentale de l'ancien Empire allemand. Adolf Hitler planifia cette ligne en 1936 sur les travaux de Fritz Todt et la fit construire entre 1938 et 1940.

Étonnant, comme cet homme parle avec franchise, pensa l'étranger. En tout cas, tout ce que l'on raconte sur la peur est injustifié. Comment quelqu'un peut-il savoir que je ne le dénoncerai pas ? Il semble qu'il n'ait rien à craindre des autorités. Le taxi s'arrêta, l'étranger paya et donna un bon pourboire.

« Merci beaucoup, se réjouit le chauffeur de taxi. Et s'il vous plaît, ne dites à personne que j'ai un peu trop parlé. Si on ne se soulage pas quelquefois, on éclate. Et quand le client est un étranger, on n'a pas aussi peur. Si vous me dénoncez, je suis perdu. Mais vous ne le ferez sans doute pas – cela ne vous rapporterait rien, si l'on m'arrêtait et m'emprisonnait. Avec nos concitoyens, c'est différent: ils y gagneraient quelque chose, une récompense ou une promotion. »

D'un mouvement de tête, l'étranger le rassura:

« Je ne dirai rien à personne. D'ailleurs, je ne connais personne ici à qui je pourrais raconter quoi que ce soit. Mais laissez-moi vous donner un conseil. Ne prenez pas les choses au tragique. Tout cela passera. Dans quelques années, la discipline, les restrictions et le travail sur la ligne Siegfried ne seront plus nécessaires.

— Vous croyez ? » demanda le chauffeur, et son visage exprimait une joie mêlée de crainte. « Vraiment ? »

L'étranger acquiesça.

« Bonne chance », ajouta-t-il, avant de franchir la porte tournante de l'hôtel Reichshof.

Une fois dans sa chambre, il sortit sur le balcon d'où il dominait la grande artère. À de nombreuses fenêtres, il y avait encore de la lumière. Ils étaient là, les habitants de cette ville. Si ce que l'étranger avait vu ce soir-là était représentatif, alors des choses étranges leur passaient par l'esprit. Extraordinaire, pensait l'étranger. Ce qui figure dans les journaux est simple et sans ambiguïté. Selon la volonté du Führer, les Juifs et les communistes doivent être éliminés. Il est vrai que ce n'est pas très joli, mais si c'est pour le bien du peuple, alors c'est le prix à payer. En outre, la nation est unie sous le signe de l'amour de la patrie et de sa réhabilitation. Et sans aucun doute, l'honneur de ce peuple fier qui fut humilié est rétabli. En plus, le chômage a disparu, la jeunesse du pays se développe en cultivant les principes de santé et de force, et le citoyen qui, du temps de la République, n'avait montré ni inclination ni talent pour se gouverner soi-même, sent maintenant la forte poigne d'un gouvernement triomphant. Que, du point de vue de notre démocratie libérale, nous ne saluions pas cette évolution, n'a pas d'importance. Sans doute le Reich, dans son expansion, menace-t-il nos intérêts. Mais les Allemands eux-mêmes devraient être contents, et dans l'ensemble, ils le sont.

La pluie avait cessé. Derrière les restes de nuages menaçants qui passaient, quelques pâles étoiles brillaient. La ville ! Cette belle ville très ancienne aux vents qui soufflent de la montagne, aux maisons peintes, aux hommes travailleurs, pleins d'espoir, honnêtes, qui rient, pestent, plaisantent. S'il existait un heaume magique qui rende invisible ! Si je pouvais le mettre pour pénétrer dans les maisons. Je voudrais bien observer les hommes au travail et les femmes occupées aux tâches ménagères. Je me demande si la petite Schindhuber satisfera son maître en répétant le discours du Führer, et si le fabricant d'« anges de paix » sera content et heureux – il ne gagne pas une fortune avec ce commerce. Avant de quitter la ville demain, je dois revoir le magasin aux images pieuses et à l'horrible affiche. Oui ! Je pars demain, dès l'aube si possible. Dans la mesure où je n'ai pas de heaume magique, je n'ai aucune chance d'en apprendre davantage au cours de mon voyage d'exploration. Je pourrais rester ici des jours, des semaines et des mois entiers sans connaître la ville.

Sans aucun doute, elle est très jolie. Et, somme toute, je me plais bien ici, en Allemagne. C'est-à-dire que l'Allemagne me plaît pour les Allemands. Mais nous ne sommes pas seuls au monde, et chacun doit vivre comme il l'entend.

Ses rêves, confus et entremêlés, se succédaient : un chien indigné aboyait des chiffres ; une femme, fabuleusement vieille et de taille gigantesque, tenait une lance d'incendie ; un homme, en uniforme de chauffeur, était enfoncé jusqu'au menton dans une tranchée, tandis que les balles sifflaient à ses oreilles. Un charmant village de montagne, de la taille d'un jouet, s'offrait à la vue de l'étranger lorsqu'une main immense s'éleva et le recouvrit. De l'étoffe rouge que la main avait étendue sur le village s'éleva une croix gammée, noire, épaisse, volumineuse, gigantesque, qui se transforma en un point d'interrogation. Et de nouveau le chien aboya des chiffres...

L'étranger enfouit son visage dans l'oreiller. Il gémit dans son sommeil.

CHAPITRE 1

« À la suite d'une regrettable erreur… »

À l'un des angles de la place,
il y a une petite boutique. Dans la vitrine éclairée,
une Madone gothique, à l'air serein,
les mains paisiblement levées, bénit les passants.

Marie voulait devenir institutrice. Les parents de la jeune fille tenaient, sur la place du marché, une boutique où l'on pouvait acheter des Bibles, des livres religieux et des images pieuses. Mais leur commerce « n'était pas dans l'air du temps », et ils gagnaient à peine de quoi subsister. Ils vivaient dans la crainte perpétuelle d'être « interdits » – ou au moins insultés, et même agressés par de jeunes nazis.

Le séminaire pédagogique que Marie comptait suivre venait d'être supprimé pour les femmes jusqu'à nouvel ordre. De plus, il fallait faire une « année de service obligatoire », sans parler de l'argent dont Marie ne disposait pas pour financer ses études. Après de longues discussions avec ses parents et la toute-puissante Agence pour l'emploi, Marie fut obligée d'accepter une place de domestique chez les Pfaff. Elle devait s'occuper de quatre

enfants – la petite Marie, de constitution plutôt délicate, aurait préféré un travail moins dur pour si peu d'argent. Il y avait beaucoup d'emplois de ce genre. Le personnel de maison s'était fait rare, et Marie reçut un choc lorsqu'à l'Agence, on ignora les alléchantes annonces qu'elle avait sélectionnées pour l'envoyer dans la famille Pfaff, comme si elle était un soldat qui s'engageait dans un régiment. Pour vingt-deux marks par mois, elle devait faire la cuisine, la couture pour toute la famille, le ménage, et s'occuper des enfants. Et, pour couronner le tout, le soir, elle devait être de service à la Ligue national-socialiste des Femmes[1].

«Mais je ne peux donc pas aller où je veux?» demanda Marie, pendant qu'au même moment ses petites annonces disparaissaient dans un tiroir. «Cela veut dire que je n'ai pas le choix?»

L'employée de l'Agence, une femme bien charpentée, aux traits sévères mais non sans amabilité, eut un rire bref. «Aucun», lui répondit-elle en lui tendant un journal, comme en échange des annonces confisquées.

Marie lut la manchette: «UN PROBLÈME DE GRANDE AMPLEUR». Dès les premières lignes, il était clair que l'article s'adressait à elle, Marie, la future domestique. Elle se reporta au titre du journal et eut

1. La Ligue national-socialiste des Femmes (*Nationalsozialistische Frauenschaft*) est née, en octobre 1931, de la fusion de diverses associations nationales et national-socialistes. En 1935, membre de la NSDAP, elle a pour mission de former les femmes qui dirigeront diverses ligues ou différents mouvements féminins, selon les valeurs politiques et sociales nazies.

la chair de poule. C'était *Das Schwarze Korps*[1]. Elle savait que tout ce qui était dans le journal, chaque menace et chaque avertissement, jouissait d'une autorité incontestée. *Das Schwarze Korps*, l'organe des troupes d'élite de Hitler, de la *Schutzstaffel*[2] à l'uniforme noir, était toujours très sûr de lui. Des mois avant qu'une loi ne fût publiée ou un décret promulgué, *Das Schwarze Korps* était informé de l'événement imminent. À vrai dire, il n'était pas seulement informé; il contribuait à sa création. Si, dans ses colonnes, une revendication était exprimée ou un « scandale public » révélé, aucune confirmation ultérieure n'était nécessaire: la revendication était satisfaite, le « scandale » éliminé.

« Nous considérons que la question des employés de maison, lut Marie, est étroitement liée aux diverses mesures concernant la politique démographique. Et nous devons les considérer ainsi car, du succès de notre politique démographique, dépend en définitive l'avenir de notre peuple. »

« Mais comment cela? demanda Marie. Quel est donc le rapport? » Elle lut la suite. D'après l'article, la situation était à peu près la suivante: de nom-

---

1. *Das Schwarze Korps* (« Le Corps noir ») est l'organe de presse des SS. À partir de mars 1935, il tirait à 200000 exemplaires. Les articles satiriques attaquaient le catholicisme (notamment le pape Pie XII), la communauté juive et les communistes.

2. *Schutzstaffel (SS)* : « Équipe de protection » sous le nazisme. Les grades de la *Schutzstaffel* sont divisés selon le modèle de l'armée, chaque grade ou presque a son équivalent. Comme dans l'armée, on distingue trois groupes: les hommes de la SS correspondent aux troupes, les SS-Unterführer aux sous-officiers et les SS-Führer aux officiers.

breuses domestiques ne voulaient pas travailler dans des familles nombreuses pour un salaire de misère. Mais, si ces familles ne pouvaient pas avoir de domestiques, elles ne voudraient pas avoir d'autres enfants, et l'avenir du peuple serait en jeu. « Il ne faut plus minimiser le danger, écrivait *Das Schwarze Korps*, car il s'agit ici d'un cas d'urgence nationale qui, sans aucun doute, aura des conséquences incalculables. » Suivaient une deuxième, puis une troisième manchette en caractères gras : « IGNORER LE PROBLÈME N'EST PAS LE RÉSOUDRE », et « LE TEMPS EST VENU DE PRENDRE DES MESURES SÉVÈRES ». Les incessants efforts d'éducation entrepris par l'État, lut Marie, n'auraient eu, jusqu'à présent, presque aucun effet. L'« intervention énergique » était pour cette raison à l'ordre du jour. Pour les compatriotes « de nature immorale » qui, « sans aucun sens de leur responsabilité, ni aucun sens du devoir », avaient quitté une place pour en prendre une autre, moins épuisante et mieux payée, la récente décision du tribunal d'instance de Weimar devrait servir « de sérieux avertissement ». Une domestique, qui, par malveillance, avait quitté son emploi, a été condamnée à deux mois d'emprisonnement. « Nous saluons cette décision, car d'importants devoirs démographiques ne peuvent en aucun cas échouer devant le "libre jeu des forces". »

Abasourdie, Marie rendit le journal à la très charpentée représentante de l'Agence pour l'emploi.

« Vous voyez, Mademoiselle ? dit l'employée. Deux mois d'emprisonnement. Il y a une situation d'urgence nationale. Alors, vous allez chez les Pfaff ? »

Marie acquiesça. « Oui, bien sûr, je n'ai pas le choix. »

Lorsque, à la maison, elle se fut remise de ce choc, Marie pensa : Cela ne me fera pas de mal. J'aime le travail, et cette année de « formation pratique » me sera utile plus tard pour ma profession et aussi pour mon ménage.

Pour le mariage, elle avait en effet des plans concrets. Marie était fiancée au fils d'un ancien ouvrier devenu contremaître. Le jeune homme voulait devenir avocat. Le soir, il travaillait à l'usine métallurgique où son père était employé, et le jour il préparait son premier examen d'État en droit. Marie admirait son zèle et elle aimait le courage, l'endurance et le rayonnant optimisme de son Peter qui, en toute circonstance et malgré les obstacles, gardait sa bonne humeur. Il allait de soi que Peter appartenait à la Ligue national-socialiste des Étudiants. Elle-même avait quitté la Ligue des Jeunes Filles allemandes pour rejoindre La Ligue national-socialiste des Femmes. Malgré cela, ils avaient toutes les raisons d'être mécontents des nazis. Il leur restait si peu de temps pour être ensemble ou pour se consacrer aux choses qui les intéressaient. Ils devaient sans cesse se rendre à des exercices, apprendre à fond la « vision du monde » nazie, ou accomplir une tâche quelconque, alors qu'ils auraient voulu être ensemble, lire ou étudier. Et quand, le dimanche, ils se réjouissaient de pouvoir faire une excursion en montagne, il y avait une « marche tout terrain », ou une autre manifestation obligatoire de caractère « militairement sportif ».

Marie était une bonne catholique ; enfant déjà, elle se plaisait à regarder les images pieuses dans la boutique de ses parents et à écouter son père lire des histoires tirées de la Bible. Mais, comme Peter était un vibrant patriote et un national-socialiste convaincu, elle s'était pliée au nouvel ordre et n'avait jamais ressenti le besoin d'agir ou de penser contre l'État nazi. En somme, comme son fiancé, elle était pleine d'espoir en l'avenir. Toutefois, de temps à autre, Peter lui-même avait des doutes. Les responsables de la Ligue national-socialiste des Étudiants projetaient de réduire de trois à un an la durée des études pour être avocat.

«Je crains que sur ce point nous exagérions un peu, estimait Peter. Quand on pense qu'au cours de cette même année, il faut aussi remplir ses obligations envers le Parti et, en plus, faire ses quatre semaines d'entraînement, c'est beaucoup trop. Bien sûr, on nous facilite l'examen, à nous, les nationaux-socialistes, mais quand on veut devenir un bon avocat, il faut tout de même beaucoup étudier. Parfois j'ai peur, quand j'y pense... – et il semblait préoccupé en disant cela – j'ai peur de devenir l'un de ces hommes dont le patriotisme remplace la compétence professionnelle. Mais bon, nous nous en sortirons d'une manière ou d'une autre», finit-il par conclure, et il demanda à Marie des nouvelles de la famille Pfaff.

«Les Pfaff n'ont pas une situation très enviable non plus, dit-elle. Quatre enfants avec deux cents marks par mois. Mais Monsieur Pfaff est quand même fonctionnaire, il lui est difficile d'avoir moins de quatre enfants.»

Peter devint cassant: «Mon Dieu, tu parles comme si tu ne comprenais rien, ou comme si nos dirigeants tenaient aux grandes familles pour s'amuser.»

Marie mit son bras autour du cou de Peter et caressa avec douceur ses traits sévères mais juvéniles. « Et toi, tu parles comme si tu étais *Das Schwarze Korps* en personne, et non pas mon cher Peter, qui m'appartient, à moi et à personne d'autre. »

Peter se libéra de son emprise. « Non, non. C'est une affaire sérieuse. D'ailleurs, tu sais bien que je ne suis pas seulement à toi. J'appartiens avant tout à ma patrie. En ce qui concerne les Pfaff, ils ne font que leur devoir, c'est tout. Le *Reichsführer-SS*[1] Himmler le disait l'autre jour de manière très nette: "Tout jeune Allemand en bonne santé commet délibérément un crime contre son peuple quand, entre vingt-cinq et trente-cinq ans, il ne contribue pas, avec quatre ou cinq enfants, à l'avenir de l'Allemagne." »

Marie eut un sourire. « Tu as appris cela par cœur ? »

Peter, qui arpentait la chambre comme s'il tenait un discours, répondit avec gravité: « Je l'ai noté, car cela a presque valeur de loi. N'oublie pas, je suis avocat et je serai aussi père un jour. » Il dit cela sans tendresse et sans une once d'ironie.

Marie était certes sensible au sérieux juvénile de son fiancé, pourtant elle eut froid dans le dos. « Je ne disais pas ça méchamment, dit-elle. J'affirme que ce n'est pas facile de s'en tirer avec deux cents marks par mois. »

Peter, qui devenait agressif, s'écria: « "La question des enfants n'a rien à voir avec l'économie". Ce n'est pas de moi. Ça vient du même discours du *Reichsführer-*

1. Grade le plus élevé dans la SS.

SS Himmler, et je l'ai appris par cœur, que cela te plaise ou non. Et il va plus loin encore: "Nos ancêtres, surtout dans les grandes périodes de détresse des XVIIe et XVIIIe siècles, se sont-ils demandé, en tant que parents de familles nombreuses, comme cela allait de soi autrefois, si certains divertissements leur manquaient – car c'est sur ce seul et unique point que portent les faux prétextes selon lesquels 'on' ne pourrait pas nourrir ni élever quatre ou cinq enfants. De telles objections ne sont pas que mensongères et asociales, elles sont le signe d'un esprit indiciblement immonde et égoïste qui ne pense à rien d'autre qu'à sa liberté personnelle ou à l'élévation de son 'niveau de vie', ce qui veut donc dire que l'on bouffe et que l'on picole avec l'argent qui revient de droit à ses propres enfants".»

Il continuait à arpenter la pièce tout en récitant. Marie aurait pu émettre de nombreuses objections. Notre niveau de vie est si bas, et a tant baissé ces dernières années, que ce ne serait pas «indiciblement immonde», et encore moins «égoïste» ou «asocial», si on voulait un peu le relever. Mais pourrions-nous *vraiment* le relever si nous ne mettions que deux ou trois enfants au monde? Non, non. Nous tentons d'empêcher que notre niveau de vie ne sombre encore davantage, et que nous soyons acculés à la ruine par les quatre ou cinq enfants au moins que Monsieur Himmler exige de nous. Elle aurait pu lui dire tout cela. En fait, cela ne lui vint même pas à l'esprit.

Car elle aussi connaissait plus ou moins les idées de Monsieur Himmler qui, comme toutes les communications importantes, avaient paru dans *Das Schwarze*

Korps. « Traîtres à la patrie », « criminels » étaient les termes par lesquels il désignait tous ceux qui « ne suivaient pas l'appel impérieux de la nature » et voulaient avoir moins de quatre enfants. Puis il avait ajouté de manière surprenante : « Il faut avant tout que ces Allemands, qui veulent être un modèle de pensée et d'action, veillent à ce que la connaissance de ce danger pour la stabilité de notre nation ne reste pas lettre morte. »

Marie soupira et secoua la tête. En Allemagne, on liquidait les traîtres à la patrie sans autre forme de procès. Peut-être les Pfaff avaient-ils raison, pensa-t-elle. Peut-être est-il préférable d'avoir quatre enfants et d'innombrables soucis plutôt que de ne « pas suivre l'impérieux appel de la nature » – qui n'est rien d'autre que la voix du *Reichsführer-SS* Himmler.

Mais ça aussi, elle le garda pour elle. Peter s'assit sur l'accoudoir du fauteuil, déplia ses longues jambes et devint plus accommodant. « Allons, ne te fais pas de soucis, Marie. En quoi les Pfaff te concernent-ils ? *Nous* – et il disait cela avec fierté –, *nous* nous en sortirons. Attends que j'aie achevé mes études et que j'aie une situation. »

Marie hocha la tête.

« Pour les denrées alimentaires, ça va de mal en pis, dit-elle. Parfois, je ne sais même plus ce que je dois cuisiner. » Elle rit. « Tu veux savoir ce qui m'est arrivé hier ? Je suis allée faire les courses. Mais hier était un mauvais jour. Il n'y avait pas de beurre, pas d'œufs et pas de farine non plus. Je demande au vendeur du beurre, puis des œufs, puis de la farine, et chaque fois, il me dit : "Non." À la fin, il me dit : "Mais laissez-moi enfin en paix, Mademoiselle. Voulez-vous faire les courses ou entamer une discussion politique?" Puis il me propose une nouvelle sorte de gruau d'avoine qui, paraît-il, est très bonne. Mais je ne voulais pas de gruau d'avoine.»

Peter était inquiet. «Marie, tu dois être plus prudente. Tu sais bien que tu ne dois pas parler politique dans les magasins.»

Marie riait toujours.

«Écoute, dit-elle. Si *ça*, c'est une discussion politique...»

Peter changea de sujet et demanda des nouvelles des enfants Pfaff. Il voulait savoir si Marie en savait déjà assez pour élever ses fils à lui.

«Le petit Fritz est malade, dit Marie. Il pleure sans cesse et il a cette horrible éruption au visage. Le docteur dit que ça vient de la margarine. Il n'y a pas grand-chose à faire.»

Peter fronça les sourcils. «Ce sont des bêtises! dit-il. Ça ne peut pas être la margarine. Peut-être bien que tu ne lui donnes pas ce qu'il faut à manger?»

Peter et Marie étaient en uniforme, car tous deux étaient de service le soir.

«Je dois faire un effort, dit Marie. Avant-hier, à la course de fond, j'ai terminé deux fois dernière. La responsable de l'entraînement était en rogne contre moi.»

Peter, un sportif de premier ordre, fut sévère ce soir-là: «Oui, fais un effort pour éviter d'autres plaintes.»

Ces derniers jours, Marie ne s'était pas sentie très bien. Elle avait mal au dos et n'avait pas d'appétit. En outre, chez les Pfaff, ce n'était pas très agréable. Pas seulement à cause du petit Fritz qui pleurait sans cesse; Monsieur Pfaff était surmené et irascible, et il réprimandait tout le monde parce que la nourriture était mauvaise. Madame Pfaff avait pleuré, et Marie avait tenté hier de faire un bon gratin de pommes de terre et, pour remplacer la viande, un pudding à base de pain, avec de la confiture car il n'y avait pas de fruits frais. En plus, les Pfaff avaient peur de perdre leur maison. Le Parti avait besoin du bâtiment. C'est pourquoi Monsieur Pfaff devait employer son peu de temps libre à chercher une nouvelle maison. On lui avait remis une liste de noms de citoyens juifs. Dès qu'il aurait trouvé une maison qui lui convenait ou un bel appartement, les Juifs devraient déménager et les Pfaff auraient un nouveau logement. Toute cette histoire rendait Monsieur Pfaff malade.

« Je ne veux pas que l'on mette ces gens à la rue, même si ce sont des Juifs, dit-il. Et qu'est-ce que ça signifie, gaspiller son temps de cette manière – en courant d'une maison de Juifs à une autre comme un colporteur ? »

Marie pensait que Monsieur Pfaff disait des inepties. Les Juifs étaient des sous-hommes. Monsieur Pfaff le savait aussi bien que Marie. Pourquoi les Juifs devraient-ils avoir un logement alors que les Pfaff, qui étaient de bons Allemands, devaient déménager ? En tout cas, elle était abattue et ne se sentait pas bien. Le soir, il y eut encore un incident, la responsable de l'entraînement la houspilla pendant les exercices de saut en longueur. Elle décida d'aller voir le médecin le lendemain, il lui prescrirait quelque chose. La responsable de l'entraînement lui recommanda le jeune docteur Killinger.

« C'est un camarade du Parti, dit-elle. Il est premier médecin-assistant à l'hôpital de la ville, mais l'après-midi il a son propre cabinet. Il vous aidera.»

Marie revint plus morte que vive de sa consultation chez le camarade du Parti. D'abord, elle avait dû attendre deux heures. Ensuite, le jeune médecin nazi lui avait fait des avances et s'était indigné lorsqu'elle l'avait repoussé. Mais, le pire – le pire de tout ! – l'attendait. Après un examen rapide et superficiel – Marie n'avait dû se dévêtir que jusqu'à la taille – il diagnostiqua ce dont elle souffrait.

«Ce qui ne va pas ? avait-il dit en riant. Eh bien, rien du tout, mademoiselle. Vous êtes enceinte, c'est tout.»

La salle de consultation se mit à tourner autour de Marie. De frayeur et d'angoisse, elle ne put prononcer un mot.

«Ce n'est pas possible *– ça ne peut pas être – c'est impossible* », c'était tout ce qu'elle avait pu dire.

Pour l'amour de Dieu, comment l'enfant pourrait-il vivre, alors que ni ses parents ni Peter ne pouvaient le prendre en charge ? Après une nuit misérable où elle ne fit que pleurer, elle parla à Peter.

«Je n'en crois rien, dit-il et il ajouta : Tu sais quoi ? Tu vas aller à Munich. Là-bas, mon oncle dirige une clinique gynécologique. Je ne l'aime pas tellement, c'est un de ces libéraux de la vieille école, mais c'est d'évidence un bon médecin. Ce docteur Killinger n'a pas fait assez d'études, et en plus il a beaucoup trop à faire ici, en ville. Je suis sûr qu'il s'est trompé dans son diagnostic.»

Marie se rendit à Munich. L'oncle de Peter, le «libéral de la vieille école», était un homme d'un certain âge, sympathique. Il l'examina avec un soin qui la mit en confiance.

« Il n'y a aucune trace d'enfant, affirma-t-il. Mais, jeune dame, vous êtes sous-alimentée, surmenée de surcroît, et dans l'ensemble très fatiguée. » Il voulait la garder quelques jours chez lui, à la clinique. Il lui ferait quelques piqûres pour la rétablir, et lui prescrirait une meilleure alimentation. Elle serait bientôt de nouveau sur pied. Marie accepta sa proposition avec reconnaissance. Pour une fois, les Pfaff pourraient bien se passer d'elle pendant trois jours. Bien sûr, son absence mettrait en colère la directrice de la Ligue des Femmes. Mais Marie espérait revenir bien rétablie, et être meilleure en sport, alors tout se tasserait.

Peter, qui la joignit par téléphone, était tout heureux.

« Alors, tu vois, s'écria-t-il. Est-ce que je ne te l'avais pas dit ? Ce Killinger devrait se faire rembourser ses frais d'inscription à la faculté ! »

Marie se sentait mal en pensant au camarade du Parti Killinger. Il allait la haïr.

D'abord, elle l'avait repoussé, ensuite elle était allée chez un autre médecin, un « libéral de la vieille école », qui n'avait pas confirmé le diagnostic de Killinger. Mais après tout que peut-il faire contre moi ? pensa-t-elle, et elle décida de profiter de la bonne nourriture.

Quel mal pouvait-il bien lui faire, ce jeune docteur Killinger qu'elle avait tant offensé ?

Lorsque, après trois jours d'absence, Marie se présenta pour le service à la Ligue des Femmes, la directrice la regarda d'un air sombre.

«Alors vous étiez à Munich?» demanda-t-elle, mais il était évident qu'elle savait où Marie était allée.

Marie acquiesça.

«Espérons que cela ne va pas mal finir pour vous, continua la directrice. Mais Dachau aussi est un endroit charmant.»

Marie était comme paralysée de frayeur, et elle ne comprit pas ce que voulait dire la femme. C'est Peter qui lui expliqua le sens de cette terrible remarque.

«Elle croit que tu étais enceinte, et que mon oncle t'a opérée à Munich.»

Des jours et des semaines passèrent, pleins d'angoisse, de cauchemars et de discussions qui ne menaient à rien.

«Il ne peut rien nous arriver, dit Peter. Nous sommes innocents, c'est la parole de mon oncle contre celle de Killinger. Ce n'est qu'un jeune cancre qui ne t'a même pas examinée comme il faut.

— Mais Killinger est un camarade du Parti et pas ton oncle. De plus, tout est contre moi: je suis restée trois jours à la clinique.»

Peter, plongé dans ses textes de loi, répondit: «Bon, si Killinger porte plainte contre mon oncle, ça peut être grave. Mais même en cas de procédure, la vérité éclatera au grand jour.»

Marie qui, entre-temps, à la Ligue des Femmes, était traitée comme une criminelle, secoua désespérément la tête.

«La vérité... dit-elle. Je ne sais pas – je crains que la vérité ne compte plus beaucoup chez nous. J'ai peur, s'écria-t-elle et elle éclata en sanglots. Je ne peux pas te dire quelle terrible peur j'ai.»

Peter avait le front en sueur, mais il tenta de la consoler.

« N'aie pas peur », dit-il et il lui caressa les cheveux d'un geste apaisant. « Avant tout, tu ne dois pas leur montrer ta peur. Si tu *la montres*, nous sommes perdus. »

C'était terrible d'entendre Peter parler ainsi – Peter, qui d'ordinaire était toujours si courageux et optimiste, et qui était si sûr de lui : « Perdus ! » Marie, qui maintenant ne pleurait plus, le regardait avec des yeux exorbités, pleins d'angoisse. Elle fixait son Peter comme s'il était un fantôme.

Puis, ce qui devait arriver arriva.

Un jour, Madame Pfaff appela sa domestique et lui dit : « Marie, je regrette beaucoup, et tu sais à quel point j'ai besoin de toi, mais tu comprends, j'ai entendu des choses, des choses terribles ; cela peut très mal se terminer… »

Marie répondit d'une voix tremblante qui était si peu convaincante : « Mais ce n'est pas vrai, il n'y a pas un mot de vrai dans tout ça… »

Debout, au milieu de la pièce, la jeune fille chancela. La maladroite mais aimable Madame Pfaff, persuadée que la jeune fille mentait, tenta néanmoins de la consoler.

« Marie, il vaut mieux que tu avoues, dit-elle. Pense donc à tes parents et à Peter. S'il y a un procès, il y aura un scandale monstre. Je crois qu'aujourd'hui ils appellent cela "haute trahison" ou "assassinat", ou je ne sais quoi encore… »

La pauvre femme bafouillait, mais les mots poignardèrent Marie. Elle prit ses affaires et quitta la maison. Pas question de rentrer chez elle, que diraient ses parents ? À Peter non plus, elle ne pouvait pas dire qu'on l'avait renvoyée sans préavis. Elle mit son bagage à la consigne de la gare et marcha en ville, des heures durant.

Le soir, à la Ligue des Femmes, la même scène se reproduisit et les mêmes accusations furent proférées devant l'équipe rassemblée, devant toutes les filles et les femmes qui chuchotaient et ricanaient. Quelques-unes la regardaient avec compassion, mais la plupart avec haine.

« Suspendue jusqu'à nouvel ordre ! » telle fut la sentence que lut la directrice de cette formation militaire. « C'est-à-dire jusqu'à ce que l'affaire soit éclaircie – à supposer qu'il y ait encore quelque chose à éclaircir. »

Marie décida de ne rien raconter à Peter. Peut-être n'apprendrait-il rien ; ces derniers temps, il ne parlait presque plus avec les gens.

Mais elle devait rentrer chez elle, il n'y avait pas d'autre issue. En chemin, elle se souvint que, deux jours auparavant, on avait collé une affiche sur la vitrine de ses parents, une menace à cause des images pieuses. C'était l'œuvre de quelques jeunes hitlériens trop zélés. Bien sûr, le Parti n'avait rien à voir là-dedans. Mais c'était quand même terrible et très inquiétant. Le matin, ses parents avaient enlevé l'affiche, après l'avoir montrée au policier qui était en service au coin de la rue. Ils lui avaient demandé s'il n'aurait pas la bonté de monter la garde le soir, car on ne savait pas ce qui pourrait se passer. Mais, bien que, de toute évidence, l'affiche ne plût pas au policier, il avait secoué la tête.

« Désolé, dit-il, je suis désolé, mais la surveillance

de votre boutique ne relève pas de l'intérêt public. J'ai mes instructions et si je ne les suis pas, j'aurai des ennuis. »

À la suite de quoi, ses parents avaient modifié la vitrine de fond en comble. Là où, auparavant, se trouvait encore la Sainte Vierge dans son beau manteau bleu, il y avait maintenant un portrait du Führer et, dans la vitrine menacée, une édition de *Mein Kampf* remplaçait désormais la Bible décorée. La nuit dernière, il ne s'était rien passé.

Marie se rendit chez elle à pied – les tramways étaient de nouveau bondés. Elle avait peur de rencontrer des gens qu'elle connaissait et qui auraient pu lui poser des questions gênantes.

« Si tu montres que tu as peur, alors nous sommes perdus », avait dit Peter.

Mais elle n'était pas habituée à dissimuler, et elle ne pouvait cacher la peur qui l'étreignait.

La place du marché était noire de monde. Quelque chose avait dû se produire. Peut-être qu'un tramway avait déraillé – cela était arrivé plusieurs fois ces derniers temps. Le cœur de Marie battit plus vite quand, en s'approchant, elle vit que la foule était plus dense autour de la maison de ses parents. Puis il y eut un crissement sous ses pas – des éclats de verre. La devanture, pensa-t-elle. Ils ont brisé la vitrine ! Quel tas de débris de verre ! Qui aurait pensé qu'une seule fenêtre puisse éclater en tant de morceaux. Les images pieuses, déchirées, gisaient aussi avec les restes du crucifix brisé – le beau crucifix ancien sculpté, devant lequel, petite fille, Marie s'agenouillait – et les pages de la Bible, détrempées, noircies de suie. Çà et là, les perles d'un chapelet cassé luisaient comme des larmes. Dans la boutique, le mobilier était démoli et carbonisé, dégoulinant encore de l'eau qui avait été déversée pour empêcher le feu de se propager.

Marie, à peine consciente, se fraya un chemin dans la foule qui lui fit place quand on la reconnut. Si elle avait pu percevoir autre chose que la destruction qui l'entourait et la peur qui étreignait son cœur, elle aurait remarqué qu'il n'y avait aucun regard hostile. Bien au contraire, ils étaient amicaux et pleins de compassion. Beaucoup de gens étaient en colère et pleins de dégoût pour ce qui venait de se passer.

Soudain un homme de la SS surgit. La foule fit semblant de ne pas le voir. Et lui semblait transi, comme s'il avait essuyé une averse glacée.

Marie demanda: «Où sont mes parents?»

Le SS répondit d'une voix presque humble: «Vos parents sont en détention préventive. La foule était furieuse contre le mouvement catholique avec lequel ils ont partie liée. Nous ne pouvions plus assurer leur sécurité. Calmez-vous, Mademoiselle, ajouta-t-il, quand Marie fut sur le point de s'évanouir, la détention préventive n'est pas une honte, et la vie des détenus n'est pas en danger. C'est une mesure que l'État prend pour préserver la sécurité, c'est tout.»

Trois mètres environ derrière le SS, un ouvrier se mit à hurler: «Bande de porcs! Assassins! Dégage, *nazi,* ou –»

Il n'eut pas besoin d'achever sa menace. Au lieu de siffler du renfort pour arrêter l'homme, le SS partit en courant comme s'il avait le diable aux trousses. Sa belle casquette noire tomba alors qu'il s'éloignait à grands pas. Il la laissa là, entre les morceaux de verre et les ruines. La tête de mort sur la visière brilla comme les perles du chapelet.

Marie ne sut pas comment elle trouva le chemin de l'appartement de Peter. Peter était à son bureau, le regard fixé sur une lettre. Il semblait être dans cette posture depuis des heures.

« La citation à comparaître, dit-il, quand Marie entra. Ils ont convoqué mon oncle, et nous aussi. Tiens, regarde... »

Et il tendit à Marie la lettre dans laquelle son oncle l'informait, de sa rapide et belle écriture déliée.

Marie dit : « Notre magasin a été détruit... Ils ont arrêté mes parents par précaution – le crucifix... » Alors elle éclata en sanglots, comme si le crucifix, le beau crucifix sculpté était l'événement le plus triste de toute cette affaire. « Le crucifix », elle pleurait et s'effondra dans le fauteuil, comme si on lui avait asséné un coup.

Peter ne fit pas un geste pour la consoler et dit : « Il n'y a rien à faire, nous ne nous en tirerons pas. Tout s'est ligué contre nous, mon oncle est haï, Killinger a de l'influence, et *ils* m'ont déjà exclu de la Ligue national-socialiste des Étudiants... »

(Et moi qui ne voulais pas lui en parler, pensa Marie.)

« Cela n'a aucun sens, tout cela n'a aucun sens », reprit-il, sans baisser la voix.

Marie approuva d'un signe de tête. Il n'avait pas besoin d'exprimer ses pensées ; Marie savait ce qui était maintenant inévitable. Elle dit simplement : « Oui... C'est ce qu'il y a de mieux à faire.

– Viens, dit Peter, n'effrayons pas les gens qui habitent la maison.»

Il prit son revolver dans le tiroir et décrocha son manteau d'hiver du cintre. Dans un moment pareil, il pense encore à prendre son manteau, enregistra Marie. Dans la poche de sa veste, elle sentit le dur et froid contact de la clé de la boutique. Une serrure de sécurité, pensa-t-elle. Maintenant tout le monde peut entrer; tout le monde peut fouiller dans les décombres...

L'étroit sentier qui bordait le fleuve était désert à cette heure. Peter et Marie s'appuyèrent contre les piliers du vieux pont. Leurs visages pâles étaient tournés l'un vers l'autre. Il n'y avait pas de larmes dans leurs yeux. Seul un immense étonnement plein de frayeur que les choses soient allées si loin; rien, plus rien n'avait de sens. Peter jouait avec l'insigne du Parti épinglé sur la veste de Marie.

Elle dit: «Je me suis toujours donné tellement de mal. Je n'étais pas mauvaise, et je n'étais pas rebelle. Peter, dis-moi que je n'étais pas mauvaise.»

Peter passa son bras autour de ses épaules.

«Non, dit-il, nous n'étions pas mauvais, mais il y en a beaucoup qui – il voulait dire "qui sont morts", mais il ne put aller plus loin –, qui ne sont plus là, qui n'étaient pas mauvais, et qui eux non plus n'étaient ni rebelles ni coupables...»

Marie posa sa tête sur son épaule et dit: «Ne me dis pas quand tu le feras, ne me le dis pas, je préfère ne pas le savoir.»

Peter l'embrassa, prit le revolver dans sa poche. Marie avait les yeux fermés. Peter avait sa main gauche sur son épaule droite et il détacha la jeune fille de lui, comme s'il voulait la dévisager avec tendresse. Puis il appuya sur la détente.

Deux coups retentirent, deux sourdes explosions dont l'écho résonna sous les arches du pont. Marie mourut sur le coup. Peter durant son transport à l'hôpital.

Malgré l'absence de deux des trois prévenus, le procès eut lieu le jour prévu, à l'heure prévue. Le troisième accusé put prouver son innocence à l'aide de preuves irréfutables. L'infirmière en chef de sa clinique, haut fonctionnaire du Parti, témoigna en sa faveur alors que le jeune camarade du Parti Killinger ne put produire aucun témoin. Pour reprendre les mots du juge, il avait, avec une « imprudente irresponsabilité », formulé un reproche qui ne pouvait être « fondé ».

« À la suite d'une regrettable erreur, l'État national-socialiste a perdu deux vies pleines d'espoir et de bonne volonté, conclut-il. Heil Hitler ! »

L'affaire était réglée. L'assemblée se dispersa.

Chapitre 2

Surveillance réciproque

Notre ville était affairée, joyeuse et normale.
Après leurs courses, nos laborieuses ménagères
aimaient à se rencontrer pour papoter.
Malgré la fatigue et l'abattement
que trahissaient certains visages,
on ne pouvait déceler aucun motif d'inquiétude
dans les commérages ininterrompus.

Tard dans la nuit, le commerçant Hannes Schweiger était dans son bureau où il faisait sa comptabilité. Au lieu de la lumière électrique, une vieille lampe à pétrole décorée éclairait en dégageant de la fumée. Les autorités venaient de lui couper le courant, car il n'avait pas réglé la facture du mois précédent. Bien qu'enveloppé dans un épais manteau, par ailleurs rigide et froissé, il était glacé jusqu'aux os. Il travaillait dans un silence total. À côté de ses lourds livres de comptes, il y avait un petit couteau très acéré qui servait de gomme. Tout d'abord, il avait tenté avec soin de procéder à des modifications dans les lignes bien ordonnées de chiffres. Mais le papier ne valait rien, et il ne lui restait plus qu'à recopier en

HANNES SCHWEIGER

entier le livre de comptes. Quand il procédait à ces très importantes modifications, il travaillait avec le plus grand soin, le front appuyé sur sa main gauche.

En cet instant, les traits fermes et francs de l'homme offraient un contraste évident avec son occupation. Cinq ans plus tôt, Hannes Schweiger, fils du fondateur de l'entreprise Schweiger & Co, avait repris la boutique de produits coloniaux dans la vieille Rabengasse, avec ses stocks de thé, de café et de cacao. Avant d'entrer dans le commerce et d'épouser sa cousine Else, Hannes avait mené une vie d'étudiant et de sportif. Comme skieur, il avait été célèbre dans tout le pays, et sa peau brunie témoignait davantage du passé que du présent qui, manifestement, l'accablait d'un poids très lourd. Le commerçant Schweiger avait plutôt l'allure d'un Méridional ou même d'un Juif. Dans notre coin, on rencontre souvent ce type d'homme à la peau brune, aux yeux noirs et au long nez crochu. Avant d'avoir pu attester ses origines inattaquables, Hannes Schweiger avait connu de nombreux désagréments à cause de son apparence. Des jeunes l'avaient poursuivi dans la rue en le traitant de « sale Juif », et certains « gros bonnets » l'avaient regardé de travers.

Heureusement, tout cela appartenait au passé. Mais il avait de nouveaux ennuis. Comment concilier la grande franchise de son visage avec son activité actuelle ? Car il « falsifiait » ses livres de comptes et « réduisait » ses recettes, pour payer moins d'impôts. Pour l'amour de Dieu, ne pouvait-il donc pas dépenser un peu moins et donner à l'État ce qui lui revenait ? De quel montant était l'escroquerie ? Quelle était la somme qu'il soustrayait de ses recettes ?

L'insolite et l'inquiétant dans toute cette affaire, c'est qu'il ne soustrayait rien ! L'homme trichait en sens inverse. Il remplaçait de *petits* chiffres par de plus *grands* ! Il voulait payer plus, et non pas moins d'impôts. Dans son propre livre de comptes, qu'il était en train de modifier, figuraient des recettes annuelles de 8 456 marks. Il portait cette somme à 10 216 marks. En se donnant beaucoup de mal, il augmentait une recette sur deux de quelques pfennigs. De temps en temps, il inscrivait une valeur fantaisiste. Il consultait beaucoup de livres, de journaux et de circulaires. En effet, il n'osait pas faire croire qu'il avait vendu la marchandise à un prix plus élevé que celui qui était fixé par le commissaire des prix. Quant aux marchandises rares qui échappaient au contrôle et que le commerçant pouvait acheter et vendre sans limitation, elles pouvaient être librement enregistrées dans les comptes.

Hannes Schweiger avait-il perdu la raison ? C'est ce qu'on aurait pu croire car, pendant qu'il tournait les pages, calculait, additionnait, écrivait, il secouait sans cesse la tête avec désespoir. « Je ne peux pas payer ces impôts, murmurait-il. Cela n'a aucun sens, même avec un chiffre d'affaires plus élevé. Même si je dépasse de 216 marks la somme minimum, je dois fermer boutique. »

Ainsi, là était la clé de l'énigme ! Il courait le danger d'être classé dans la catégorie des « entreprises sans profits » qui « ne pouvaient pas être soutenues plus longtemps par la communauté nationale ». Il lui fallait produire des recettes annuelles d'au moins 10 000 marks et il avait décidé de s'escroquer lui-même !

« Purger le commerce de détail », telle était l'expression qu'avait trouvée l'administration pour cette croisade menée contre les petits commerçants et artisans. *Das Schwarze Korps*, lui encore, se consacrait de façon très zélée à ce processus de « purge ». « C'est au nom de pures considérations d'économie nationale » que le journal exigeait la dissolution forcée de toutes les entreprises « improductives » et constatait : « La simple conservation d'une existence indépendante est sans intérêt pour la collectivité nationale. » Le « but lointain » prôné était la « restructuration en profondeur » du peuple allemand et sa « mutation vers une société non mercantile ». Pour les « partisans des valeurs libérales » qui considéraient ces façons d'agir comme une « atteinte grave aux "droits de la personne" », on n'avait que mépris et raillerie. « L'État national-socialiste, poursuivait *Das Schwarze Korps*, n'a aucune raison d'assurer "la liberté d'exercer une profession" à ceux qui ont choisi une profession improductive, car, dans ce cas comme en d'autres, elle favoriserait les paresseux. »

Non seulement l'État ne se sentait aucune obligation de garantir le droit de choisir librement sa profession, mais il allait encore plus loin. Il ne se sentait pas davantage obligé de garantir, à quiconque ayant choisi une profession dans laquelle il avait acquis une grande compétence, et qui n'en connaissait pas d'autre, la liberté d'y persévérer. Hannes Schweiger se savait homme d'affaires travailleur, consciencieux et capable. Et voilà qu'on le traitait de « paresseux » ! Il avait choisi une profession « improductive » et donc « sans intérêt pour le peuple ».

Sur son bureau, à côté des nombreux livres et papiers, se trouvaient deux photos. Sur l'une d'elles, dans un cadre en argent, sa femme lui souriait. Elle tenait son plus jeune enfant dans les bras, tandis que les deux autres s'agrippaient à sa robe. Comme elle avait été jolie autrefois, et quelle belle rondeur avait son visage ! Puis son regard tomba sur l'autre photo – celle de son père. Hannes Schweiger senior avait la même tête que son fils et le même nez très crochu. Mais le front était plus bas et plus large, le menton plus fort, tout le crâne plus lourd. Les yeux noirs étaient pleins de défi.

Le fils se tourna avec affection et tristesse vers le visage familier et lui adressa la parole dans une demi-conscience. « Comment était-ce de ton temps ? Sous la République, quand tout allait si mal et que nous mettions tous nos espoirs de salut dans le Führer ? Toutes les grandes sociétés devaient être anéanties, n'est-ce pas ? Toutes les grandes entreprises et les grands magasins, au profit d'une "saine classe moyenne". Des centaines de fois, je t'ai entendu prier ainsi, Père, et nous y avons cru. Bien sûr que nous y avons cru ! Cela ne faisait-il pas partie du programme du parti national-socialiste ? Cela ne figurait-il pas noir sur blanc dans la "Bible", *Mein Kampf* ? Tu nous as suffisamment lu ces passages à haute voix. Parfois, je me demande, continua Hannes Schweiger en attirant la photo vers lui, pourquoi nous n'avons jamais lu que les passages qui parlaient des promesses, et pas les autres, qui nous auraient fait comprendre ce qui nous attendait. Je me demande pourquoi, jamais, nous n'avons vu les contradictions, toutes ces contradictions qui font qu'aujourd'hui je suis ici en train de falsifier mes livres de comptes. »

Il se leva, se dirigea vers la bibliothèque où il prit le livre avec le portrait du guide divin du Reich; un visage à la fois sombre et débile.

« Ici ! » dit Hannes Schweiger en ouvrant le livre à la page qu'il recherchait. « Ici ! Comment cela s'accorde-t-il avec les autres extraits que tu nous as fait connaître ? » Il posa le livre sur la table afin que la lumière l'éclairât bien. Il remit le portrait de son père à sa place. Il lut : « Durant ma bouillante jeunesse, rien ne m'a autant affecté que d'être né justement dans une période qui visiblement n'érigeait ses temples de gloire qu'aux boutiquiers et aux fonctionnaires. Les fluctuations des événements historiques paraissaient s'être déjà calmées et l'avenir semblait devoir n'appartenir qu'à la compétition pacifique des peuples, c'est-à-dire à une exploitation frauduleuse réciproque admise en excluant toute méthode d'autodéfense par la force [...] Cette évolution semblait non seulement persister, mais devoir transformer le monde entier en un grand bazar dans le hall duquel devaient s'amasser les bustes des plus roués mercantis et des plus inoffensifs fonctionnaires, voués à l'immortalité [...] Pourquoi n'a-t-on pu naître cent ans plus tôt ? Par exemple au temps des guerres de libération [...] ? Ainsi faisais-je d'amères réflexions sur la date trop tardive de mon apparition sur cette terre et je considérais comme un traitement injuste du sort à mon égard l'avenir qui se présentait à moi soi-disant dans “le calme et l'ordre”. Déjà sérieux et attentif dans ma jeunesse, je n'étais nullement “pacifiste” et toutes les tentatives de me former dans ce sens furent vaines. »

Hannes Schweiger referma le livre d'un geste brusque, plein d'irritation, et fixa le visage rébarbatif de l'auteur, reproduit sur la couverture.

« Là ! », reprit-il avec insistance. « Voilà ! » Et en pensées, il poursuivit: comment un homme qui considère « une période de tranquillité et d'ordre » comme une vulgarité du destin, qui parle de « la compétition pacifique des peuples » et du « rejet de la violence » comme d'un cauchemar – comment un tel homme peut-il devenir le sauveur des petits commerçants quand il arrive au pouvoir ? Les négociants et les hommes politiques sont pour lui de « rusés profiteurs » et d'« inoffensifs fonctionnaires » – et c'est avec le plus grand mépris qu'il prononce le mot « inoffensif ».

Voilà la vérité. Le Führer méprise autant le commerce que « la compétition pacifique des peuples » et la paix en général. La morale, la démocratie, la religion – le Führer les hait en bloc, ce qui de son point de vue s'explique car toutes servent un même et unique but, conduire une humanité éprise de progrès vers un avenir meilleur et plus pacifique. On dit que le Führer est un génie parce qu'il a marqué le présent de son empreinte, alors que l'homme doué cherche à servir l'esprit de son temps. Je crois cependant qu'un génie change l'esprit du temps en le portant vers l'avenir. Et un génie qui veut ramener l'esprit du temps vers un passé barbare est en réalité un génie pour le moins étrange.

Ce sont d'aussi sombres pensées que ruminait Hannes Schweiger; elles envahissaient son esprit au quotidien. En dépit des espoirs les plus contraires après l'arrivée au pouvoir du Führer, le programme du parti national-socialiste s'attaqua aussitôt à la destruction de la classe moyenne. Le programme de réarmement totalitaire et d'autarcie économique, en relation avec un perpétuel état de paix armée ne s'accorde pas avec l'élimination des grandes entreprises au profit d'une classe moyenne saine. Le démarrage de l'économie allemande, la disparition du chômage, le rétablissement et le renforcement de l'honneur allaient de pair avec la disparition de l'Allemagne de la carte économique mondiale, avec la disparition simultanée du marché intérieur, de tous les produits essentiels à la guerre, ainsi qu'avec la raréfaction progressive des denrées alimentaires et des matières premières. Et, comme conséquence inéluctable de « l'économie de guerre » allemande, je suis éliminé avec tous ceux de ma classe.

Hannes Schweiger, le commerçant en faillite et l'expert en sciences économiques désemparé, cacha son visage dans ses mains.

« Je ne suis pas juif, murmura-t-il et il sursauta lorsque ses lèvres effleurèrent son poignet, et je ne suis pas non plus communiste, ni traître à ma patrie, et pourtant on veut m'anéantir. Pourquoi ? »

Ce n'est pas lui qui répondit, mais sa raison, au travail derrière son front : parce que la rationalisation de l'industrie allemande, conduite sur le schéma du réarmement national, n'évalue les branches de l'industrie que selon leur valeur militaire, et parce que toutes ces branches de l'industrie, qui ne servent ni la militarisation du pays ni l'entière autarcie économique, doivent être éliminées sans pitié.

Schweiger savait qu'une économie de guerre procédait, dans le domaine de la production, selon deux exigences essentielles: quantité et rapidité. Une accélération rapide de la production de masse ne laissait aucune place à la petite entreprise indépendante. Quant à la «distribution» – l'approvisionnement de la population en denrées alimentaires et autres produits de consommation –, elle était soumise à une centralisation et à des contrôles rigoureux. Du coup, les prix étaient fixés, les petites unités économiques étaient fondues en cartels et en trusts et, surtout, on «purgeait» tout ce qui, dans le petit commerce «saturé», était jugé superflu. Ainsi, on faisait d'une pierre deux coups: on étranglait les nombreux petits commerçants car, soi-disant, ils contrevenaient à la réglementation en matière d'approvisionnement, et l'on agissait contre le chômage. En effet, dans l'industrie de guerre où régnait une activité fiévreuse, on manquait d'ouvriers. Par la «démercantilisation de la nation» et par l'anéantissement de centaines de milliers de petits entrepreneurs indépendants, des centaines de milliers d'ouvriers déferlaient dans les usines.

Le commerçant Schweiger savait très bien tout cela. Il le savait depuis bien longtemps. Mais ce n'est que maintenant, alors qu'il semblait lui-même perdu, qu'il se l'avouait: «Où dois-je aller maintenant? De quoi vivrai-je? À quelle tâche vont-ils m'employer, s'ils ferment mon entreprise et me "purgent" à mon tour? Où vont-ils m'envoyer?»

Ses réflexions n'aboutirent à rien car il n'était pas homme à tirer des conclusions révolutionnaires de sa situation désespérée. Il ne ressentait qu'impuissance et désillusion. Et bien qu'il ait résolu l'énigme de son propre destin, il ne comprenait pas pourquoi de telles pensées lui étaient venues de cette silencieuse conversation avec la photo de son père.

Il était déjà une heure du matin lorsque Hannes Schweiger reposa *Mein Kampf* dans la bibliothèque, cacha son vieux livre de comptes dans le tiroir, posa le nouveau sur l'étagère et mit son bureau en ordre. Il était sur le point de quitter la pièce lorsqu'il entendit des pas à l'extérieur. De peur, il resta cloué sur place. Il regarda la lampe à pétrole et se demanda si le rai de lumière qui filtrait sous la porte ne l'avait pas trahi à ceux qui étaient dehors. D'après les pas, il jugea qu'il y avait deux personnes dans l'escalier.

Le blockwart, pensa-t-il. Bien sûr, le blockwart vient de nouveau fureter partout. Mais qui est avec lui ? Une jeune fille ? Les pas de cette deuxième personne résonnaient comme ceux d'une femme. Lorsqu'ils se rapprochèrent, Schweiger distingua le bruit de hauts talons sur le linoléum, de l'autre pas, plus rapide.

S'il frappe à la porte, je dois ouvrir, pensa-t-il et il fut pris de vertige. Alors, je suis perdu.

Les pas résonnèrent à l'étage supérieur. Schweiger retourna à son bureau et s'assit comme s'il venait de fournir un effort surhumain. Quelque part, une porte s'ouvrit. De nouveau des pas; la jeune fille revenait. Elle avait dû raccompagner le blockwart chez lui et revenait maintenant. Hannes Schweiger souriait tandis que les pas rapides se rapprochaient. Puis son sourire se figea, car les pas s'arrêtèrent, et il pensa: Allons bon. Qu'est-ce qu'il y a maintenant? Qu'est-ce que c'est?

On frappa. Schweiger était comme paralysé.

« Ouvre ! » dit la voix de sa femme. C'était elle, aucun doute. L'homme, au bureau, ne bougea pas.

« Je te dis d'ouvrir, répéta la femme avec impatience. Je sais que tu es là. » Puis elle baissa la voix : « Et le blockwart le sait aussi. »

Hannes Schweiger ouvrit la porte. Sa femme, un imperméable sur les épaules et un béret sur la tête, entra rapidement. Schweiger désigna le seul fauteuil confortable du bureau. Mais sa femme ne s'assit pas. Elle restait debout, au milieu de la pièce et reniflait, comme si son flair lui disait que quelque chose clochait.

« Puis-je te demander ce que tu fais ici ? » demanda-t-elle enfin.

Hannes Schweiger aimait sa femme. Ils avaient grandi ensemble, presque comme frère et sœur. Il n'y avait jamais eu de secrets entre eux, et il était persuadé que la sereine confiance qui les unissait était préférable à la passion qui, dans leur union, n'avait jamais joué un grand rôle.

Mais en cet instant, pensa Schweiger, ce serait plutôt à lui de poser des questions. Et bien qu'il fût loin de soupçonner sa femme d'infidélité, il lui sembla assez bizarre qu'elle traînât avec le blockwart au lieu d'être à la maison avec les enfants.

Il jeta un regard soucieux à son livre de comptes et voulut dire à sa femme ce qu'il avait fait, ce qu'il avait dû faire, lorsqu'il se ravisa : elle raconte tout à notre fils, pensa-t-il, et le gamin n'a aucun secret pour son chef de groupe des Jeunesses hitlériennes.

Au lieu de répondre à sa question, il demanda : « Le blockwart a été gentil avec toi ? »

Sa femme rit. « Il a été très instructif, dit-elle. Tiens... », et elle lui tendit une feuille de papier, quelque chose d'officiel, à en juger par les multiples tampons.

« Ça, c'est la plus récente, dit-elle. Tous les blockwarts l'ont reçue hier. »

Schweiger lut :

QUESTIONNAIRE
DESTINÉ À TOUS LES BLOCKWARTS

Strictement confidentiel Service de renseignements :

Motif de l'enquête :

Informations requises concernant :

Résidence :

Date de naissance :

Membre du NSDAP :

Membre d'autres organisations ou associations :

Activité militante :

Passé politique :

Attitude politique actuelle (comportement au cours des réunions, aux parades, aux classes, description des relations professionnelles et privées) :

Religion :

Activités religieuses :

Remarques du *Blockwart* et de l'*Abschnittleiter*[1] :

Dans la collecte de renseignements, tenir compte des directives suivantes :

---

1. Chef de cellule, membre officiel de la NSDAP, occupant un rang légèrement supérieur à celui du blockwart.

1. Attitude politique avant 1933 ?
2. Comportement depuis l'arrivée au pouvoir des nazis ?
3. Suspend-il le drapeau à la croix gammée à la fenêtre ?
4. Sinon, pourquoi ?
5. Fait-il des dons lors des réunions du Parti ?
6. Goûts : *Eintopf*[1] préféré et collections ?
7. Quel journal lit-il ?
8. Lit-il la circulaire d'instructions ?
9. Est-il estimé ?
10. a) Gains et revenus ?
    b) Digne de confiance ?
    c) Relations familiales ?
    d) Nombre d'enfants, manière de les traiter, éducation.
11. Superficie de l'appartement ; rapport au nombre d'enfants ; état de la maison ?
12. Demi-Juif ? Juif ?
13. Relations avec les Juifs ?
14. En cas de fonctions dans le Parti, lesquelles ?
15. Connaissances techniques et formation ?
16. Occupe-t-il une position politique en vue ?
17. Dans quelle direction ?
18. a) Opposition déclarée
    b) Résistance ?
    c) Indifférence ?
    d) Opposition passive ?

---

1. Sorte de soupe de légumes, généralement enrichie de morceaux de viande ou de saucisses. Chaque deuxième dimanche du mois, le blockwart faisait une collecte pour le Parti, et les citoyens donnaient ce qu'ils avaient pu économiser sur le repas d'un dimanche « normal ».

e) Enthousiasme timide ?
f) Coopération loyale ?
g) Dévotion zélée ?
19. Précédent domicile : rapport de police :

Remarques

1. Ne mettre, sous aucun prétexte, le camarade du Parti ou le citoyen concerné au courant de l'enquête.
2. Compléter, en entreprenant des recherches personnelles, les données incomplètes concernant le changement de domicile et le personnel de maison.
3. Se mettre en rapport, sans délai, avec le blockwart du NSDAP et, si nécessaire, avec la Ligue national-socialiste des Femmes.
4. Faire appel aux membres locaux du Parti pour obtenir des informations.
5. Le blockwart doit faire preuve d'adresse et d'ingéniosité et, en cas de nécessité, il doit développer ses propres méthodes, pour obtenir les réponses les plus claires et les plus directes aux questions précédentes.
6. Préciser, chaque fois que c'est le cas, qu'il a été impossible de fournir les données complètes concernant les convictions antérieures, l'appartenance à des loges ou les origines raciales. Les informations rassemblées doivent reposer sur des faits ; des formulations du type « il semble que » ou « on dit que » témoignent d'irresponsabilité.

Sa femme finit par s'asseoir. Enfoncée dans le profond fauteuil qui était dans le coin, elle regardait son mari qui lisait.

« Tu as fini ? » demanda-t-elle lorsqu'il posa les feuilles.

Dans son rire, il y avait une trace de gaieté. Il cita : « "Ne mettre, sous aucun prétexte, le camarade du Parti ou le citoyen concerné au courant de l'enquête." Tu dois être intime avec le blockwart, s'il s'arrange pour que tu sois "au courant de l'enquête". »

Elle haussa les épaules.

« S'il te plaît, enlève ton béret, supplia son mari. Tu sais bien que je l'ai en horreur. »

Frau Schweiger obéit, se leva et alla jusqu'au bureau.

« Intime ? demanda-t-elle. Il m'aime bien, et il me prévient à temps quand il y a des problèmes. Il serait venu dans ton bureau pour voir ce que tu fabriquais, s'il ne m'appréciait pas. »

Schweiger soupira. Il était malade de voir sa femme en compagnie du blockwart, si tard dans la nuit ; d'être ici, en train de falsifier ses livres ; de ne pouvoir lui en parler ; de garder le silence parce que son propre fils aurait prévenu son chef de groupe ; d'avoir échappé à la visite du blockwart grâce à sa femme, parce que ce dernier « l'aimait bien ». Il haïssait le bureau, les livres de comptes, lui-même, son épais manteau tout raide et l'imperméable de sa femme autant que l'horrible béret qu'elle était en train de triturer. En même temps, il était touché de la voir là, debout. Pour elle aussi, la situation était désagréable, il le savait. Il la connaissait trop bien et ils se comprenaient trop bien pour qu'elle pût le leurrer. Mais qu'est-ce qui la tourmentait à ce point ?

Elle continua: « S'il te plaît, je voudrais voir le livre de comptes, celui auquel tu as travaillé. Non, pas le vieux, celui de cette année. Je veux savoir quel était le montant exact du chiffre d'affaires. »

Schweiger lui donna le livre.

« Alors, c'était donc 10 216 marks; mais tu m'avais dit que c'était 8 546 marks. *Pourquoi me mens-tu ?* » s'écria-t-elle soudain, et il y avait quelque chose d'hystérique dans sa voix, d'ordinaire si douce. « Avais-tu peur que je m'achète une robe, ou que je fasse un cadeau au blockwart, si j'avais su que nous étions riches ? Riches ! » Elle criait presque. « Nous sommes riches et tu me mens et me trompes de la manière la plus honteuse ? »

Schweiger se mordit les lèvres.

« Else, je t'en prie. Tu es fatiguée et énervée. Tu ne penses pas ce que tu dis. »

Mais sa femme refusait de se calmer.

« Je *suis* fatiguée, dit-elle. Et tu sais aussi pourquoi ? Parce que je dois travailler comme une bourrique, et parce que les enfants ont à peine de quoi manger, et parce que je ne peux même pas acheter un uniforme des Jeunesses hitlériennes au garçon, et parce que tu sors la nuit et me caches des choses, et parce que je ne peux plus te faire confiance. Voilà pourquoi je suis fatiguée, et j'en ai assez, j'en ai assez de cette vie ! »

Schweiger pensa: peut-être y a-t-il quelque chose entre elle et le blockwart. Comment savoir ? Peut-être lui a-t-il fait des promesses, de l'argent, une place, une promotion. Peut-être dois-je lui parler des 10 000 et des 8 000 marks. Mais je n'ose pas. Je n'ose pas.

Il avait la tête en feu. Il se leva avec lenteur.

« Partons », dit-il et il éteignit la lampe à pétrole. Pendant que sa femme cherchait la porte à tâtons, il prit le vieux livre de commerce dans le tiroir. Avec prudence il cacha le corps du délit sous son manteau. Je dois le brûler, pensa-t-il.

Ils descendirent l'escalier côte à côte. Il n'osa poser son bras sur les épaules de sa femme. Entre eux, la méfiance grandissait, un sentiment sale et paralysant. Elle les accompagna dans les rues jusque chez eux, y entra avec eux, rampa dans le large lit où ils étaient couchés si loin l'un de l'autre, comme si un abîme les séparait.

CHAPITRE 3

Herr Huber, l'industriel

Dans notre ville, beaucoup de choses semblaient s'être améliorées. Pour le moment, le chômage avait disparu. La grande usine située sur l'autre rive n'avait jamais connu d'activité plus intense, elle fabriquait des armes pour défendre notre patrie.

Alfred Huber venait de traverser une période difficile. Huber était l'industriel dont l'usine métallurgique, sur l'autre rive du fleuve, fabriquait les « anges de paix » qui, dans notre ville, alimentaient tant de conversations. Bien sûr, les commandes du gouvernement affluaient et Herr Huber avait gagné de sacrées sommes. Mais il ne pouvait même pas investir son argent comme il le voulait; il devait l'employer comme l'*État* le voulait. Il était submergé de doutes quand il pensait à l'avenir, car il était intelligent et, pour lui, il était évident qu'avec le gaspillage des matières premières, la fièvre d'armement et le système économique autarcique, on ne pouvait pas continuer longtemps comme ça. Qu'en serait-il de l'artillerie s'il n'y avait pas de guerre? Et s'il y avait la guerre, comment pouvait-on la gagner, alors qu'entre-

temps l'« ennemi » serait plus fort. En outre, Herr Huber savait qu'en raison des conditions de production, la qualité de « nos armes » devenait de plus en plus mauvaise. Le matériel ne valait rien, l'usinage non plus – mais aussi, comment des marchands de tabac ou des épiciers pouvaient-ils devenir de bons ouvriers en une nuit ? Sans compter que le rythme imposé à la production exigeait son tribut. Herr Huber jeta un regard sur son usine en s'imaginant les dégâts futurs.

Il avait de longues conversations avec sa jeune secrétaire, et tous deux parlaient de ce qu'ils avaient sur le cœur.

« Nous ne pouvons pas continuer ainsi, Annie, disait-il. La qualité de notre matériel se dégrade. Vous n'avez qu'à voir les résultats des deux grandes courses automobiles de cette année. Regardez-les de façon objective, sans tenir compte de notre propagande qui enjolive toujours tout. Savez-vous ce qui s'est passé ? Sur sept voitures qui ont pris le départ, seules trois sont arrivées. Vous savez ce que cela veut dire ? Quatre sur sept – soit cinquante-sept pour cent de nos voitures – sont restées sur le carreau pour des vices techniques. Et les voitures françaises ? Trois ont pris le départ et trois ont franchi la ligne d'arrivée, soit cent pour cent. C'était au Grand Prix de France. Peu de temps après, il y a eu la course du Nürburgring pour le Grand Prix d'Allemagne. Résultat ? Deux sur neuf ! Soixante-dix-huit pour cent de nos voitures ont eu une panne, elles ont lâché, elles étaient hors d'usage ! Et, comme à Reims, les Français avaient trois voitures au départ et trois à l'arrivée – cent pour cent ! »

Annie, qui venait de lire dans le journal que

« nous » avions, de nouveau, laissé tout le monde loin derrière nous, intervint : « Vous voyez toujours tout en noir, Herr Huber. En tout cas, les deux voitures allemandes sont arrivées les premières – nous avons été plus rapides que les Français ! »

Herr Huber sourit. « Mais cesse donc de m'appeler Herr Huber, Annie, dit-il. Je passe mon temps à te dire de m'appeler Alfred... » Il s'arrêta de parler, la regarda avec tendresse, toussota, gêné, et continua : « Ce record de vitesse ne veut rien dire. Tu sais comment la presse française a parlé de notre "victoire" ? Elle l'a qualifiée de "Débâcle pour l'industrie allemande", et a aussi titré : "La production allemande joue à quitte ou double". Chérie, crois-moi. C'est la vérité sur notre production de façade ! »

Cette fois-ci, Annie s'adressa à son employeur par son prénom : « Mais, Alfred, les voitures ne sont pas ce qu'il y a de plus important dans la guerre. Ce qui est déterminant, ce sont bien les avions. Et nos avions sont excellents !

— Regarde, dit Herr Huber. Il n'y a pas longtemps, un appareil de la Swiss Air s'est écrasé. Ce n'était pas un avion suisse, mais un appareil allemand, le JU 86 de Junkers dont nous sommes si fiers. Un autre appareil, livré à la Suisse il y a un an, a dû être repris car il était défectueux. Et il y a deux ans, un troisième qui, au bout de quelques semaines à peine, a été mis hors service. Après une série de défaillances, on a découvert un défaut si grave qu'il a dû être retiré de la circulation. Et d'après toi, combien d'appareils avons-nous livrés aux Suisses ? Trois. Trois. Et combien se sont avérés inutilisables ? Trois. Tous les trois, sans exception. En Suisse, les journaux ont, à juste titre, attiré l'attention sur "le rapport", qui sautait aux yeux, "entre les accidents et un matériel qui ne répondait pas aux exigences". C'est affreux, affreux, et ça brise le cœur de voir ce que devient la réputation de la production allemande. »

Herr Huber avait placé sa main sur la chevelure blonde d'Annie. Elle ne bougeait pas, mais restait là, le bloc de sténo sur les genoux, comme si elle attendait sa dictée. Il commença par lui caresser les cheveux, mais il cessa lorsqu'Annie secoua la tête avec inquiétude.

« Herr Huber, dit-elle, et il retira sa main. Herr Huber, tout cela peut n'être qu'une coïncidence – je parle des accidents. Et en général, même si les avions sont importants, l'armement l'est encore bien plus, l'artillerie, les chars. Et personne n'oserait prétendre que nos chars ne valent rien. »

L'industriel eut une grimace. « Oh non, ma chère !, s'écria-t-il. Nos chars sont tout aussi mauvais ! Même les chars de Skoda sont de qualité épouvantable, maintenant que les usines Skoda nous appartiennent. Ça va très vite : en deux petits mois, nous avons réussi à ruiner une marque de renommée mondiale. Au début de 1938, les usines Skoda ont livré quarante chars à l'armée suisse, et celle-ci en était très satisfaite. Excellent matériel, moteurs fiables à cent pour cent. C'est pourquoi la Suisse nous a passé une nouvelle commande cet été. Ainsi, nous avons livré un char en spécimen. Deux officiers allemands l'ont conduit jusqu'à Thun où il devait être testé. De l'extérieur, il ressemblait en tous points aux quarante autres chars que nous avons livrés il y a un an. Et pour le tester, il lui fallait franchir une colline sous un feu croisé d'artillerie légère. Nos officiers occupèrent leurs postes et donnèrent le signal de départ. Mais les Suisses, qui commençaient à se méfier de notre matériel, avaient exigé que la conduite automatique soit enclenchée et que le char démarre sans son équipage. Après quelques tergiversations, nos officiers descendent du char, et le jeu commence. D'après toi, qu'est-ce qui s'est passé ? Au premier coup dans le mille, le char s'est pour ainsi dire démantelé et réduit en pièces détachées. Nos officiers seraient bel et bien morts si leurs collègues suisses, grâce à leur prudence, ne leur avaient sauvé la vie. C'est l'un des deux officiers allemands qui me l'a lui-même raconté. Une jolie histoire, n'est-ce pas, et instructive. Qu'en dis-tu ? »

Annie répondit : « Vous n'aviez rien à me dicter ? »

Mais Huber était agacé ; à cause de la situation de son pays, et de cette fille farouche, inaccessible.

« Non, non, je ne veux pas dicter maintenant. Ce matin, je suis bien trop énervé pour travailler. Allons faire des achats, Annie. Que dirais-tu d'une robe neuve ? »

Annie regarda avec tristesse son ensemble élimé et hésita un instant. Les tissus étaient de si mauvaise qualité en ce moment, à moins de dépenser une fortune.

Puis elle dit : « Non, ce n'est pas possible. D'abord, je ne peux pas accepter de cadeaux de votre part. Puis – alors, elle sourit en continuant – le Parti vient de mener toute une campagne contre la "consommation absurde de tissus". Ce serait inconciliable avec le développement planifié de notre économie. Vous n'avez pas lu le grand discours du Dr Ley ? Il a dit qu'il fallait porter les vêtements jusqu'à ce qu'on ne puisse plus les mettre, et ne pas les jeter sous prétexte qu'ils n'étaient plus à la mode. Il a dit que lorsqu'une femme est, toute l'année, ravissante dans un tailleur, elle le sera tout autant l'année suivante, et encore l'année suivante, et encore une année de plus. » Ses yeux brillaient de malice.

Herr Huber n'avait pas beaucoup d'humour et il voulait à tout prix acheter une robe à Annie, quoi qu'en dise le Dr Ley. Il répondit avec sérieux : « Tout ça, c'est bien joli. Mais tu n'as quand même pas peur de porter une robe neuve, pour la bonne raison que nos Seigneurs et Maîtres te menacent du doigt ? Et en plus, tant qu'il ne s'agit que d'une affaire économique et non pas politique, ça ne peut pas être un si grand crime.

— Mais c'est bien politique. » Annie était redevenue sérieuse. « Je ne connais rien à la politique, mais je sais que c'était pensé dans un sens politique. Et il n'était pas juste question de menacer du doigt. C'est avec le plus grand sérieux que le Dr Ley pensait ce qu'il disait. D'ailleurs, il a ensuite parlé des démocraties dans lesquelles l'image de la femme n'a rien à voir avec la vie de couple ou la maternité. Son idéal étant bien plus celui de… la prostituée ! Ça, c'est pour le moins politique, non ? Il a même dit en conclusion que cette évolution du goût allemand était "un chef-d'œuvre d'infection juive" qui affectait encore notre patrie. Et si ça, ce n'est pas politique, Herr Huber, alors je ne sais pas ce que c'est. »

Herr Huber se rapprocha d'elle. « Petite sotte ! Tout ça, ce n'est que de la propagande. Ce n'est pas dirigé contre l'individu. Ça concerne la communauté nationale. Quant à "l'infection juive", ce sont des foutaises. Un Juif, je le reconnais à des kilomètres. »

Annie devint cramoisie, et sa lèvre inférieure trembla.

« Mais, mon Dieu ! s'écria Herr Huber. Qu'y a-t-il encore ? »

Annie ne répondit pas; elle tenta de se dominer.

« Écoute, dit Herr Huber calmé. Notre économie de guerre et nos plans d'indépendance économique impliquent certaines restrictions. C'est vrai. Mais ce qu'on dit de l'"infection juive" n'est pas vrai – dans ce cas du moins. Avec la meilleure volonté du monde, je ne vois pas en quoi une partenaire ou une mère ne devrait pas être bien habillée, sans tout de suite être comparée... Annie ! » s'écria-t-il et il se tenait si près d'elle qu'elle pouvait sentir son souffle. « Je veux que tu sois bien habillée ! Et je veux que tu sois une femme et une mère – *ma* femme et la mère de *mes* enfants. Annie. Tu sais bien, n'est-ce pas, je veux dire, tu sens bien... » Il cherchait ses mots. « Annie, dit-il avec douceur et en rougissant, Annie, veux-tu devenir ma femme ? »

La jeune fille poussa un cri. « Non ! Non ! » Elle débitait des mots sans suite. « Je le savais – non, ce n'est pas possible, chéri, ça ne *doit* pas être ! » D'un bond, elle s'écarta et, avant qu'il ait pu la retenir, elle était sortie de la pièce en pleurant.

Herr Huber, partagé entre la colère et la détresse, restait cloué sur place. « Ça alors, c'est... », balbutia-t-il, puis il s'assit à son bureau et regarda devant lui, dans le vide. « Que faut-il penser de tout ça ? »

On frappa à la porte. Herr Huber n'entendit pas. On frappa de nouveau, alors il leva les yeux. Il voulait dire qu'il ne recevrait personne, mais c'était déjà trop tard. La porte s'ouvrit, et un homme entra.

« Mon nom est Schweiger, dit-il. Hannes Schweiger. J'ai rendez-vous avec vous. Vous m'avez prié de venir. »

Herr Huber haussa les épaules.

« Je n'ai pas fixé de rendez-vous, c'est ma secrétaire. Annie ! », appela-t-il soudain, en oubliant tout à fait la présence de Herr Schweiger. « Annie ! Revenez ! »

Hannes Schweiger avala sa salive. « Il faut que je vous parle un moment, dit-il d'une voix étranglée. S'il vous plaît. Vous êtes l'un de nos plus anciens clients… »

Herr Huber reprit ses esprits. Comme Annie ne se montrait pas, il décida de régler, vite et une fois pour toutes, l'affaire qui concernait Herr Schweiger.

« Je sais, dit-il. On a fermé votre magasin. Mais qu'est-ce que je peux y faire ? Je n'ai aucune influence sur les autorités compétentes. En plus, je ne connais rien à votre branche.

– Herr Huber, je suis diplômé en gestion et en comptabilité, supplia Hannes Schweiger. J'ai une femme et trois enfants… Je ne sais pas ce que je vais devenir… »

Herr Huber fixa ce visage aux beaux traits, à la peau brunie par le soleil, dans lequel alternaient la crainte et l'espoir.

« Mon ami, je suis au courant. Mais, avec la meilleure volonté, je ne peux rien faire pour vous. Je suppose que vous attendez de moi une place, de comptable par exemple, ou de conseiller économique, ou quelque chose dans ce genre. »

Schweiger acquiesça.

« Vous rendez-vous compte que j'ai plus de comptables qu'il ne m'en faut, et que je ne peux en licencier aucun ? Ne savez-vous pas que mon unique conseiller économique est l'État lui-même, et que si j'écoutais vos conseils, ça pourrait me coûter très cher ? Ne voyez-vous pas que tout ce que vous avez appris ne compte plus de nos jours ? Mon Dieu – et Herr Huber eut un rire amer – tout ce que nous avons appris, quand nous étions jeunes et naïfs, n'a plus aucun sens. »

Hannes Schweiger semblait s'être tout d'un coup rapetissé. Il murmura : « Je regrette. Ce n'était qu'une tentative. Vous savez, je serais bien resté ici, dans cette ville, dans mon ancienne profession.

— D'autres professions ne sont pas mal non plus, répondit Herr Huber avec douceur, et il y a beaucoup de villes où l'on peut vivre. »

Schweiger était comme paralysé. « Ce n'était qu'une tentative », répéta-t-il. Puis il se reprit et s'en alla.

Herr Huber traversa en hâte son bureau jusqu'au secrétariat où quelques secrétaires étaient assises devant leurs machines à écrire. Il traversa en hâte la salle de réception. Annie, en larmes, était appuyée contre le mur.

« Annie, appela-t-il d'une voix tremblante, enrouée. Que se passe-t-il ? »

Insensible aux regards étonnés des employées, il ramena Annie dans son bureau, en la portant presque.

« Assieds-toi et regarde-moi. Annie... Je t'aime. »

Annie ne faisait que sangloter.

« Annie, dit Herr Huber avec douceur, c'est incroyable. Je ne comprends pas. Dis-moi donc ce qu'il y a. Tu sais que je t'aime, que je ne veux que toi... Annie, pour la dernière fois, pour la toute dernière fois, veux-tu m'épouser, oui ou non ? »

Sa voix était devenue si dure que la question sonna comme une menace. Annie retira enfin les mains de son visage noyé de larmes.

« Ce n'est pas possible, dit-elle d'une voix calme qu'elle maîtrisait avec peine. S'il te plaît, s'il te plaît, laisse-moi partir. Je te le dis, ce n'est pas possible.

— Pourquoi ? C'est à cause de moi ? »

Elle secoua la tête.

« Alors, pourquoi ? » Herr Huber parla plus fort. « Ah, Annie, dis-moi donc. Je dois savoir ! Tu me le dois bien ! *Je dois absolument savoir !* » Herr Huber était maintenant hors de lui. Il aimait cette fille, et elle lui avait montré qu'au moins elle l'aimait bien. Y en avait-il un autre ? Non, impossible, il était sûr que non. Au cours de toutes ces années où il avait connu Annie, il ne l'avait pas vue une seule fois avec un homme ; avait-elle donc perdu la raison ? Bon sang, il l'aimait et il pouvait tant lui donner.

Un court silence suivit son explosion de colère. Et Annie dit, comme si elle prononçait sa propre condamnation à mort :

« Je suis demi-juive. »

Sans le vouloir, Herr Huber recula.

« Mon Dieu ! »

Alors elle révéla tout : le père d'Annie était aryen, un fonctionnaire parti à la retraite avant les « lois de

Nuremberg» et la honteuse révélation de son mariage avec une Juive. Ainsi Annie avait-elle pu garder secret l'inavouable déshonneur. Mais, chaque fois qu'une opportunité professionnelle s'offrait à la belle jeune fille douée, celle-ci avait peur que l'on aille consulter son dossier.

Herr Huber était muet de frayeur; il se souvenait qu'il avait voulu nommer Annie chef de bureau. Elle avait refusé.

«Tu es trop bonne pour rester simple secrétaire, lui avait-il dit. Tu seras promue. Tu as une carrière devant toi.»

Cette fois-là aussi, Annie avait pleuré. Cette fois-là aussi, elle avait dit: «Non, non, je ne peux pas.» Autrefois, il avait pensé qu'elle préférait rester secrétaire pour être près de lui, au lieu de s'éloigner pour faire «carrière». Il y avait vu une preuve d'amour. Et maintenant, ça! L'impossibilité absolue, la catastrophe irréversible.

«Ne le dis à personne, Alfred», dit-elle en l'appelant par son prénom, maintenant que tout était fini, et qu'une demande en mariage était hors de question. «Je voudrais continuer à travailler ici, aussi longtemps que je le pourrai. Cela ne durera pas bien longtemps. Un jour, ça sortira. Je ne sais pas ce qui se passera alors. Mais une chose est sûre: je ne peux pas vivre comme les Juifs sont contraints de le faire.»

Herr Huber acquiesça. Même maintenant, il aurait voulu la prendre dans ses bras et lui dire à quel point la race de sa mère lui était indifférente. Mais Herr Huber était propriétaire d'une usine, et il avait le sens des responsabilités. Il était impossible qu'il compromette quoi que ce soit pour une fille qui l'avait dupé pendant de si longues années. Il passa sa main sur son crâne, se racla la gorge et dit : « Eh bien, soit. Je ne dirai rien. Mais tu aurais dû m'en parler plus tôt. »

Accablé, il se rendit dans le petit restaurant de la Glockenstraße où, le midi, il prenait ses repas. La nourriture ne valait pas grand-chose, il le savait, mais l'aubergiste avait une spécialité bien à lui qui compensait le reste. D'une manière ou d'une autre, il avait réussi à fabriquer de la crème Chantilly artificielle. De la vraie crème fraîche, il en recevait aussi peu que quiconque en ville. En Allemagne, elle était interdite et on n'en trouvait nulle part. Mais cet aubergiste fabriquait sa propre crème Chantilly – comment, c'était son affaire. En tout cas, Herr Huber avait droit à sa portion quotidienne.

Même aujourd'hui, après tout ce qui s'était passé, il ne pouvait s'empêcher de se réjouir à l'idée de la crème Chantilly. Je crois qu'ils n'auront pas de rôti de veau, pensa-t-il, mais au moins il y aura de la crème Chantilly. Puis, soudain, il pensa à Annie et aux dangereuses complications qui pourraient résulter de la situation. Bon, pas question de se laisser couper l'appétit. Quand il considérait l'affaire l'estomac vide, il comprenait quelle terrible erreur il avait commise. Qu'est-ce qui l'avait donc poussé à courir comme ça après cette fille ? Comment n'avait-il pas vu qu'elle avait des cheveux trop bouclés pour une Aryenne ?

En franchissant le seuil du restaurant, il vit la serveuse venir vers lui en courant, le visage gonflé de larmes.

« Il est parti ! s'écria-t-elle. Ils ont arrêté notre Herr Schindhuber. Les autres restaurateurs l'ont dénoncé. Ils étaient jaloux de la crème Chantilly qu'il savait faire. Maintenant, il doit tout expliquer au juge. En attendant, il doit rester en prison, pourtant il est tout à fait innocent. »

Herr Huber secoua la tête. « C'est une chose terrible. Mais est-il innocent ? Cette crème Chantilly, elle était aussi bonne que de la vraie.

— Bien sûr qu'il est innocent, dit la serveuse. Il ne faisait que battre de la margarine avec du blanc d'œuf de canard, de l'huile de foie de morue, du sucre et quelques gouttes de…

— Beurk, dit Herr Huber en frissonnant. Je me sens mal quand je pense à toute la "crème Chantilly" que j'ai avalée ici. »

Il s'installa et considéra le menu avec mauvaise humeur.

« Quoi, toujours pas de viande de bœuf ? » dit-il.

La serveuse lui servit la réponse réglementaire. Les gens auraient mangé trop de viande. Au moment de la grande « relance » économique, tout le monde aurait gagné beaucoup d'argent et aurait mangé beaucoup de viande.

« Bien, dit Herr Huber. Alors apportez-moi le plat du jour et la *Frankfurter Zeitung*. »

En avalant le gratin de pâtes noirâtre agrémenté de maigres petits morceaux de viande de mouton, il lut son journal préféré : « De nos jours, les entrepreneurs sont peu libres de leurs décisions dans de nombreux domaines, qu'il s'agisse des commandes de marchandises et de l'achat des matières premières, ou de la construction et de l'agrandissement d'entreprises, de la fixation des prix ou de l'embauche de main-d'œuvre. Devant la multiplication des mesures économiques dirigistes, il est à craindre qu'on ne voie avant tout, dans chaque secours apporté par l'État à l'économie, qu'une forme de bureaucratisation. »

« Secours, comme dans un service de premiers secours – ça, c'est bien, murmura Herr Huber penché sur son gratin. C'est excellent. »

Il se souvint qu'il avait dû attendre des mois les matières premières dont il avait besoin pour remplir les commandes du gouvernement dont il était submergé. Pendant des mois, l'usine avait presque cessé toute activité. Et maintenant, alors que les matériaux allaient arriver et qu'il voulait produire en travaillant d'arrache-pied, un tiers de son personnel lui avait été retiré. Les ouvriers avaient été réquisitionnés sur ordre officiel: des métallurgistes qualifiés. On avait besoin d'eux pour une autre « industrie vitale pour la guerre ».

Herr Huber savait très bien de quelle « industrie vitale pour la guerre », plus importante que la sienne, il s'agissait. On en a envoyé par centaines de milliers pour travailler sur la ligne Siegfried, afin d'exécuter de simples travaux de terrassement. Ce nouveau décret avait déclenché une vague de refus. Au début, les ouvriers partaient de la gare principale. Mais il y a eu là-bas des scènes trop déplaisantes, trop provocantes. Les femmes pleuraient et criaient comme si on les séparait à jamais de leurs maris, ne sachant pas s'ils reviendraient un jour. Les ouvriers eux-mêmes avaient juré et menacé, comme si on les envoyait en exil. Un jour, on tira quatre fois le signal d'alarme avant même que le train ne quitte la ville. Le train s'était arrêté à quatre reprises en grinçant, les wagons s'étaient entrechoqués, et il y eut des rumeurs d'accident. Les autorités finirent par trouver un biais. Pour organiser le transport de ces ouvriers, ils rouvrirent la vieille petite gare désaffectée depuis des années. Un décret interdit à quiconque, femme, fils ou frère, de prendre congé des ouvriers. Ces déportations eurent dorénavant lieu en secret, en pleine nuit.

Mais du Front des ouvriers, des plaintes arrivaient. Le salaire oscillait entre 42 et 70 pfennigs. Des ouvriers qualifiés qui, chez eux, gagnaient jusqu'à dix marks par journée de travail de huit heures, étaient maintenant contraints de manier la pelle et la pioche quatorze heures par jour, pour un tarif bien inférieur à celui de l'usine. La différence devait être versée aux familles des ouvriers par l'Agence pour l'emploi de leur domicile. Mais il n'y eut aucun versement, et les femmes, dont la mauvaise humeur croissait, allaient d'un fonctionnaire à l'autre.

La politique menée par le gouvernement ne créait pas seulement de nouveaux problèmes aux industriels – elle s'immisçait maintenant même dans le marché. Le bureau du commissaire du Reich, responsable de la fixation des prix, avait obtenu les pleins pouvoirs pour les fixer « sur la base d'une économie nationale équitable ». On avait éliminé les derniers vestiges du principe de l'économie libérale, c'est-à-dire la structure des prix fondée sur le critère de l'offre et de la demande; le commissaire du Reich était devenu un dictateur des prix. Il venait de publier un décret: « À l'avenir, les prix doivent être calculés en accord avec la tarification des salaires ou, à défaut, sur le critère des salaires moyens définis par les besoins de l'économie nationale… Le médiateur fixera la limite supérieure des prix. Les contributions sociales en faveur des ouvriers ne peuvent être intégrées dans le prix de revient que dans la proportion prévue par la loi. Et les cotisations sociales volontaires ne peuvent être prises en compte que si elles sont une composante normale de l'entreprise. Les baisses de prix dictées par le nouveau décret seront aussitôt appliquées dans toutes les usines concernées. »

Herr Huber poussa un long soupir en pensant à cette nouvelle « intervention » du gouvernement et aux conséquences qu'elle entraînait. Il se disait : pour obtenir le nombre nécessaire d'ouvriers, j'ai augmenté les salaires, et c'est pourquoi mes « prix » ne s'accordent pas aux salaires tarifés. De plus, mes « cotisations sociales volontaires en faveur des ouvriers » dépassent de loin la valeur imposée. Et je ne suis pas le seul dans ce cas. Dans les usines Siemens-Schuckert, les « cotisations sociales » habituelles atteignaient par exemple l'an dernier 11,6 millions de marks. Mais 14,2 millions de marks ont été dépensés pour les améliorations sociales volontaires – qui ne furent toutefois pas si « volontaires » que ça.

Les ouvriers sont abattus et usés à cause des bas salaires, de la nourriture insuffisante et du poids des impôts. Il leur faudrait pouvoir compter sur la caisse de prévoyance et sur l'assurance maladie pour les affections qui ne sont pas « acceptées » par le comité d'entreprise car, assez souvent, il refuse de reconnaître certaines maladies graves. Mais comment pouvons-nous parvenir à une croissance continue de la production avec ces hommes sous-alimentés et surmenés – et, en outre, très mécontents, prêts à saboter le travail ? Et comment pouvons-nous les satisfaire, comment pourrons-nous améliorer les conditions sociales si nous ne pouvons inclure le coût des améliorations dans les prix ? Bientôt nous ne pourrons plus trouver *aucun* ouvrier, si nous ne sommes pas en mesure de verser des salaires plus élevés que ceux fixés par ces chiffres misérables. C'est bon ! Au nom de l'état d'urgence national, ils obligent les ouvriers à venir dans mon usine. Mais comment peuvent-ils les obliger à travailler ?

Tout ça n'est qu'une astuce ! Le gouvernement ne veut pas freiner nos plans d'investissement. Il faut continuer à investir pour le programme de réarmement et aussi à cause de la menace d'effondrement si les investissements venaient à cesser. Mais, en même temps, le gouvernement veut réduire les dépenses de manière drastique, en employant la méthode indirecte de la baisse des prix. Ils veulent endiguer l'inflation qui, de mois en mois, est de plus en plus évidente. Cette année, il y avait deux fois plus d'argent en circulation qu'en 1936 ; pendant la même période, la quantité de marchandises sur le marché a diminué et la qualité a baissé. Si ça, c'est pas de l'inflation ! Et à ça s'ajoutent les nouvelles quittances d'impôts qui circulent comme de la vraie monnaie et qui représentent des centaines de millions de marks. Qui profite donc de notre économie de guerre ? Alfred Huber se souvint du temps où les nationaux-socialistes se posaient en sauveurs des entrepreneurs. Actuellement, nous, les industriels, nous ne sommes plus de la partie ! Et les hommes non plus – ni les ouvriers, ni les paysans, ni la classe moyenne. Personne ne profite de cette économie de guerre. Tout le monde en souffre, sauf peut-être les hommes de pouvoir qui, par goût du pouvoir, trouvent le bonheur dans l'exercice illimité du pouvoir. Cela conduit à un bolchévisme de la pire sorte. C'est une honte, un vrai scandale. Mais que pouvons-nous faire ?

Voilà un bon moment qu'il n'avait plus pensé à Annie. Depuis vingt minutes, il l'avait oubliée. Soudain, il la vit de nouveau devant lui. Il vit les beaux yeux gris-vert, les cheveux d'un blond cendré et les lèvres dessinées avec finesse qui, il y avait peu de temps, avaient tant tremblé. Quoi, cela venait-il juste de se produire ?

« Je me demande si je cours un risque en l'employant plus longtemps, se dit-il. Bien sûr qu'il y a un risque, puisque je sais désormais qu'elle est à moitié juive. Il va falloir que je la licencie, décida-t-il. Je ne la dénoncerai pas, mais il faut qu'elle s'en aille, la pauvre enfant. Je le regrette – mais, en ces temps particuliers, un homme doit d'abord penser à lui. »

Il se demanda aussi si, après son licenciement, elle serait contrainte de vivre comme les autres Juifs auxquels il est interdit d'aller au théâtre ou au cinéma. Et de s'asseoir sur les bancs. À moins que les demi-Juifs aient le droit de s'asseoir sur les bancs ? Je ne sais pas. Les Juifs n'ont pas ce droit, et la mère d'Annie est juive.

Il eut la chair de poule, comme un enfant à qui l'on raconte qu'une de ses tantes est une sorcière. Alors, soudain, Herr Huber se souvint de Hannes

Schweiger, dont on avait fermé la boutique, et qui maintenant était contraint d'aller n'importe où faire un travail pour lequel il n'était pas qualifié. Et en plus, il n'est même pas juif, pensa Herr Huber. Il est aussi peu juif que Herr Schindhuber, le propriétaire du restaurant qu'ils ont arrêté, ou que moi. Et pour moi, ça va encore. Je ne peux pas me plaindre, vraiment pas. Et puis je vais faire en sorte qu'il en soit ainsi à l'avenir. Et comment ! Je vais être très prudent. Désormais, je serai sur mes gardes ! C'est certain, se dit Alfred Huber. Pas de bêtises, pas de précipitation.

La semaine prochaine, c'était sûr, il se rendrait en Hollande pour accepter des commandes qu'il ne pourrait satisfaire qu'avec beaucoup de peine. Il y aurait un tas de désagréments parce que la marchandise serait livrée avec du retard. Une fois la marchandise livrée, alors les vrais soucis commenceraient, à cause de la mauvaise qualité du matériel.

En tout cas, je m'offrirai de la crème Chantilly, *un tas de crème Chantilly,* se promit l'industriel en se pourléchant les babines. Et je ferai en sorte que mes amis hollandais ignorent le plus possible nos difficultés de production. D'abord, parce que, s'ils étaient au courant, ils ne passeraient plus commande ; et ensuite, je ne suis pas fou. Je n'ai aucun goût pour la prison et encore moins pour le camp de concentration. C'est là que je me retrouverai si je suis trop bavard à l'étranger.

Toutes ces idées se bousculaient dans la tête de Herr Huber : un bien triste tableau, plein de confusion. De bonnes idées, des réflexions « intelligentes » et un « sain bon sens » alternaient avec la peur et l'amertume, la loyauté et le « patriotisme ». Ce dernier ne connaissait qu'un mot d'ordre : « Participer ! »

Herr Alfred Huber, l'industriel, était un citoyen typique de notre ville. Les autres étaient comme lui : déprimés et désorientés, « victimes des circonstances extérieures ». C'est le destin, pensaient-ils, notre destin, le destin de l'Allemagne. Ce n'est qu'en de rares moments de lucidité effrayante qu'ils se posaient des questions, et de leurs réponses, tout dépendait. Pourquoi, se demandaient-ils alors, *pourquoi* suivons-nous avec une obéissance aveugle un destin nommé Adolf Hitler ? *Pourquoi obéissons-nous ?*

Mais comme aucune réponse ne venait, ils continuaient – pour l'instant – d'obéir.

Chapitre 4

« La justice est ce qui sert notre cause »

*Notre université était d'habitude
pleine d'audacieux jeunes gens portant leurs livres
sous le bras. Des étudiants enthousiastes
qui raisonnaient et discutaient… et qui,
comme tous les hommes,
étaient à l'éternelle recherche de la vérité.*

Le professeur Habermann occupait la chaire de droit criminel à l'université de notre ville. Habermann, type parfait du « Germain » – gros, blond, le visage couvert de nombreuses balafres, souvenirs de ses duels de jeunesse, et un cou de taureau rasé, rose et brillant comme un jambon –, avait quarante ans quand Hitler arriva au pouvoir. Si, jusqu'à cette date, il n'avait été qu'assistant dans diverses universités de deuxième ordre, c'était bien davantage par profonde indifférence envers sa propre carrière que par manque de compétences. Le Dr Habermann, nationaliste allemand jusqu'à la moelle, méprisait la République. Il préféra se retirer dans une petite ville, passer ses loisirs avec ses livres, rencontrer ses amis autour d'un verre de vin en critiquant le gouverne-

DER STÜRMER

ment, plutôt que de chercher la gloire dans la capitale et d'être ainsi l'obligé des dirigeants de l'Allemagne républicaine.

Puis, au début de 1935, Habermann fut nommé à l'une des chaires de notre université. Un collègue, un demi-Juif, avait été révoqué pour qu'Habermann eût la place, et ce dernier n'y vit aucun inconvénient. Et les étudiants trouvèrent que, tout bien considéré, cette nomination n'était pas une si mauvaise chose.

L'université était située juste derrière le dédale de rues qui entouraient la place du marché. De toutes les fenêtres, même fermées, qui donnaient sur la cour intérieure de la faculté, on pouvait entendre le bruit de la fontaine. C'était un bruit au pouvoir soporifique, mais la sempiternelle répétition des mêmes principes de la « philosophie » nazie suffisait à elle seule à endormir de nombreux étudiants. Le professeur Habermann était l'un des rares enseignants qui réservait une ou deux surprises à chaque cours, aussi les étudiants trouvaient-ils que cela valait la peine de rester éveillés et attentifs.

« Messieurs, leur dit-il un jour, je vous soumets l'affaire suivante. » Il décrivit alors un meurtre, qui avait été commis dans telles et telles circonstances. Sur la base de ces faits, telles et telles personnes furent suspectées du crime. Personne n'avait été pris en flagrant délit. L'ensemble des preuves reposait sur des témoignages indirects. Mais les témoignages indirects ne constituaient pas une preuve suffisante face à un doute raisonnable.

« L'avocat général exige la peine de mort pour l'accusé, un certain Lissauer. Lissauer est juif ; il n'habite pas loin du lieu du crime. Il ne peut fournir d'alibi solide. Alors, Messieurs, est-ce que, sous serment, vous approuveriez le verdict de meurtre et la sentence de mort ? »

Les étudiants réfléchissaient, concentrés. Habermann avait élevé la voix. Même ceux que la fontaine avait assoupis s'étaient réveillés. Ils n'avaient pas à répondre; c'était un cours magistral, pas un séminaire. C'était à Habermann de donner la réponse.

« Messieurs ! » dit-il, tandis que deux éclairs de colère brillaient dans ses yeux au regard pâle, les bridaient comme ceux d'un Kalmouk, et qu'il ne ressemblait plus alors à un Germain bon teint, diplômé d'une corporation d'étudiants duellistes. – « Messieurs ! Dans une affaire de ce genre – et remarquez bien, s'il vous plaît, qu'elle est typique de notre système juridique –, il est tout à fait idiot, comprenez-vous, idiot, inutile et donc illégal, d'exiger plus que des preuves indirectes. Car de quoi s'agit-il au juste dans cette affaire ? »

Arrivé à ce point, il fixa un étudiant du premier rang qui, la tête baissée, dessinait dans son carnet. « Ici, c'est pour ainsi dire au "sûr instinct du peuple" que nous avons affaire, et à rien d'autre. C'est à cela, et rien qu'à cela que l'avocat général fait appel. Et la solution de l'affaire n'est-elle pas évidente ? Un meurtre a été commis. Il faut trouver un coupable; la loi doit faire un exemple. Un Juif, impliqué dans l'affaire, ne peut prouver son innocence. La vieille maxime romaine, selon laquelle le doute profite à l'accusé, n'a plus cours. La nouvelle loi allemande ne connaît aucune clémence quand il s'agit de défendre l'unité nationale. Messieurs, vous avez été initiés à un système juridique parfait dont les lois s'harmonisent avec la juste philosophie de la vie, et sont pénétrées par la force d'émotion et la conception de la justice national-socialiste. Il vous sera très facile, *il faut* que cela vous soit très facile de défendre le verdict de "culpabilité". Votre plaidoirie, Messieurs, doit être construite de telle façon que chaque juré aurait *honte* de croire Lissauer innocent. Chaque juré doit considérer comme dangereux, dangereux pour lui-même et pour sa famille, d'abandonner les charges contre Lissauer ! »

Le jeune homme du premier rang posa bruyamment son crayon sur le pupitre. Le professeur Habermann le regarda et vit passer sur ses lèvres un furtif sourire d'approbation. Puis l'étudiant rejetant la tête en arrière, fit entendre un rire bref mais audible. Les auditeurs tapèrent du pied. C'était la manière traditionnelle dont les étudiants exprimaient leur enthousiasme. C'était clair : Habermann s'était prononcé contre les nazis, et les étudiants étaient de son côté.

« Messieurs, continua le professeur Habermann, vous devez vous débarrasser de tous les préjugés, de toutes les futiles notions de "justice objective" et de "justice naturelle". Récemment, notre ministre de la Justice, le Dr Frank, a donné de la nouvelle vérité une formulation frappante : "L'esprit qui doit régner sur nos cours de justice et émaner d'elles doit être habité par la volonté fanatique d'un peuple de survivre et de s'affirmer." Certains, parmi vous, seraient tentés d'objecter : "Mais comment peut-on attendre d'un peuple qu'il sache avec précision ce qui servira sa volonté de survie ?" Cette question, Messieurs, serait des plus inepte, et je suis heureux que le ministre de la Justice m'épargne la peine d'y répondre. "C'est au parti national-socialiste de décider ce qui convient au peuple allemand", déclare-t-il. En matière de droit et de justice, comme en toute autre, les décisions et les opinions du parti national-socialiste sont à la source de la pensée juridique "bien allemande". Les fondements de notre système légal doivent, sans cesse, être considérés sous l'angle de "notre vision du monde"; "l'objectivité excessive est à proscrire".

«Ainsi, Messieurs, s'écria Habermann en regardant son jeune ami du premier rang, vous voyez donc combien j'avais raison de vous alerter contre les représentations démodées et non germaniques de "justice naturelle". Entre "l'objectivité excessive" et "notre vision du monde", nous n'avons pas le choix, car chacun de nous sait que, malgré ce que l'on nomme "justice objective", c'est notre vision du monde qui prévaut. Mais – s'interrompit le professeur en regardant avec insistance et sérieux quelques visages, comme s'il voulait lire dans leurs pensées – je discerne dans vos yeux une nouvelle incertitude, comme si vous vouliez me demander: "Comment accepter comme fondement de notre système du droit, une vision du monde sujette à des changements fréquents, suivant les nécessités et les contraintes politiques? La volonté fanatique de survie *n'exige*-t-elle pas que cette vision du monde s'adapte chaque fois à ce que le Führer considère, à tout moment, comme avantageux, utile et *juste*?"

«Messieurs, je vous félicite pour votre question, s'écria le professeur Habermann, comme si ses étudiants l'avaient réellement formulée. Une question qui témoigne d'un esprit logique et pénétrant! Mais, même dans ce cas l'État a tout prévu, et il m'est de nouveau épargné de fournir une réponse. Dans la vie de l'État, il y a un principe immuable auquel tous les autres principes doivent se soumettre, et c'est le principe du *pouvoir*. Je me réfère une fois de plus au discours de notre ministre de la Justice. "La déplorable situation de l'idéal juridique dans la politique mondiale se révèle dans le fait qu'un appel à la justice internationale est inutile, quand il n'est pas soutenu par la détermination et les moyens adéquats de l'imposer." Le recours à la justice – comme tout autre recours – doit être appuyé par la force. Cela rend la science juridique bien sûr plus difficile qu'avant. Les pédants et les rats de bibliothèques que les connaissances purement livresques ont éloignés de l'étude du "sain instinct du peuple" n'iront pas loin dans notre nouvelle Allemagne.

« Je juge utile de vous rappeler, Messieurs, que mon supérieur, le ministre de la Justice, s'érige avec détermination contre le fait que l'État national-socialiste "puisse conférer à tout scientifique ou spécialiste, le droit de limiter le pouvoir du Führer ou du NSDAP dans le domaine juridique". En effet, une opinion stable n'est pas possible, car les représentations et les sentiments qui nourrissent notre système d'idées juridiques sont trop variables. Dans la mesure où "la justice est ce qui est utile au peuple allemand", et que ce qui, aujourd'hui est utile, pourrait, demain déjà, ne plus l'être, il s'ensuit que la justice d'aujourd'hui peut déjà être l'injustice de demain. De plus, dans la mesure où une revendication n'est légitime que si elle s'accompagne de la volonté et des moyens de l'imposer, cette même revendication cesse d'être juste, et devient en effet nulle et non avenue, ce pouvoir cesse ou tombe en d'autres mains. Me suis-je exprimé de façon assez claire, Messieurs? Tout le monde m'a-t-il compris? »

Les étudiants tapèrent des pieds. Le jeune homme du premier rang se disait: «Mon Dieu! Il a failli m'avoir à une ou deux reprises. Il avait une voix si sérieuse en parlant des "pédants et des rats de bibliothèque". En réalité, il attaque le système! Mais il s'y prend de façon originale. L'homme sait où il va, pas d'erreur.»

Habermann afficha le même rictus que celui qui avait déformé son visage lorsqu'il avait «prouvé» la culpabilité du Juif Lissauer. Puis il se mit à feuilleter un épais volume qui se trouvait sur son pupitre.

«Malgré l'avertissement du ministre de la Justice, dit le professeur Habermann, voici quelqu'un qui, s'arrogeant le titre de "savant" ou de "spécialiste", a osé limiter, ou du moins définir le pouvoir du Parti et du Führer dans le domaine juridique, et ainsi lui donner une certaine forme. Cet ouvrage, bien que traitant de droit, ne se rapporte toutefois pas au sujet qui nous occupe aujourd'hui. Cependant, il contient tant de renseignements précieux que je vais l'intégrer dans mon cours.»

Est-ce qu'il le pense vraiment? se demanda le jeune homme du premier rang en frissonnant.

«Il s'agit de ce livre, continua le professeur Habermann en tenant devant lui le volume entre l'index et le pouce de la main droite, comme s'il touchait un objet malodorant. Il s'intitule *Droit constitutionnel du Grand Reich allemand* et vient de paraître au *Hanseatischer Verlagsanstalt*; son auteur, Ernst Rudolph Huber, est professeur de droit à l'université de Leipzig. Messieurs, je ne saurais trop vous recommander ce brillant ouvrage. C'est une étonnante performance – surtout si vous considérez les difficultés que l'auteur a dû surmonter pour l'achever. Pour un juriste, la plus grande réside dans le fait que la loi suprême – celle qui prévaut, même sur la soi-disant vérité –, est la décision du Führer qui, à son tour, est guidée par "la volonté fanatique de survie de la nation". Pour vous donner un avant-goût de la joie et du profit qui vous attendent à cette lecture, je me permets de vous décrire brièvement le chef-d'œuvre d'Ernst Rudolph Huber. »

Dans l'amphithéâtre, les opinions étaient partagées. De nombreux étudiants croyaient qu'Habermann admirait le livre dont il faisait la brillante apologie. Il faudrait le lire, car les exercices porteraient sur lui à l'examen. Inutile d'écouter le professeur plus longtemps, il n'ironiserait plus. D'autres, parmi lesquels l'étudiant du premier rang, étaient devenus plus attentifs; ils avaient compris la condamnation subtile et foudroyante de l'œuvre qu'Habermann faisait mine de louer. « Mon Dieu, murmura l'étudiant du premier rang, comment va-t-il s'en sortir ? »

Habermann feuilletait les pages avec rapidité. « La thèse du savant professeur peut être résumée de la façon suivante :

« 1. La tradition juridique que l'Allemagne a contribué à fonder au XIXe siècle est jetée par-dessus bord. La "souveraineté du peuple" que le grand Allemand Johannes Althusius a désignée comme "inaliénable" subit le même sort. L'État est tout-puissant, comme vous le savez, et a l'autorité d'imposer ses exigences de manière "totalitaire" dans tous les domaines de la vie. L'auteur qui, de toute évidence, éprouve de la répulsion pour toute forme d'"objectivité excessive", assure

«2. que l'État n'est rien d'autre que "l'incarnation de la volonté du peuple". "Le caractère essentiel et l'idée de peuple", écrit-il, "sont les données fondamentales de la nature politique et juridique du Reich"... La communauté nationale implique l'unité autour d'une seule et unique philosophie politique de la vie. Vous trouverez ce passage à la page 158. D'où il ressort qu'il n'y a ni "liberté de conscience religieuse" en tant que telle – page 495 – ni "droits à la liberté individuelle face au pouvoir de l'État" – page 361. Le droit à la liberté, nous dit-il, "n'est pas conciliable avec le principe du Reich".

«Et maintenant, Messieurs, s'écria le professeur Habermann en élevant la voix, puis-je demander à tous ceux qui, parmi vous, ont tendance à s'endormir, de participer un peu au cours. Je dois vous avertir que je noterai sans aucune indulgence les devoirs de ceux qui ne connaîtraient pas par cœur le paragraphe suivant tiré du *Droit constitutionnel du Grand Reich allemand*: *"Il n'existe aucune liberté individuelle – qu'elle soit supérieure ou extérieure à l'État – que l'État soit tenu de respecter."* Retenez bien ces mots, Messieurs, vous qui serez les futurs administrateurs de la loi en Allemagne. Le peuple allemand sera entre vos mains et entre les mains de ceux au nom desquels la loi sera interprétée. C'est par l'expression de "principe de totalité" que le professeur Huber désigne cette situation; un principe qui exige une "unité de la position politique" et s'étende à toutes les activités et entreprises humaines "comme un phénomène universel, qui embrasse et pénètre tout". »

Le professeur Habermann se tut, et le regard de ses yeux bleus qui n'étaient plus que deux fentes, errait sur l'amphithéâtre.

« J'ai à peine besoin de vous dire quelles sont les conséquences inévitables auxquelles aboutit en toute logique l'œuvre en question. Vous connaissez ces conséquences. Je ne crois pas non plus qu'elles puissent échapper à aucun de vos condisciples, qu'ils étudient les mathématiques ou l'économie politique. L'auteur les formule ainsi: "Dans le peuple considéré comme une entité politique, seul un chef suprême peut agir avec efficacité. C'est du Führer que découlent tout pouvoir et toute autorité politiques."

« Oui, oui, Messieurs, s'écria le professeur Habermann en se joignant au rire général. Vous n'avez pas choisi une profession facile, et l'État fera tout ce qui est en son pouvoir pour que vous persévériez dans votre choix. Le secrétaire d'État au ministère de la Justice du Reich, le Dr Roland Freisler, a énergiquement pris position sur cette question: "Un candidat sera qualifié ou recalé sur un critère décisif: être un homme, un vrai", dit-il. Messieurs, je suis du même avis; l'expression du Dr Freisler recoupe mes espoirs et mes désirs. Il y a bien sûr une marge d'interprétation sur ce qui fait "un homme, un vrai", et je regrette de ne plus avoir le temps d'analyser la conception du Dr Freisler. »

Les étudiants jetèrent un coup d'œil à leur montre. C'était un cours de deux heures, or la première n'était pas encore écoulée. Le manque de temps ne pouvait être qu'un prétexte pour ne pas développer le sujet.

« Cependant, reprit le professeur Habermann, d'après le secrétaire d'État à la Justice, "dans toute promotion, le mérite d'un homme sera jugé d'après son activité effective au cours de la Première Guerre mondiale, ou au parti national-socialiste, ou pendant son service militaire, ou bien d'après ses qualités de père de famille. Mais, en cas d'égalité de performances et de talents, c'est à celui qui a le plus d'enfants qu'ira l'avantage". Messieurs, vous comprenez ce que veut dire "en cas d'égalité de talents et de performances": si un juge est moins compétent qu'un autre qui a moins d'enfants, c'est celui dont les performances sont inférieures qui sera promu, en raison de "considérations politiques nationales".

« Mais, de nos jours, il n'est pas aisé pour notre gouvernement de découvrir qui est "supérieur" et qui est "inférieur". Le Dr Freisler offre cependant une précieuse contribution pour résoudre ce problème. Il classe les qualités à considérer pour évaluer "l'activité effective" d'un juriste: premièrement au cours de la Première Guerre mondiale; deuxièmement, dans la lutte pour le mouvement national-socialiste; troisièmement, pendant le service militaire; quatrièmement, et c'est le dernier point, comme chef de famille. Il n'a pu échapper à votre attention que "l'activité effective" d'un homme dans un tribunal ne joue aucun rôle. »

Habermann brandit comme un drapeau le journal *Die Deutsche Justiz* qu'il venait de citer. Les pages s'ouvrirent, et le professeur les fixa un instant, avant de poursuivre son cours.

« Après que le Dr Freisler eut posé comme condition préalable au choix de toute profession juridique qu'un étudiant se déclare prêt à contracter promptement un mariage, il ajoute : "La nouvelle politique de la personnalité doit faire table rase de l'ancienne et traditionnelle façon de penser ; elle doit vaincre les nombreuses habitudes bien ancrées *afin que la nouvelle tâche en soit menacée.*" »

Habermann se mit à parler plus fort. « C'est moi qui souligne cette dernière phrase, mais les mots sont du secrétaire d'État Freisler, et je considère comme mon devoir de vous prévenir contre un malentendu. Nous savons tous que le secrétaire d'État pense le contraire de ce qu'il dit. Mais la langue allemande n'est pas facile et tous les "hommes, les vrais" ne possèdent pas la finesse requise pour s'en servir. » À cet endroit, le professeur Habermann ricana comme un enfant malicieux.

Quelques étudiants rirent bruyamment. Le jeune homme du premier rang fronça les sourcils avec inquiétude et hocha la tête malgré lui. Faites attention ! Les mots lui traversèrent l'esprit. Pour l'amour du ciel, ne dépassez pas les bornes. Cela va un peu trop loin !

Mais Habermann semblait avoir la conscience tranquille. Il posa la brochure et déplia un journal qu'il sortit de sa poche.

« Oui, reprit-il, la langue allemande n'est pas facile et nombre de nos étudiants en droit lui ont déclaré la guerre. Le jury des examens de droit observe cette guerre avec un souci grandissant, et nous ferions bien de lui accorder une certaine attention. Le président du jury, le Dr Palandt, fait de ce champ de bataille le rapport suivant: "Il n'est pas rare que la plus grande partie des travaux rendus par nos étudiants en droit soient formulés de manière si incompréhensible que même une étude minutieuse ne permet pas d'en saisir la signification. Il est évident que le candidat a les plus grandes difficultés à rédiger un travail simple, lisible."

Que les candidats emploient sans distinction les verbes "prétendre", "fonder", "citer", "objecter", etc. ne témoigne pas d'un haut niveau intellectuel. Ils auraient au moins dû apprendre à les différencier au cours de leurs trois années d'études préparatoires. Dans la plupart des cas, les étudiants ne savent pas du tout utiliser le matériau de preuves fournies par leurs propres témoins. De même, ils sont incapables d'expliquer et de justifier une décision légale. Cette incapacité à fonder ou à réfuter une accusation est tout aussi incompréhensible.»

Habermann, qui avait mis beaucoup d'énergie et d'émotion à citer l'article, laissa tomber le journal.

«Comme c'est vrai!, s'écria-t-il. Comme c'est juste! Mais ici aussi, je voudrais prévenir un malentendu possible.» Il posa ses mains sur le pupitre, se pencha en avant et dévisagea avec gravité le jeune homme du premier rang.

«On peut sans difficulté imaginer qu'un étudiant capable de différencier les significations de "prétendre", "fonder", "citer", "objecter", puisse cependant être incapable de justifier la validité des décisions auxquelles il est confronté. Autrement dit, nous devons nous libérer des représentations dépassées qui s'attachent à la notion désuète de "valeur d'une décision". Messieurs, je reviens à la thèse par laquelle ce cours a commencé: "La justice est ce qui sert notre cause." »

On ne pouvait pas reprocher au professeur Habermann de faire des cours qui manquent de variété et de pittoresque. Un auditeur sans finesse aurait en effet pu accuser l'érudit juriste de passer d'un thème à l'autre de façon arbitraire. Mais ici, il avait, de façon soudaine, ramené le cours à la thèse principale. Peut-être était-ce la singularité de cette méthode et de cet esprit – la diversité et les digressions – qui expliquait son indifférence pour toute *carrière* avant l'ascension de Hitler. Maintenant qu'une carrière s'offrait à lui, il ne semblait pas y attacher d'importance. Tôt ou tard, son attitude attirerait l'attention des autorités, et alors ni son type de parfait aryen ni la popularité dont il jouissait auprès de ses étudiants ne pourraient le sauver de l'abîme au bord duquel il jouait sans tenir compte du danger.

La deuxième heure de cours commença, et Habermann aborda le thème de la criminalité chez les jeunes. Il parlait avec lenteur et insistance. Il semblait jouir de ses propres paroles.

« Chacun doit être conscient que le chômage, qui a sévi pendant les terribles années de la décadence allemande et la démoralisation des jeunes qui a suivi, devait conduire à une augmentation de la criminalité. Nous, juristes, sommes convaincus que seule une minorité de criminels – et parmi les jeunes, seule une infime minorité – a des pulsions criminelles. On sait que c'est plutôt l'occasion qui fait le larron. Et c'est aussi le désespoir qui incite au vol. Mais, avant tout, c'est le mauvais exemple qui conduit au crime. Il ne faut donc pas s'étonner si, au cours des dernières années de la République, la criminalité a augmenté chez les jeunes. Cependant, nous nous trouvons hélas confrontés, dans l'Allemagne national-socialiste, à un phénomène étrange et bien troublant. Messieurs, la criminalité n'a pas *diminué* chez les jeunes, les chiffres de ces dernières années montrent qu'elle a même, au contraire, augmenté dans des proportions inquiétantes. Je vous livre ici quelques chiffres:

Crimes de caractère général				
Berlin	1934 :	948 cas ;	1936 :	1 485 cas
Hambourg	1934 :	566 cas ;	1936 :	979 cas
Cologne	1934 :	328 cas ;	1936 :	549 cas
Affaires de mœurs				
Berlin	1934 :	22 cas ;	1936 :	72 cas
Hambourg	1934 :	26 cas ;	1936 :	107 cas
Mannheim	1934 :	10 cas ;	1936 :	48 cas
Crimes de sang				
Berlin	1934 :	30 cas ;	1936 :	75 cas
Hambourg	1934 :	21 cas ;	1936 :	47 cas
Breslau	1934 :	1 cas ;	1936 :	47 cas

«Ainsi, Messieurs, vous voyez, les chiffres parlent d'eux-mêmes, et les condamnations de jeunes criminels ont presque doublé ces dernières années dans les grandes villes. Mais le fait le plus alarmant, c'est que les crimes de sang, les affaires de mœurs, les attaques à main armée et les agressions avec coups et blessures ont triplé en moyenne. Vous constaterez en passant, Messieurs, qu'à Breslau, ils ont été multipliés par 47 ! À ce sujet – d'un très grand intérêt –, je vous recommande un article paru dans *Das Junge Deutschland*[1]. Vous y trouverez les chiffres que j'ai cités et qui ont, en outre, été publiés dans d'autres revues juridiques spécialisées. L'article cité établit que le chômage "en Allemagne, a cessé d'être un facteur de danger et de démoralisation pour la jeunesse". »

Le professeur Habermann fit de nouveau sa grimace mongole et posa à la classe une série de questions rhétoriques.

« N'aurions-nous pas plutôt pensé que le nouvel ordre instauré dans notre vie nationale, que la nouvelle inspiration morale donnée par notre Führer, que les hauts idéaux incarnés par notre Führer, et que les moyens, admirables et tout à fait allemands employés pour les atteindre, auraient abouti à nettoyer le pays ? Au lieu de cela, la saleté et la démoralisation, où que l'on regarde, une effrayante rechute dans la criminalité, une criminalité d'une telle impudeur qu'on ne l'aurait pas même tolérée à la fin de la République. Quelle réponse pouvons-nous donner à ce phénomène indigne, Messieurs, à ce cancer qui ronge le corps du peuple allemand ? »

Le professeur fit une pause. L'étudiant du premier rang attendait maintenant que le conférencier, dans son incroyable témérité, réponde aux questions rhé-

1. Magazine sociopolitique nazi pour les dirigeants de la jeunesse du Reich.

toriques par des stéréotypes de la propagande nazie : « Influences étrangères ! », ou bien « Le honteux traité de Versailles » – ce qui, dans ce cas, aurait été d'un effet parodique irrésistible. Le jeune homme eut la chair de poule. Il y aura un scandale, pensa-t-il. D'une manière ou d'une autre, il va y avoir un scandale. Ou bien quelqu'un dénoncera notre brillant Habermann, ou bien il y aura une telle démonstration d'enthousiasme, assortie de trépignements dans l'amphithéâtre, que le doyen viendra – puis on nous interrogera, et nous devrons nous justifier. Dieu du Ciel, qu'arrivera-t-il alors ?

Habermann, les yeux plissés toujours rivés sur l'étudiant, gardait le silence. Un silence de mort planait sur l'amphithéâtre. L'esprit tendu, pleins d'attente, les jeunes gens pensaient que leur conférencier allait maintenant lancer une philippique passionnée contre le régime et ses sbires. En cet instant qui parut une éternité, tous avaient pris leur décision. Que ferai-je ? se demandait chacun d'entre eux. Et presque tous pensaient : « Ce serait un soulagement. Nous *savons* tous ce qu'il peut dire et ce qu'il doit dire. Mais ce serait un soulagement de l'entendre formuler, à voix haute et intelligible, de l'entendre résonner dans l'amphithéâtre de notre vieille université, notre honneur, tant compromis par de si nombreux mensonges serviles, serait sauvé. »

Un coup bref et fort, tapé à la porte, libéra la tension. Deux jeunes gens en uniforme de la SA entrèrent. « Heil Hitler ! » s'écrièrent-ils pendant que les étudiants se levaient à contrecœur pour le salut nazi. Après cette courte cérémonie, les SA s'avancèrent vers le pupitre de Habermann.

Le professeur rentra la tête dans les épaules ; il ressemblait maintenant à un taureau devant un tissu rouge. Que s'était-il passé ? Ces veilleurs de l'ordre national-socialiste l'avaient-ils entendu de l'extérieur ? L'un de ses étudiants s'était-il glissé hors du cours pour le dénoncer ? Si oui, malheur à lui ! Les autres étudiants lui donneraient une de ces leçons qu'il n'oublierait pas de sitôt. L'un des hommes de la SA alla se mettre devant le pupitre. Il regardait l'amphithéâtre, dissimulant Habermann auquel il tournait le dos. L'étudiant du premier rang bondit. Son beau visage en colère était tourné en partie vers ses condisciples, en partie vers le SA qu'il regardait d'un œil menaçant. Ce dernier se racla la gorge et commença à parler.

« Camarades et amis, dit-il, dans ces heures décisives pour le destin de notre patrie – »

L'étudiant pensa : quoi ? Encore une heure décisive ? On n'échappera donc jamais à cette heure décisive ? Qu'est-ce qu'il veut encore, ce nazi ?

« Dans cette heure décisive, je me tourne vers vous, mes camarades du Parti, et aussi vers vous, qui servez votre Führer, sans appartenir encore au Parti. »

L'étudiant du premier rang se rassit bruyamment.

Le SA continua : « Je suis devant vous – et sa voix devint plus forte – en tant que représentant et administrateur local du ministère de l'Alimentation du Reich, et en tant que tel – »

L'étudiant du premier rang battit des mains de manière continue, insistante et furieuse, tout à fait inattendue car ce n'était pas dans l'habitude des étudiants d'applaudir en battant des mains.

Le SA s'interrompit, perplexe. Puis il continua en tentant de dominer la clameur.

«Messieurs, criait-il maintenant, votre participation aux moissons est requise –», mais les étudiants s'étaient joints aux applaudissements. La moitié de l'amphithéâtre claquait des mains. Même le professeur Habermann que l'on apercevait à peine derrière le SA, applaudissait comme un fou. Il levait les mains, les frappait l'une contre l'autre au-dessus de sa tête. Il était comme un chef d'orchestre qui dirigeait ses étudiants dans un concert très étrange. Il frappait des mains de plus en plus fort et, entre-temps, il ne restait plus aucun étudiant qui ne se fût joint à cette furieuse ovation. Leurs visages – et c'était le plus étonnant – étaient empreints d'une grande gravité. C'était plutôt une expression de colère et de résistance têtue. Ils étaient farouchement décidés à empêcher cet intrus en uniforme, cet employé du ministère de l'Alimentation du Reich, de prendre la parole. Non ! *Il ne parlerait pas !* même si le séminaire tout entier devait être envoyé le lendemain en camp de concentration.

Le SA était impuissant devant cette résistance spontanée et il hurla, aussi fort qu'il put : «Messieurs, je vous remercie pour les marques d'approbation que vous me manifestez ; je sais que tous, sans exception, vous vous enrôlerez, en toute liberté, pour les moissons, durant vos vacances semestrielles ! »

La tempête d'acclamations couvrit les paroles ; la voix du messager fut avalée. «La Prusse orientale ! » hurlait-il, comme s'il pouvait apaiser la révolte par ces syllabes magiques. «La Prusse orientale ! Camarades du Parti, en ces heures décisives pour la patrie, vous serez envoyés en Prusse orientale… »

Il était rouge comme une écrevisse. Les veines de son front menaçaient d'éclater. Le professeur Habermann, qui continuait à frapper des mains en staccato au-dessus de sa tête, ralentit la cadence. Les étudiants ralentirent aussi le rythme. Enfin, le professeur, derrière le dos du SA, fit signe de cesser les applaudissements. Surpris par le silence soudain, le SA continua, sans raison, de hurler à faire éclater ses cordes vocales: « Notre relation organique et intime à l'esprit agricole de l'Allemagne... » Sa voix emplit l'amphithéâtre comme le gueulement d'un carnassier. Il s'interrompit soudain et regarda l'amphithéâtre, comme s'il avait perdu la raison. Le professeur Habermann, dont la tête dépassait derrière la chemise brune, avait pris son air rusé. Ses yeux clairs riaient.

Le SA se taisait. Mais, maintenant, c'était l'étudiant du premier rang qui se levait d'un bond et qui, s'inclinant avec correction et presque avec élégance vers la chemise brune et vers ses condisciples, prit la parole:

« Au nom des étudiants, je souhaiterais remercier le représentant du ministère de l'Alimentation du Reich pour ses remarques éclairantes. Le représentant du ministère de l'Alimentation du Reich n'a pas besoin de mes assurances; il peut, d'après les applaudissements, constater à quel point nous sommes *unis* derrière lui et derrière notre Führer. Si, à la suite de notre enthousiaste, de notre irrésistible manifestation – les étudiants rirent – certaines remarques décisives nous avaient échappé, que le ministère de l'Alimentation du Reich soit assuré que, face à ses ordres, nous serons aveugles et muets dans notre dévotion, et que nous ne demanderons même pas ce que l'on attend de nous, dans quelque heure décisive que ce soit.»

Il s'inclina encore une fois et reprit sa place. Le SA n'était pas en mesure de comprendre le contenu ironique de cette allocution; il leva le bras.

«Heil Hitler! cria-t-il.

– Heil Hitler!» cria l'homme qui l'accompagnait – ce fut son unique contribution à cette scène. Les étudiants ne répondirent pas. Le professeur Habermann reconduisit les deux hommes en uniforme jusqu'à la porte et prit congé d'eux en s'inclinant avec grâce. Puis il fit demi-tour, alla au pupitre et reprit le cours, comme si rien ne s'était passé.

«Nous étions en train de parler – dit-il, et il regarda les étudiants avec calme, pendant qu'un frisson parcourait l'amphithéâtre –, si je me rappelle bien, nous étions en train de parler des difficultés que peuvent créer, à notre nouvel État autoritaire, des actes de sabotage commis, non pas par des individus mais par des groupes organisés.»

Une fois encore, un silence de mort régna dans l'amphithéâtre. Le jeune homme du premier rang fixait l'enseignant droit dans les yeux. Ses yeux bruns brillaient d'admiration et d'amour. Mais, même ses amis, les jeunes gens qui étaient à côté de lui ou derrière lui, sur les gradins de l'amphithéâtre, écoutaient avec une dévotion quasi religieuse. Ils savaient tous que leur professeur «ne se rappelait pas bien»; qu'en fait, «il se rappelait mal». Le sujet abordé n'avait rien à voir avec les actes de sabotage organisé. Mais ils avaient été témoins, témoins et acteurs d'un tel acte, et il y avait quelque chose de magnifique dans le fait que cet homme, leur chef, osait maintenant le définir, le nommer par son vrai nom, et le décrire dans la langue sobre de l'amphithéâtre.

« Pour nous, juristes de droit criminel du Troisième Reich, dit Habermann, rien n'est plus dangereux pour l'État que la résistance passive des masses ou même de petits groupes bien déterminés. »

Il s'interrompit, regarda l'heure et conclut avec désinvolture, par ces mots : « Suivant les instructions, je prie ceux qui, parmi vous, comptent s'enrôler de leur plein gré pour les moissons en Prusse orientale, de se lever. »

Il n'y eut ni bruit ni mouvement dans l'amphithéâtre. Le jeune homme du premier rang se retourna vers le reste des étudiants, comme si, soudain, il était pris de panique. Mais personne ne bougea.

Après avoir, pendant deux ou trois secondes, joui du silence, le professeur Habermann fit un geste bref.

« Je vous remercie, Messieurs », dit-il, et avec ces mots simples, il exprima, sans ambiguïté, l'immensité de son orgueil, de son triomphe et de sa gratitude. Hormis la musique somnolente de la fontaine dans la cour, on n'entendit pas le moindre bruit, lorsque le professeur, dans une attitude de fierté altière, sortit de l'amphithéâtre.

CHAPITRE 5

À la mémoire d'un héros

Comme c'est le cas dans une ville bombardée,
la vie continuait dans la nôtre. De jeunes SS,
sanglés dans leurs uniformes élégants,
défilaient dans les rues en ordre parfait.
Personne ne pouvait soupçonner
que quelque chose n'allait pas – bien qu'une légère
odeur de brûlé flottât dans l'air.

Le 10 novembre 1938, l'ordre suivant fut transmis à tous les services administratifs de notre ville et au responsable local de la commune :

POLICE JUDICIAIRE MUNICIPALE
DIRECTION DE LA POLICE JUDICIAIRE
PERMANENCE

10 novembre 1938

Procédure à suivre dans la question juive :

Le chef de la police municipale, l'inspecteur Hansmann, docteur en droit, communiqua par téléphone à 19 h 30, le message suivant :

R
Johan

« Pour répondre aux questions posées par téléphone, de manière répétée, par la police judiciaire au quartier général de la Gestapo, l'information suivante est transmise par téléphone :

Ordre est donné d'arrêter les Juifs influents et aisés, de sexe masculin, de nationalité allemande, d'un âge pas trop avancé et qui paraissent en bonne santé.
C'est de manière confidentielle que les administrations locales doivent transmettre par téléphone l'ordre formel de raser les biens des Juifs de nationalité allemande. Dans ces cas, la police n'a pas à intervenir. Il est permis d'incendier les maisons quand il n'y a aucun danger que le feu se propage. Par conséquent, cela ne peut être entrepris qu'en dehors du territoire de la commune.
Le nombre total des Juifs à arrêter est d'environ 500. »

Les 9 et 10 novembre 1938, dans notre ville et dans toutes les villes du Reich, l'enfer se déchaîna. Flammes, ruines, sang et larmes – un ordre transforma en monstres de petits groupes de ruffians, criant à tue-tête, volant, maniant le fouet – des jeunes de moins de dix-huit ans. Les pires unités de SA vinrent en camion mettre le feu aux synagogues. Ils avaient des haches et des pioches et prirent l'ordre au mot : ils firent main basse sur les biens des Juifs de notre pays et les rasèrent. Muets et impuissants, les habitants de notre ville marchaient dans cet enfer de destruction. Les voix faibles des victimes persécutées se mêlaient aux ordres tranchants qui sortaient de la gorge des hommes de main de l'État.

Des gamins triaient jouets et vêtements dans les ruines des magasins détruits. Dans une boutique, une trompette d'enfant dorée brillait sous un piano à queue en piteux état. Un petit garçon, qui n'avait d'yeux que pour le jouet, se glissa à quatre pattes sous l'instrument cassé, et le poussa de toutes ses forces pour s'emparer de la trompette. Sa main rencontra alors quelque chose de mou et de froid. Outre ses billes, ses hameçons, ses pierres de couleur et ses pommes de pin, il avait aussi, dans sa poche, une boîte d'allumettes. Il en craqua une et découvrit le visage couvert de sang d'une femme, sur le corps de laquelle il était agenouillé. Son cri perçant attira des gens qui accoururent du dehors pour le sauver. Deux hommes en uniforme tirèrent de dessous le piano le gamin à moitié évanoui. L'un d'eux était encore très jeune. En voyant la morte, son visage devint livide.

« C'est affreux », dit-il d'une voix intelligible, avant d'entourer le garçon d'un bras protecteur.

Mais l'autre, le plus âgé des deux, se mit à rire.

« Bon travail, dit-il. Du bon travail, bien soigné. »

Le jeune SA rendit l'enfant à la femme qui devait être sa mère, et dit à son camarade qui riait : « Tu sais, je suis content que l'étranger, cet Anglais – enfin, je crois que c'est ce qu'il était –, avec lequel nous avons parlé l'autre soir, n'ait pas assisté à cette chose terrible. Il semblait avoir une bonne opinion de nous. »

Puis il retourna dans le magasin et tira le cadavre dans un coin. Il le recouvrit avec le reste calciné d'un rideau de couleur pourpre. Il trébucha en quittant ce lieu de destruction. Puis il descendit la rue en chancelant, tourna au coin, s'appuya contre le mur froid d'une maison. Il vomit.

Au matin du 10 novembre, beaucoup de Juifs de notre ville – en fait, un nombre extraordinaire –

avaient déjà quitté leur domicile. Les jours qui précédèrent le 10 novembre, beaucoup avaient été libérés des camps de concentration, et beaucoup avaient fui dans la montagne. Chargées de sacs à dos verts qui rappelaient les joyeuses excursions des jours de vacances, les mères traînaient leurs petits. Entre les rochers couverts de neige, les hommes âgés cherchaient une protection contre la tempête qui s'était déchaînée. De nombreux fugitifs avaient des passeports et des visas pour l'étranger. Dans notre ville, les soldats envoyés par le gouvernement se comportaient comme une armée d'occupation, mais un grand nombre de ceux qui se trouvaient sur la fatale liste noire approchaient déjà de la frontière du pays voisin.

Les groupes de SA étaient en colère. Venus en camion, ils étaient très bien équipés pour exécuter leur travail de destruction. Mais, à peine avaient-ils sauté de leurs engins aux endroits prévus – en civil, bien entendu, car ils devaient incarner « un déchaînement spontané de la colère du peuple » –, que les sirènes d'alarme se firent entendre et que la police intervint. Elle fit obstacle à la cohue sauvage des jeunes gens, la dispersa avec violence et, à l'encontre des instructions confidentielles, protégea les biens des citoyens juifs. Le plus rageant, c'était que les « sous-hommes » juifs n'étaient pas chez eux. Déçus, les hommes qui avaient escompté un gros butin se sentirent floués, et reportèrent leur rage sur les badauds, parmi lesquels beaucoup se réjouissaient que le « nid » fût « vide » et « l'oiseau envolé ».

Ce n'est qu'aux endroits où les jeunes attaquants s'étaient regroupés en grand nombre que des combats sanglants se livrèrent avec les brigades de police. Si celles-ci leur étaient supérieures, égales ou à peine inférieures en nombre et en force, les « gars de Hitler » renonçaient avec bon sens au combat. Ils ravalaient leur colère, sautaient de nouveau dans leur voiture, parcouraient les rues, espérant trouver ailleurs un meilleur butin. Mais, dès qu'ils arrivaient à l'endroit suivant, les brigades de police les attendaient de nouveau, revolvers au poing. Après quoi ils adoptèrent un comportement plus ou moins civilisé et présentèrent des mandats d'arrêt à l'encontre des Juifs qui habitaient dans ces rues. Les policiers acquiesçaient d'un air sévère, et les SA avaient eux-mêmes l'air de prisonniers, lorsque les policiers les accompagnaient dans les étages. Mais, là aussi, il leur fallait souvent retourner bredouilles aux camions. Les victimes n'étaient plus là.

Franz Deiglmeyer, le chef de la Gestapo de notre ville, un homme d'une quarantaine d'années, était depuis plus de quinze ans membre du NSDAP. Peu après la prise du pouvoir, ce policier expérimenté avait été nommé à la Gestapo où, grâce à son intelligence, sa fidélité et son zèle, il avait fait une carrière rapide. Au cours de l'été 1938, il était devenu chef de la Gestapo. Il commandait la Gestapo locale ainsi que le camp de concentration voisin. Les « services politiques » du district, y compris les SA et les SS locaux, avaient pour consigne de lui transmettre toutes les informations et de respecter son autorité.

Deiglmeyer était marié et père de quatre enfants, deux filles et deux garçons, de trois à douze ans. Il aimait sa famille et sa patrie. Il aimait aussi son métier, qui lui offrait l'occasion de servir autant que possible son pays, et lui permettait d'élever ses enfants pour qu'ils deviennent des hommes et des femmes accomplis, de bons patriotes et de bons Allemands. Depuis que Hitler régnait sur l'Allemagne, Franz Deiglmeyer avait dû réfléchir à beaucoup de choses. De nombreuses questions le préoccupaient. Autour de lui, se produisaient des événements qui, en secret, le décevaient. L'obéissance inconditionnelle que l'État exigeait de lui s'opposait avec douleur à sa conscience d'homme et de chrétien. De 1919 – où, à vingt-deux ans, il entra dans la police à l'époque de la République –, à 1933 où la République n'était plus, il avait servi l'État avec fidélité. Même lorsque celui-ci l'avait déçu, lorsqu'à ses yeux l'État avait perdu l'autorité et la nécessaire foi en lui-même, il lui était resté fidèle. Il avait rejoint le mouvement hitlérien, car ce dernier avait promis de restituer à l'État son prestige perdu.

Mais, à peine le nouveau régime s'était-il établi, qu'il y eut certains signes inquiétants. Un règne d'injustice et de despotisme sans frein commença. Autant le vieil État avait manqué de fierté et d'assurance, autant le nouvel État exigeait de ses citoyens un culte et une idolâtrie qui confinaient au blasphème. Quant à la question juive, Franz Deiglmeyer ne s'en était pas beaucoup préoccupé. Son Parti refusait d'accepter les Juifs. Bon, de son côté, il ne pouvait pas en dire beaucoup de bien non plus. Il estimait raisonnable de limiter leur influence et leur nombre dans le pays. Comment cela pouvait-il se faire sans commettre de graves injustices, il n'en savait trop rien. Mais le gouvernement trouverait bien un moyen, pensait-il, car il était habitué à se reposer sur sa hiérarchie pour toutes les questions politiques.

Franz Deiglmeyer exécutait ses tâches avec assiduité, fidélité et conscience. Il tentait d'adoucir les peines qu'il était obligé d'appliquer. Si, comme chef de la police, il était contraint d'arrêter un citoyen, que ce soit un catholique, un démocrate ou un Juif, il faisait ce qui était en son pouvoir pour alléger le sort du prisonnier. Il accordait avec générosité les autorisations de visite aux familles. Il permettait aussi aux prisonniers d'emporter des provisions et des vêtements. Avant tout, il les traitait avec la considération et la politesse qui étaient de mise avec les « prisonniers politiques » dans tous les pays civilisés. En agissant ainsi, il ne pensait pas commettre d'infraction ; il faisait son devoir comme le lui dictait sa conscience.

Jusqu'à ces jours de novembre de l'année 1938, il ne s'était, hormis pour quelques conflits intérieurs occasionnels, jamais senti en contradiction avec les ordres du gouvernement. Il savait, bien sûr, que certaines de ses actions s'éloignaient de l'esprit du gouvernement, mais il s'était toujours tenu avec rigueur aux prescriptions. Ses supérieurs le soutenaient ; ils l'avaient promu ; ils lui avaient conféré du pouvoir. Mais il n'avait pas réalisé quel pouvoir il avait de faire le Bien et le Mal. Jusqu'à ce qu'il lise les ordres qui, le 10 novembre, lançaient l'« action contre les Juifs ».

Pendant de longues heures tourmentées, Franz Deiglmeyer de la police secrète d'État combattit contre lui-même jusqu'à ce qu'il se décide à contrecarrer ces ordres. Je ne peux pas, se disait-il. C'est effrayant et terrible. Je ne peux en endosser la responsabilité. Je ne peux pas, et je ne le veux pas non plus.

Il n'en parla à personne. Pas même à sa femme, dont la vie était liée à la sienne de la façon la plus intime, il ne s'ouvrit du plan désespéré qu'il voulait mener à bien tout seul. Pour l'amour de mon pays, pensait-il, surtout pour l'amour de l'Allemagne, je dois tenter d'empêcher cette abomination, et sauver ce qui peut encore l'être. Si, au moins dans notre ville et dans notre région, il n'y avait ni orgies sanglantes ni pillages commis au nom de l'État… Oui, telles étaient ses pensées. Ce que je planifie s'appelle « haute trahison » et « espionnage au service de l'ennemi du Reich allemand ». Avec ça, je risque tout. Ma vie et mon honneur sont en jeu, si je parviens à mes fins. Il claquait des dents en pensant à sa femme, à l'amour qu'elle lui portait, à ses enfants, à leur fierté d'avoir un tel père. Vie et honneur, répétait-il. Mon honneur aussi ? Alors, tout fut clair pour lui. C'est son honneur qu'il sauvait maintenant et nettoyait de toutes les taches laissées par ces dernières années. Ce qu'il ferait maintenant était une affaire d'honneur, et il était persuadé que ceux qu'il aimait par-dessus tout l'aimeraient pour cela, s'ils le savaient – même si on le dénonçait et s'il devait payer sa « haute trahison » de sa vie. Sa femme et ses enfants faisaient la différence entre le Juste et l'Injuste. Ce qu'il avait en tête était juste, même si les conséquences pour lui et sa famille pouvaient être terribles.

Le chef de la Gestapo Deiglmeyer endossa des vêtements civils, enfonça son chapeau bas sur son front et se glissa jusqu'à la cabine téléphonique de la place du marché. Il tira de sa poche la feuille avec les noms et les adresses des citoyens juifs qui, d'après les informations du commandant local des SA, devaient être arrêtés le lendemain. Il appela chacun d'entre eux. Il se nommait car il savait que cela inspirerait à la fois la peur et la confiance. Il donnait avertissements et instructions.

« Avez-vous un passeport ? demandait-il. Non ? Présentez-vous cet après-midi à la Gestapo, pièce numéro 6. Je vous donnerai un passeport. »

Il dut passer de nombreux appels, et il changea une douzaine de fois de cabine téléphonique pour ne pas attirer l'attention. Vers midi, il se rendit dans son bureau, établit des passeports et rédigea des ordres de libération pour les prisonniers juifs du camp de concentration.

« Ils vont être assassinés, murmurait-il pour lui-même. Tous les Juifs vont être assassinés, pour faire de la place aux nouveaux prisonniers. Mais je vais les libérer. Relâche-les. Laisse-les aller où ils veulent ; un traître les a libérés. Et ce traître a prévu d'autres choses encore. Il va tenter de sauver leurs biens, afin qu'ils puissent les réclamer plus tard, quand… »

Il n'alla pas plus loin. Devrai-je le payer de ma vie ? Mais je sauve des vies d'hommes, qui n'ont rien fait, qui n'ont commis ni crime ni péché. Je protège des innocents de l'enfer. Vais-je devoir mourir pour cela ?

Lorsque, ce matin-là, il appela le Dr Wolf, personne ne répondit. Mais je dois le prévenir, pensa le chef de la Gestapo. Il doit être averti, il figure sur la liste.

Le Dr Wolf ouvrit lui-même la porte – il n'a pas le droit d'avoir une servante, se souvint Franz Deiglmeyer, c'est vrai qu'il est juif. Le médecin eut peur lorsqu'il vit le redouté fonctionnaire de la Gestapo, qu'il reconnut malgré ses vêtements civils.

« Quittez la ville, dit-il d'un ton abrupt. Aujourd'hui même. Voici votre passeport, déjà validé. Mettez-vous en route sur-le-champ. »

Tout le monde connaissait l'attachement du Dr Wolf à sa ville natale. S'il l'avait voulu, il est certain qu'il aurait trouvé, depuis longtemps, des moyens et des voies pour émigrer. Il secoua la tête avec incrédulité.

« Pourquoi ? demanda-t-il. Pourquoi faut-il que je m'en aille ? Je ne suis coupable d'aucun crime et, selon la loi, il n'est pas possible d'entreprendre quoi que ce soit contre un Juif innocent. »

C'était un tableau étrange : le Juif exprimait sa foi inébranlable dans l'honnêteté de l'État national-socialiste, alors que le fonctionnaire de la Gestapo insistait sur la nécessité de se méfier sans réserve et de fuir sans délai.

« Je vous en *prie*, dit le fonctionnaire qui triturait son chapeau avec nervosité. Je vous en prie de toute mon âme : sauvez-vous !

— Je reste où je suis, répondit le Juif. Et je prends la liberté de *vous* prier de me quitter. Je reconnais vos bonnes intentions et vous en remercie, même si cela me semble étrange.

— Voici votre passeport, dit le fonctionnaire de la Gestapo en se dirigeant vers la porte. Si vous deviez encore vous décider à partir… »

Et sur ces mots il disparut. Le médecin resta debout au milieu de la pièce et secoua la tête.

Pour le chef de la Gestapo Deiglmeyer, la journée passa comme une suite de rêves. Parfois, c'était comme s'il était porté par un vent puissant, et toutes ses actions se succédaient, plus légères et plus rapides qu'elles ne le furent jamais durant les heures où il était éveillé. Parfois, il avait l'impression que ses membres étaient aussi lourds que du plomb et qu'il lui fallait déployer une force surhumaine pour soulever l'écouteur du téléphone.

« Ici la Gestapo, disait-il d'une voix tendue. Envoyez tout de suite deux brigades de police au numéro 14 de la Marktstraße pour empêcher les pillages. Les hommes doivent faire usage de leurs armes si c'est nécessaire. Oui, oui, ici le chef de la Gestapo Deiglmeyer. Appelez-moi dans cinq minutes pour confirmation. »

Le 10 novembre passa, puis le 11 ; il ne s'était rien passé de décisif. Les dégâts occasionnés par les « actions » dans notre ville étaient peu importants, en comparaison de ce qu'« ils » avaient planifié. Bien sûr, la synagogue n'existait plus. Certains magasins et usines étaient aussi en ruines. Il n'avait pas toujours été possible aux brigades de police d'arriver à temps sur les lieux ; on n'avait pas pu tout empêcher. Mais les *hommes*, pensait le fonctionnaire de la police, les *hommes* étaient sauvés. Même si tous ne l'avaient pas été.

Le Dr Wolf, par exemple, avait été arrêté. Sans chapeau ni manteau, hagard, il avait été traîné à travers les rues jusqu'à la carrière, à l'extérieur de la ville. Ces jours-ci, le froid était rigoureux, et il n'y avait pas de logement pour les prisonniers dont le sort était de travailler dans la carrière le jour, et d'y dormir la nuit. Les surveillants, dans leurs manteaux bien chauds, des bouteilles d'eau-de-vie dans leurs poches, veillaient à ce qu'aucun prisonnier ne reçût de manteau ou ne s'approchât du feu pétillant réservé à leur seul confort. La première nuit, les deux jambes du Dr Wolf gelèrent, et il perdit presque la raison de douleur et de désespoir. Les nuits suivantes, ses bras gelèrent, puis ses oreilles. Mais les surveillants continuaient à le traîner au travail. Enfin, ils saisirent le paralysé, l'appuyèrent contre le mur de la carrière et lui crachèrent au visage. Il s'effondra et supporta, inerte, les coups répétés de ses bourreaux. Inconscient, grelottant de fièvre, il fut transporté à l'hôpital où les médecins durent l'amputer des bras et des jambes. Il reprit conscience une seule fois; la souffrance insupportable avait dû le réveiller. Mais la septicémie acheva son œuvre en peu de temps. Le docteur Wolf mourut – le reste pitoyable de son corps cessa de tressaillir.

Franz Deiglmeyer, qui avait voulu le sauver, ne sut rien de sa fin. Le 12 novembre, il fut convoqué au service numéro 10, pour une petite négligence dont l'un de ses collègues était responsable. Mais le chef de la Gestapo savait que le service numéro 10 ne s'occupait pas de cas aussi insignifiants. Le service numéro 10 était réservé aux cas de haute trahison et d'espionnage. Deiglmeyer s'enfuit. L'adieu à sa famille fut bref et poignant.

« Pas de pleurs, pria-t-il, alors que ses yeux se remplissaient de larmes. Un jour, je reviendrai, je promets de revenir. »

Les enfants aussi sanglotaient de voir leur mère si triste. Seule l'aînée, une fillette de douze ans, savait ce qui se passait.

« Ne pense pas de mal de moi, dit le père à l'enfant qui pleurait.

– Jamais ! répondit-elle. Je sais que tu n'as rien fait de mal. »

Jour après jour, nuit après nuit, le fugitif suivit les rails de chemin de fer qui traversent la montagne. Puis il longea les grandes routes verglacées et franchit enfin des lacs gelés jusqu'à l'un des postes frontière sans surveillance qu'il avait cherché à atteindre. Il était certain que le petit pays dans lequel il fuyait ne le livrerait pas, lui, un « réfugié politique », à sa patrie, dans laquelle une mort rapide et terrible l'attendait. Une nuit, on l'appréhenda sous un pont et, comme il n'avait pas de papiers, ce qui le rendait suspect, on l'arrêta.

Devant moi se trouvent les lettres qu'il écrivit, et celles qui furent écrites pour lui. Elles racontent la suite de son histoire – l'histoire d'un héros perdu.

Beaucoup de ceux qui lui devaient la vie avaient trouvé refuge dans le pays où leur sauveur était maintenant prisonnier. Ils eurent vent de son sort et prouvèrent qu'ils n'étaient ni oublieux ni ingrats. Ils firent tout ce qui était en leur pouvoir pour le sauver à son tour. Ils s'adressèrent au Comité juif aux Réfugiés qui transmit leur demande au gouvernement. L'affaire traînait en longueur; il y avait encore de l'espoir.

Une femme qui, sans Franz Deiglmeyer, n'aurait pas survécu, écrivit à un homme qui faisait encore partie des vivants grâce au même Franz Deiglmeyer qui s'était sacrifié pour lui :

Cher Rudolph,

Ces derniers jours, je n'ai rien appris de neuf à son sujet, et tu peux imaginer le souci que je me fais pour cet ange – je ne trouve pas d'autre mot pour le désigner. J'ai entendu dire qu'il n'allait pas bien. Un certain Monsieur X a rendu visite à une femme Y, pour attester la vérité des faits, et pour savoir s'il avait vraiment fait ces choses merveilleuses. Hélas, Madame Y, qui craignait que Monsieur X pût être un espion, ne voulut rien lui dire. Monsieur Z lui a rendu deux fois visite en prison. Il pleurait, mais il ne croyait toujours pas qu'on le livrerait à l'Allemagne où il est menacé de la peine de mort.
Mon cher Rudolf, je n'ai pas besoin de te dire ce que j'attends de toi. Cet homme t'a aussi sauvé la vie. C'est à notre tour de l'aider. Nous devons réussir. Il va désespérer – que sait-il seulement de la souffrance des Juifs ? Nous, nous y sommes habitués, elle appartient à notre histoire. Mais lui, il est arraché à la vie assurée d'un fonctionnaire allemand ; il est loin de sa famille, l'exil va lui être dur. Si cent personnes donnaient seulement un mark par mois, Franz D. n'aurait plus aucun souci à se faire. Il le faut. Il nous a tous sauvés.
Si cela t'est possible, alors lève-toi de ton lit de malade et fais quelque chose pour lui. Cela lui sera d'une grande aide morale s'il sait que son sacrifice n'a pas été inutile. Sa fuite en a déjà sauvé des centaines que l'on aurait de nouveau arrêtés en invoquant de vieux griefs ; comme il était absent, il n'y a pas eu d'arrestations. Cher Rudolf, je t'en supplie, fais quelque chose pour le pauvre Franz D. Un jour, je te revaudrai ça. L'incertitude de son sort ne me laisse pas en paix. Je lui dois la vie, celle de mon mari, enfin tout. Je ne veux pas, je ne peux pas être ingrate. Je ne peux pas oublier ce que cet

homme a fait pour nous, à l'heure de notre plus grande misère, de notre désespoir le plus profond, et je veux le dire au monde entier. Et tu le dois toi aussi, en ton nom comme au mien. F. aussi lui doit la vie. J'ai rencontré le garçon de courses de F. à la gare, et je lui ai donné un message pour F. qui témoignera aussi de ce que Franz D. a fait. Il l'a fait par pure honnêteté, car il ne pouvait supporter d'être complice de l'injustice. Ce n'est pas un traître. C'est un ange, et il faut l'aider. Nous devons entreprendre des démarches auprès de la police. On n'a pas le droit de laisser souffrir en prison un tel homme, un homme qui a risqué sa vie pour aider des êtres persécutés. Tu sais bien qu'il a sauvé des centaines d'appartements de la destruction, quand il nous a avertis à temps des agressions, de telle sorte que nous avons pu appeler la police. Dans certains cas, il a lui-même envoyé des brigades. Là où elles se trouvaient, les groupes de casseurs étaient impuissants car les autorités ne voulaient pas être compromises. La villa de N. fut épargnée, contrairement à l'information qu'ils avaient répandue en ville, selon laquelle elle avait été incendiée, car c'était leur plan. S'il te plaît, s'il te plaît, cher Rudolf, lève-toi et sauve cet homme. Ci-joint, tu trouveras un mandat. Un jour, quand les choses iront mieux pour toi que pour moi, tu pourras me le rendre. Ne m'en veux pas, l'intention est bonne. Je suppose qu'il ne te reste rien. Réponds-moi par retour de courrier, et j'espère que tu auras de bonnes nouvelles pour moi. J'espère que sinon tu vas bien. Je t'écrirai bientôt pour te parler de nous, mais pour le moment je me fais trop de souci pour Franz D. Avec le chaleureux souvenir de ton amie S. L.

Nous reproduisons cette lettre mot pour mot, avec ses répétitions pressantes, ses craintes sincères et sa gratitude honnête. Nous possédons plusieurs lettres semblables exprimant une même gratitude, un même désespoir et un même désarroi.

Franz Deiglmeyer lui-même écrit de prison. Pas une plainte, pas même un appel à l'aide. Toutefois, à un endroit, il pose la question : « Qu'ai-je fait pour tant souffrir ? » Il a sauvé des centaines d'êtres humains et il demande ce qu'il a fait !

Le Comité juif aux Réfugiés ne reçut que des nouvelles décourageantes concernant le citoyen allemand Franz Deiglmeyer. D'abord, le gouvernement du pays libre, démocratiquement gouverné, exprima son étonnement qu'un « Comité juif » prenne en charge la défense dans un « cas aryen ». Des « sphères les plus hautes », on conseilla de confier la défense à un « avocat aryen », sous prétexte que ce dernier pourrait éviter des « désagréments avec les autorités allemandes ». On finit par obtenir du consulat allemand un écrit selon lequel « il n'y [avait], en Allemagne, rien contre le citoyen Franz Deiglmeyer ». Il fut décidé que Franz Deiglmeyer serait libéré afin de retourner dans sa patrie. Ce dernier refusa pourtant. Il ne retournerait jamais de son plein gré.

> « Les non-initiés ne me comprendront peut-être pas, surtout que, soi-disant, contre moi "il n'y a rien", écrivit-il, mais à vous, cher Monsieur D., je peux parler ouvertement. Je peux vous assurer que derrière cette amicale promesse du consulat, il y a les ordres et les ordonnances barbares de la Gestapo et du commandement de la SS – des puissances intouchables, contre lesquelles aucune protestation n'est possible… Avant d'en venir à la décision de ne jamais rentrer, quelles qu'en soient les conditions, j'ai longtemps combattu avec moi-même. J'ai conscience que je serai séparé de ma femme aimée et de mes enfants chéris, et cela peut-être pour le restant de ma vie. Mais il doit en être ainsi. Bien que l'ave-

nir s'annonce sombre, je ne perds pas courage. Je me raccroche à ma foi, ainsi je peux continuer à vivre. Courage, gardons la tête haute, bombons le torse, en avant marche... »

Les jours passèrent. La demande du consulat allemand, de remettre le fonctionnaire allemand aux autorités de son pays, devint de plus en plus pressante. Le gouvernement du pays démocratique, qui n'avait encore jamais refusé l'asile à un réfugié politique, crut la version du « cas entièrement non politique » et du simple malentendu. Il rejeta les requêtes et les implorantes demandes de ceux que l'« ange » avait sauvés et qui voulaient, à leur tour, le sauver d'une mort assurée.

Franz Deiglmeyer fut livré aux autorités nazies. Sa dernière lettre, écrite en prison à quatre heures et demie du matin, est un document taché de larmes. L'écriture est tremblée, mais les mots trahissent le calme intérieur et la maîtrise de soi du héros perdu.

« Il est quatre heures et demie du matin, écrit-il. Je veux, en toute hâte, vous dire que le pire est arrivé. Ils viennent me chercher. Dans quelques heures à peine, à la frontière, je serai livré aux autorités allemandes. Ce qui se produira, je ne le sais pas. Ici, on m'a rendu le séjour le plus agréable possible, mais j'ai beaucoup souffert moralement. Je suis encore bouleversé au plus profond de moi-même. Je prends congé de vous, de vos familles et de tous ceux qui m'ont témoigné tant d'amitié; je vous souhaite de la chance pour l'avenir. Je place ma confiance en Dieu qui, jusqu'à présent, m'a protégé. Votre dévoué Franz Deiglmeyer. »

CHAPITRE 6

Un paysan fuit en ville

Die Alte Rabenschänke, la Vieille Auberge du Corbeau, était l'un des endroits les plus jolis de notre ville. Elle se trouvait sur la place du marché, et celui qui y buvait une chope de bière avec un ami ne pouvait que succomber au charme de pensées agréables et de longues conversations insouciantes.

Le train du soir, qui arrivait dans notre ville vers sept heures environ, s'arrêtait chaque jour, peu après trois heures, à la petite gare de Holzhausen. En général, aucun voyageur ne montait ni ne descendait. Il ne s'agissait en fait que d'un court arrêt de politesse, puis le train repartait avec un sifflement strident. Le courrier du village et les marchandises venaient d'un dépôt voisin, et la gare de Holzhausen n'était là que pour le confort de quelques voyageurs occasionnels, celui des paysans dont les fermes étaient à proximité, ou celui du curé.

Le voyageur qui, vingt minutes avant l'arrivée du train, attendait sur le quai, était un gars maigre, au visage bruni par le soleil. Il avait une allure étrange

car il semblait porter sur lui tous les vêtements qu'il possédait. Sur une chemise rapiécée et un épais pull en laine, il avait passé une veste bleu marine et un immense imperméable, bien que le temps ne fût ni froid ni pluvieux. Pour tout bagage, il avait un sac à dos plein à craquer et une petite valise en fibre, tout usée. Dans sa main libre, il tenait plusieurs paquets enveloppés dans du papier journal.

Il était venu seul à la gare sur l'une de ces charrettes de paysan. Il y avait tant de travail à la ferme que personne n'avait pu l'accompagner. À la gare, il avait sauté de la voiture et déchargé son bagage. Puis il avait fait demi-tour avec la charrette, avait jeté les rênes autour du cou de la vieille jument, lui avait tapoté le flanc et avait regardé disparaître l'attelage vers la maison. Il savait que Liese trouverait le chemin, qu'il tienne ou non les rênes.

« La ferme ! » Le jeune homme eut le cœur lourd à cette pensée, car il ne s'agissait pas d'une excursion ordinaire, mais d'un long, très long voyage. Il quittait la maison, il émigrait, se rendait en ville et, bien qu'elle ne fût qu'à quatre heures de distance, elle lui était tout à fait étrangère. Il n'y était allé que quand il était petit. Il avait passé toute sa vie au village. Aussi loin qu'il pouvait remonter dans le passé, ses ancêtres avaient été paysans, et le jeune homme n'avait jamais voulu être autre chose. Être paysan était la chose la plus naturelle et la plus évidente du monde.

Puis l'Allemagne était devenue le « Troisième Reich », et, depuis, tout était différent. Tout d'abord, cela n'avait été que différent, et chaque paysan espérait que les choses allaient changer en mieux. Mais cet espoir fut suivi d'une amère déception pleine d'incompréhension. C'était si grave que les paysans, les jeunes gars et les filles, tournèrent peu à peu le dos à leurs villages et émigrèrent de la campagne vers la ville où l'on pouvait au moins gagner son pain. À la maison, on n'avait plus de quoi vivre.

Pour le jeune campagnard, il avait été difficile de partir. Non pas qu'ils en aient beaucoup parlé en famille. Une fois qu'il avait été décidé que « cela ne pouvait plus continuer ainsi », ils avaient accepté l'inévitable. Quand il était parti, son père travaillait au potager et son frère à l'étable. Seule la mère était venue jusqu'à la barrière et avait agité la main en direction de la carriole qui s'éloignait. Elle avait aussi crié quelque chose de loin, mais il n'avait pas compris, parce qu'au même moment Nero s'était mis à aboyer avec fureur. Comme si j'étais un voleur, pensa le jeune homme. Comme si je prenais la fuite.

Maintenant que le train entrait en gare en haletant, il y repensa. Comme si je prenais la fuite, pensa-t-il. Et le pauvre Nero avait raison, car je prends la fuite. De nos jours, il y a un mot pour désigner ce que je fais. Ceux d'en haut, ils appellent ça « l'exode rural ». Dans leurs communiqués et leurs journaux, il en est sans arrêt question.

Quatre femmes étaient assises dans le petit compartiment de troisième classe. Pour lui faire de la place, elles se serrèrent dans une muette hostilité. Personne ne répondit à son aimable « *Grüß Gott* ». Leurs visages semblaient taillés dans du bois, avec de profondes rides sur le front et au-dessus de leurs lèvres minces. Trois d'entre elles tenaient des corbeilles sur les genoux, la quatrième avait les bras croisés. Personne ne parlait.

Très vite, le jeune paysan commença à s'ennuyer. À quoi bon fixer, à travers la fenêtre, le paysage qu'il connaissait comme sa poche. Pour s'occuper, il déballa ses affaires et les posa près de lui, sur la banquette en bois. Mes souvenirs, pensa-t-il avec attendrissement; c'est un peu trop tôt pour les déballer. Mais, petit garçon déjà, il agissait ainsi. Quand, tôt le matin, il allait aux champs, il emportait ses provisions de midi; dès que la maison n'était plus en vue, il s'installait sous un arbre, sortait ses provisions et poursuivait ainsi son petit déjeuner avant même d'avoir levé le petit doigt.

Je suis aussi bête qu'autrefois, pensa-t-il en s'attendrissant devant les souvenirs qu'il avait déballés. Il y avait le petit vase à bord doré, décoré d'edelweiss, que sa mère lui avait offert lorsqu'à neuf ans il s'était pris la main dans la batteuse et qu'il n'avait pas pleuré. Le livre de cantiques de son grand-père, qu'il n'ouvrait presque jamais, la photo en couleur de la ferme *Weberhof* – leur ferme –, au-dessus de laquelle l'artiste avait peint un ciel d'un bleu de myosotis et un soleil d'un jaune de gingembre. Il aimait en particulier cette image en forme de cœur. Elle est exactement comme ça, se dit-il; il lui semblait qu'il était parti depuis des années déjà, et se demandait si la ferme avait gardé le même aspect qu'autrefois.

Il finit par fixer son attention sur une très petite chaussure, coulée dans le bronze, sur laquelle était gravé son nom: Xaver Weber. Il lut les mots avec attention et tint le minuscule souvenir dans sa main, pendant quelques secondes, avant de le poser à côté de ses autres trésors. Il souriait avec incrédulité à la pensée que lui, Xaver Weber, avait été un jour si petit que cette chaussure avait pu lui aller.

Après avoir passé ses souvenirs en revue, et sans se sentir le moins du monde dérangé par ses compagnons de voyage, il commença à déplier et défroisser le journal tout chiffonné qui avait servi à emballer ses affaires. Le jeune Xaver ne lisait pas les journaux. À la maison, c'était le père qui étudiait les différents communiqués et décrets du gouvernement pour dicter la conduite à suivre aux autres membres de la famille. Mais, comme il ne savait quoi faire, il commença à lire.

« Aujourd'hui, ce n'est un secret pour personne : notre peuple mène un combat héroïque pour son espace vital », lut-il. Le jeune homme avala sa salive. Qu'est-ce que ça veut dire ? Qu'est-ce que ça veut dire ? pensa-t-il. Il y a maintenant trop peu d'ouvriers à la campagne et c'est pourquoi le gouvernement est contre « l'exode rural ». Mais comment notre peuple peut-il donc conduire un combat héroïque pour l'espace vital quand il n'y a pas assez de gens pour travailler la terre que nous avons ? Il secoua la tête et poursuivit sa lecture :

« Le gigantesque développement économique et la sécurité politique et militaire représentent les deux éléments principaux de ce combat. Cette tâche gigantesque exige la mobilisation de toutes les énergies nationales. C'est pourquoi nous devons consacrer à cette suprême entreprise toute la main-d'œuvre disponible employée à des travaux de seconde importance. Ce phénomène a fait croire, de manière erronée, à un nombre considérable d'Allemands, que l'Allemagne avait pris la décision irrévocable de se transformer en un État industriel, et que nous étions sur le point de livrer l'agriculture et la population paysanne au sort qu'elles connaissent en Grande-Bretagne. Il faut lutter contre cette opinion avec la plus extrême fermeté. Lorsqu'en 1933, le Führer expliqua devant les dirigeants de l'agriculture allemande que le Reich allemand devait être un Reich de paysans ou disparaître, il exprimait une idée toujours valable. Il doit rester, à l'avenir, l'un des fondements politiques les plus importants de notre peuple. »

Xaver posa le journal. La lumière qui déclinait rendait la lecture difficile; en outre, il voulait mettre de l'ordre dans ses idées, troublées par la lecture du journal nazi. Il regarda les femmes du compartiment; celle qui était assise en face de lui ressemblait à sa mère. Il se pencha en avant, montra le journal et dit:

« S'il vous plaît, pourriez-vous m'expliquer cela? Ici on dit qu'en 1933, le Führer a déclaré que l'Allemagne devait devenir un Reich de paysans ou disparaître. Mais l'Allemagne n'est *pas* devenue un Reich de paysans, parce que l'industrie a pris plus d'importance et que l'agriculture doit financer notre réarmement. Comment ce que le Führer a dit en 1933 peut encore être valable aujourd'hui? Est-ce que ça veut dire que l'Allemagne va disparaître? »

La femme répondit: « Je ne comprends rien à tout ça. Mais le Führer aime les paysans, et tout va s'arranger. »

Découragé, le jeune homme prit une autre feuille qu'il défroissa. On avait allumé la lumière et, soudain, le paysage se fondit dans l'obscurité. Ce journal s'appelait *Der Deutsche Lebensraum*[1], et Xaver était sûr qu'il allait obtenir les informations les plus exactes et les plus officielles.

Il lut: « Le chiffre de la distribution, de l'administration et de la consommation improductive atteint en Allemagne la somme de 38,5 milliards de reichsmarks, soit 6,1 milliards de plus que la valeur or de la production allemande dont le montant est de 32,4 milliards. La responsabilité majeure de cette différence incombe à l'agriculture qui refuse de contribuer aux revenus de la nation, de manière légitime et en suivant la croissance. »

Qui refuse de contribuer ? pensa Xaver. Comme si on avait volontairement refusé de participer à l'augmentation des revenus nationaux. Nous avons fait ça ? Moi, je ne peux pas m'en souvenir.

Il poursuivit sa lecture:

« Depuis 1933, l'agriculture allemande est soumise aux lois de succession sur la terre et aux restrictions du ministère de l'Alimentation qui constituent dans l'ensemble un dur système d'économie de guerre. Cette structure contraignante qui la limite depuis cette date, ne lui a pas permis de participer à l'expansion que les autres domaines de l'économie libre ont connue. Alors que sa productivité a en effet augmenté d'année en année, sa participation aux revenus nationaux est restée la même, ou a légèrement baissé. Cela représente un sacrifice annuel de 4 à 5 millions de reichsmarks ou une somme globale de 20 milliards

1. Journal nazi (traduction littérale: « L'espace vital allemand »).

depuis 1933. Pour diverses raisons, cette charge pèse plus lourd sur les petites fermes que sur les grands domaines. Ce sacrifice, qui a conduit d'innombrables paysans et un plus grand nombre encore de paysannes – qui, en raison de l'exode rural, manquent de main-d'œuvre – au bord de l'effondrement physique et moral, a été qualifié de fantastique par le Führer lui-même. »

Le jeune paysan pensait : c'est vrai. Fantastique est le mot juste. Mais pourquoi en parlent-ils, dans la presse du gouvernement ? On pourrait penser que l'un de ces paysans « au bord de l'effondrement physique et moral » a fait insérer l'article en douce. Et pourquoi devons-nous avoir un « dur système d'économie de guerre » en temps de paix ? Et pourquoi, « pour diverses raisons », les petites fermes devraient-elles être davantage touchées que les grands domaines ?

Au fond, le jeune paysan savait bien pourquoi il en était ainsi. Les primes à l'exportation du blé et du seigle avaient procuré de beaux profits aux grandes exploitations ; quand les exportations avaient reculé, les grands propriétaires avaient continué à faire des profits substantiels car, l'importation de fourrage étant interdite, le prix de ce dernier avait connu une augmentation délirante. C'était le petit paysan qui trinquait. Les grandes exploitations s'étaient spécialisées en culture céréalière, alors que les petites fermes s'étaient entièrement reportées sur l'élevage. Comment le petit paysan pouvait-il nourrir son bétail, s'il ne pouvait payer le fourrage ? Et comment, en tant qu'éleveur, pouvait-il se mesurer aux grandes exploitations, alors que les gros propriétaires pouvaient nourrir leur bétail à prix coûtant, avec leurs excédents de céréales ?

« Ces dernières années, le commerce du bétail a reculé aussi vite qu'il a augmenté pour les grands exploitants », pensa Xaver avec tristesse. « Mais pourquoi l'État tolère-t-il tout cela alors qu'il a le pouvoir de nous traiter avec justice, nous, les petites gens ? »

Le train s'arrêta. Trois des femmes qui se trouvaient dans le compartiment de Xaver descendirent. La femme qui ressemblait un peu à sa mère resta seule assise en face de lui. Il lui sembla qu'elle voulait s'entretenir avec lui, qu'elle en avait envie depuis le début, mais que la présence des autres femmes l'en avait retenue.

« Je dois aller à la banque, dit-elle soudain. Mon mari m'a envoyée en ville car il ne peut y aller lui-même. C'est à cause de l'hypothèque. Ils veulent nous prendre la ferme. Mais, d'après la loi, c'est un "bien transmissible", et ainsi elle doit rester dans notre famille. Ils ne peuvent pas nous la prendre, n'est-ce pas ? Ou peut-être que... »

Le jeune homme ne savait que répondre. Il se contenta de dire :

« Voyez-vous, si vous avez beaucoup de dettes... nous avons beaucoup de dettes. Tout cela vient des grands sacrifices que nous devons faire. Vingt milliards de reichsmarks – c'est ce que les paysans ont versé. Je viens juste de le lire. »

La femme approuva : « Nous avons tous des dettes, dit-elle. Et, à cause des bas salaires, nos valets et nos servantes sont partis pour la ville. Mais nous avons toujours payé le salaire légal, c'est pour cela que nous avons des dettes. Autrefois nos gens gagnaient quatorze pfennigs de l'heure, ils n'en gagnent plus que sept aujourd'hui. Ce n'est pas beaucoup, bien sûr. Mais ce sont les directives, et même sept pfennigs, ça a été dur de les trouver. »

Xaver emballa de nouveau ses souvenirs. Il en avait honte, maintenant que la femme avait entamé la conversation.

« Nous n'avons plus de travailleurs agricoles non plus, dit-il. Et je pars pour la ville, parce qu'à la maison, il n'y a plus assez à manger pour tous. S'ils nous laissaient notre lait et nos légumes au moins ! Mais nous devons tout remettre au ministère de l'Alimentation, et les contrôles deviennent de jour en jour plus stricts. »

La femme fixait la fenêtre avec attention, comme s'il y avait quelque chose d'intéressant à voir dans l'obscurité.

« C'est donc ça, dit-elle, sans regarder Xaver. Alors, vous aussi, "l'exode rural" ? Je ne vous fais aucun reproche. S'ils nous prennent notre ferme, alors nous devrons aussi partir. Nous avons encore de la chance qu'ils ne nous l'aient pas prise depuis longtemps. Mon mari dit que depuis 1933, le ministère de la Guerre a réquisitionné un million d'hectares de terres labourables. Ils y construisent des casernes, des fortifications, des aérodromes et des voies militaires. Mon mari pense que nous avons de la chance que notre district ne présente pas un grand intérêt pour l'armée. »

Xaver n'écoutait pas ; il était obsédé par son pire ennemi, le ministère de l'Alimentation du Reich.

« Oui, c'est certain, dit-il. Le pays a besoin de fortifications et de voies militaires. Tout le monde le comprend. Mais les mesures prises par le ministère de l'Alimentation du Reich, j'ai beau faire, je ne les comprends pas. Vous n'auriez pas pensé, vous aussi, qu'on aurait créé un ministère pour veiller à ce que nous ayons tous assez à manger ? Or tous les citadins qui viennent dans notre village se plaignent de ne pas avoir assez à manger. Même nous, nous ne pouvons manger à notre faim. Dites-moi, demanda-t-il soudain, combien de vaches avez-vous donc ? Avez-vous assez de beurre et de lait ? »

La femme répondit qu'ils avaient vingt vaches, mais qu'ils étaient loin d'avoir du beurre et du lait.

« Et le lait qui nous reste est bien sûr déjà écrémé, dit-elle. Tout doit être livré au ministère pour l'Alimentation du Reich, et en retour ils nous donnent deux livres de beurre par famille, pour toute la semaine. Pas notre propre beurre, mais celui de la ville. Et souvent il est déjà rance, parce que la répartition n'est pas assez rapide. Si, au moins, on avait le droit de garder deux livres du beurre que nous fabriquons nous-mêmes. Mais non ! Il faut que celui que nous ayons soit vieux et rance. »

Xaver approuva. « Pour nous, c'est pareil. Nous avons assez de vaches, et des bonnes encore, mais c'est comme ça. »

Après une pause, la femme dit : « C'est partout pareil, mais ce n'est pas une consolation. Mon mari dit que dans le sud, en Autriche, les paysans savent aussi d'où souffle le vent. Dès la première année qui a suivi l'Anschluß, vingt-deux pour cent des paysans et des travailleurs agricoles ont émigré vers la ville.

C'est partout pareil. Vous êtes content d'aller en ville ? »

Xaver se contenta de répondre : « Nous sommes bientôt arrivés ». Il ne se réjouissait pas de vivre en ville. Il la redoutait, cette vie-là, et la pensée des rues bruyantes dans lesquelles il lui faudrait bientôt trouver son chemin, éveillait en lui la nostalgie du village qu'il avait dû quitter, où tout était si paisible et si familier.

« Mon frère habite encore à la maison, dit-il avec envie. C'est le plus âgé et, d'après la nouvelle législation, il héritera de la ferme. Mais j'ai un cousin en ville. Il y est depuis cinq mois. Il s'appelle Kaspar. J'espère qu'il sera à la gare. »

La femme pensa : En ville, on ne peut jamais être sûr que les gens soient à l'heure. Ils ne font que courir dans tous les sens. Je rends visite à ma sœur. Mais demain, à la première heure, je dois aller à la banque.

Le train entra en gare. Xaver sentit un pincement au cœur lorsqu'il prit congé de la femme. Elle était son dernier lien avec la maison, même si elle était d'un autre village et ne savait même pas à quoi ressemblait la ferme de *Weberhof*.

« Bonne chance, dit-il. Je suis sûr que l'on ne vous prendra pas la ferme. »

Puis il se retrouva seul sur le quai et regarda autour de lui. Des gens allaient et venaient, mais pas de Kaspar.

« Si je ne suis pas à la gare, va directement à la Vieille Auberge du Corbeau, sur la place du marché », lui avait écrit son cousin.

Chargé de son lourd sac à dos, revêtu de tous ses

vêtements, la valise dans la main droite et tous ses souvenirs dans la gauche, Xaver sentait la sueur couler sur son front. Le petit vase décoré d'edelweiss glissa de l'emballage de journaux et se brisa sur le quai. Xaver grinça des dents. « Ça commence bien », murmura-t-il. Puis il se mit en route.

Il devait descendre la rue longue et large qui conduisait de la gare au centre-ville. Il s'arrêta pour souffler devant l'hôtel Reichshof. Il lui apparaissait comme l'image même de la magnificence et du luxe des grandes villes. Le portier le vit, eut un large sourire et fit signe à quelques jeunes gens en uniforme qui éclatèrent de rire à la vue de ses habits de paysan.

Xaver pressa le pas.

À croire que je suis une bête curieuse, pensa-t-il. Il s'éloigna en hâte, comme s'il venait de commettre un crime. L'exode rural ! Heureusement, je serai bientôt à l'auberge.

À la Vieille Auberge du Corbeau, il trouva Kaspar assis en compagnie de quelques ouvriers autour d'une longue table. Xaver eut de la peine à reconnaître Kaspar, tant par sa pâleur que par son allure citadine. Xaver fut intimidé par les ouvriers étrangers, et il salua son cousin de loin par un « Heil Hitler ! ». Le groupe le regarda avec méfiance et murmura « *Grüß Gott !* » Xaver accrocha son imperméable et sa veste et s'assit.

Il commença par raconter combien la vie à la maison était devenue insupportable et, tout en parlant, il sentit la sympathie croître chez ses auditeurs.

Xaver se rendit bien vite compte que Kaspar avait changé : ce n'était pas seulement son allure, mais aussi sa façon d'être et de parler. Par exemple, il était plus bavard qu'au village.

« Veux-tu entrer dans notre association ? » demanda-t-il.

Avant de se décider, le jeune homme voulait savoir de quelle association il s'agissait.

« Bah, c'est ce qu'il te faut, pensa Kaspar. Le nom parle de lui-même : les Déclassés. »

Le garçon ouvrit des yeux étonnés, et les ouvriers éclatèrent de rire.

« Oui, oui, dit Kaspar, aucun de ceux qui se trouvent à cette table n'était ouvrier auparavant. Nous ne sommes pas des prolétaires. Nous sommes paysans, ou fils de fonctionnaires, ou artisans, ou bien nous appartenons à la classe “des commerçants en surnombre”. Tu comprends ? Mais maintenant nous sommes des ouvriers, nous sommes le club des Déclassés.

— Je ne connais pas ce mot, dit Xaver. On dirait un mot étranger et il ne me plaît pas. C'est comme une insulte, non ?

— Pas du tout, dit Kaspar en secouant la tête avec énergie. Ce n'est pas du tout une insulte. Au contraire. Nous sommes fiers de notre nouveau nom. Nous ne devons pas oublier que nous sommes *forcés* de l'adopter. C'est une chose que personne ne doit oublier. »

Les autres approuvèrent. Ils ne semblaient pas très bavards. Kaspar était leur porte-parole, lui et un homme plus âgé, au visage intelligent, qui prit la parole.

« Autrefois, j'étais orfèvre, dit-il. C'est moi qui ai trouvé le nom de l'association. J'avais mon propre atelier, et il n'y avait pas meilleur commerce d'art dans toute la ville, si je puis me vanter ainsi. Maintenant, je travaille à la chaîne, mon atelier est fermé. »

Kaspar dit : « Tu vois ? Ce maître artisan y a été obligé. »

Xaver réfléchit un instant. Puis il dit : « Moi, personne ne m'a obligé – sauf… le destin, peut-être. »

Tous éclatèrent de rire.

« Le destin ? dit l'un. C'est toujours le destin. Pourquoi es-tu venu en ville ? Peut-être avais-tu le ventre creux au village. Et qui est responsable de cette situation ? Le destin ou le ministre de l'Alimentation du Reich ? »

Xaver dit : « Demain matin tôt, je m'inscris à l'Agence pour l'emploi. J'ai entendu dire qu'ici on a besoin d'ouvriers. Ils vont bien m'embaucher à l'usine, non ? »

Kaspar haussa les épaules. « Espérons-le, dit-il. Mais je parie que tu n'auras que deux possibilités : ou bien tu travailleras à la mine, ou bien à la ligne Siegfried. Qu'est-ce que tu préfères ? »

Le jeune homme mit en doute les prévisions de Kaspar et dit avec force qu'aucune des deux propositions ne lui plairait.

« Ce serait comme d'être en prison ! s'écria-t-il. Pourquoi devraient-ils me condamner ? Ils doivent aussi bien que moi savoir comment ça se passe à la campagne, et on ne peut quand même pas obliger un homme à vivre ainsi. »

Xaver jeta un regard circulaire. « Et en plus, il y a des espions partout, dit-il. Vous voulez savoir pourquoi, en fait, j'ai quitté le village – ou plutôt, ce qui m'a poussé à le faire ? »

Les ouvriers acquiescèrent.

« On nous a interdit de donner du bon grain à nos poules. Je ne t'apprends rien, Kaspar, si je te dis que des inspecteurs du ministère de l'Alimentation viennent sans cesse contrôler que les poules ne reçoivent que des restes de moindre qualité, et après ils s'étonnent que les pauvres bestioles ne pondent plus. Bon, comme vous pouvez l'imaginer, nous avons essayé de les nourrir de façon à peu près correcte, même si nous n'avions pas grand-chose à leur donner. Bien sûr, nous étions très prudents. Nous préparions toujours un seau avec de la nourriture de basse qualité pour le cas où les inspecteurs passeraient.

« Tout allait bien, jusqu'à ces derniers jours. Mais les mouchards ont dû trouver que nos poules avaient trop bonne mine. Ou bien c'est quelqu'un qui nous a balancés. De nos jours, on n'est sûr de rien. En tout cas, la semaine dernière, un type de la ville nous raconte que sa femme est si malade qu'elle ne survivra que si elle reçoit une nourriture saine et consistante. En ville, impossible de trouver de la nourriture de qualité. Il m'a supplié à genoux de lui vendre une poule, une seule et unique poule. Je ne pouvais quand même pas laisser sa femme mourir comme ça ? Je lui ai dit que nous-mêmes, nous avions besoin de nos poules et qu'en plus, nous n'avions pas le droit de les vendre comme ça. Et puis ça attirerait l'attention si on livrait moins d'œufs que d'habitude.

« À force de mendier, il m'a convaincu. Je lui ai vendu une poule pondeuse, une de nos meilleures. Je l'avais nourrie en cachette avec de l'orge, pour la garder bien grasse. L'homme ne savait comment me remercier. “Ça va lui sauver la vie”, disait-il. Le fumier ! Vous ne devinerez jamais pourquoi il voulait avoir la poule, ni ce qu'il en a fait. Après l'avoir tuée, il a fait analyser le contenu du gésier à la recherche de grains d'orge, le sale mouchard. Le ministère de l'Alimentation du Reich l'avait envoyé pour savoir si, malgré tout, nous ne nourrissions pas nos poules avec des céréales.

« Quelques jours plus tard, nous avons reçu une lettre du ministère. Ils avaient trouvé des grains d'orge dans le gésier de la poule. J'étais mis en cause, des mesures seraient prises ultérieurement. J'étais tellement en colère que j'aurais pu réduire le mouchard en pièces. Au lieu de ça, j'ai déchiré la lettre et, le soir même, j'ai décidé de ne pas rester plus longtemps. Pas question d'accepter qu'on me traite comme ça, comme si la vie à la ferme n'était pas suffisamment misérable. "Des mesures seraient prises ultérieurement". Je vais leur en montrer, moi des "mesures ultérieures", je me suis dit. Je pars pour la ville, oui, c'est ça. Au moins là-bas, je n'aurai pas le ministère de l'Alimentation du Reich en permanence aux trousses, et avec des efforts, je pourrai m'en sortir honnêtement. »

C'est avec attention que les Déclassés l'avaient écouté.

Le cousin Kaspar prit alors la parole : « Je vais te dire quelque chose. C'est bien que tu aies quitté le village, et nous nous réjouissons de t'avoir parmi nous. Mais vide-toi la tête de toutes ces bêtises – si tu ne veux pas la perdre. N'en parle surtout pas au délégué du personnel ou au directeur de l'usine. S'en sortir honnêtement, dis-tu ? Écoute bien : le plus important, c'est que tu gagnes de quoi vivre. Voilà maintenant des semaines que nous n'avons rien vu d'autre que des œufs d'oie. Je n'ai cessé d'avoir l'eau à la bouche quand tu parlais de la poule grasse.

« Certains, parmi nous, avaient gardé quelques chèvres, pour avoir au moins un peu de lait ou de fromage. Et puis une épidémie de fièvre aphteuse se déclare. Il n'y a pas assez de vétérinaires, et ils n'avaient pas non plus les médicaments appropriés. Ils n'ont même pas pu mettre les bêtes en quarantaine pour éviter que l'épidémie se répande. Toutes les chèvres sont mortes. Et comme si ça ne suffisait pas, nous avons eu droit à un "avertissement". Écoute-moi ça, ça vient du ministère de l'Alimentation du Reich : "L'abattage de chèvres représente un déficit pour l'approvisionnement national de nourriture. Le nombre total de chèvres a diminué d'environ 122 000 têtes". Et alors, ces idiots maintiennent que ce n'est pas dû à l'épidémie de fièvre aphteuse ou au manque de nourriture. Tu sais à quoi, sinon ? Je te le donne en mille. D'après le ministère de l'Alimentation du Reich, c'est à cause de notre *revenu trop élevé* ! Ça, et le fait que nous ayons du travail – c'est pourquoi nous serions devenus arrogants et aurions abattu toutes les chèvres. Qu'est-ce que tu en dis ? C'est vrai, bien sûr, qu'avoir des chèvres donne du travail. Mais le ministère ne veut rien savoir. Même si nous, les ouvriers d'usine, nous ne voulons pas garder de chèvres, on nous répond que nous devons effectuer ce travail comme un "service rendu à la communauté nationale" et le faire pour l'"approvisionnement en graisse de la nation". Parfois, on se demande s'ils ne sont pas complètement fous, ces types d'en haut. Tu sais aussi bien que moi qu'on peut forcer les ouvriers à faire un tas de choses bizarres, mais bon sang, comment veux-tu les forcer à avoir des chèvres ? C'est absurde. »

Le jeune paysan le regardait fixement, la bouche ouverte. Il n'avait donc pas réussi à échapper au ministère de l'Alimentation du Reich en allant en ville !

« Ce sont des perspectives réjouissantes, déclara-t-il. Mais il y a au moins une chose que l'on ne peut me prendre. Le soir et le dimanche au moins, je peux me reposer comme un homme normal. Je n'ai pas besoin de te dire comment, à la ferme… »

Kaspar l'interrompit. « Pas si vite. Écoute ce qui s'est passé dimanche dernier. Samedi, nous recevons l'ordre de nous trouver tous à l'usine le dimanche matin. Eh bien, soit ! Nous y sommes habitués, parce que parfois, le dimanche matin, un de ces grands bonnets tient un discours, ou bien, parce qu'il y a une fête politique quelconque. Donc, nous avons mis nos costumes du dimanche et nous nous sommes bien gentiment rendus à l'usine. Qu'est-ce que tu crois qu'ils nous voulaient ? On devait nettoyer l'usine ! Balayer les entrepôts, ramasser les papiers qui traînaient, les chiffons et les sacs déchirés, pour contribuer au ramassage du plan quadriennal. Et ça, un dimanche ! Mais cette fois nous avons refusé et nous leur avons servi un argument patriotique très convenable. Ce n'était pas dans l'intérêt du plan quadriennal de dégueulasser nos costumes du dimanche, car il faudrait en acheter des neufs. Mais comment pourrions-nous nous les offrir alors que le commissaire des prix fixait des prix si élevés ? Personne ne put nous répondre. En tout cas, nous avons tous refusé, et personne n'a nettoyé. »

Au cours de la conversation, Xaver était devenu de plus en plus pensif, et il dit : « Et ils vous ont laissé partir ? »

L'ouvrier qui avait été orfèvre autrefois et à qui l'on devait le nom étrange de l'association, se tourna vers le nouvel arrivant.

« Écoute bien, dit-il. Je ne crois pas que tu iras à l'usine. Kaspar a raison, ils vont sûrement t'envoyer sur le Front du travail par le prochain convoi. Mais aussi longtemps que tu es dans l'association, tu peux t'instruire. Là-bas, sur la ligne Siegfried ou n'importe où ailleurs, cela peut être utile. Tu veux savoir s'ils nous ont laissé partir après. Oui, ils l'ont fait. Mais d'abord, il a fallu que l'on écoute un beau discours sur "la hausse de la production". Vois-tu, depuis qu'ils ont inventé tous ces trucs – interdire à un ouvrier de changer de travail, ou de gagner plus que ce que fixe la grille des salaires – ma foi, c'est étrange, la production a diminué dans toutes les usines, et les types d'en haut se font du souci. Ce n'est qu'hier qu'on en a parlé dans les journaux. Écoute :

"Ce qui ne peut, hélas, être endigué, c'est la baisse de la production chez les membres du Front du travail qui n'ont pas le droit de changer d'emploi et qui doivent travailler plus longtemps pour moins d'argent qu'ailleurs". Cette fois-ci, les puissants ont raison. La baisse, on ne peut pas l'arrêter comme ça.

— Vous travaillez moins vite exprès ? demanda le jeune homme.

— Pas du tout, répondit le cousin en riant. Nous

ne pouvons pas travailler plus vite. Ne crois pas ceux qui te diront le contraire. Avec ce que nous gagnons et ce que nous mangeons, nous sommes incapables d'être plus rapides. Tu comprends ? »

Le paysan fit oui de la tête.

« Je te donne un bon conseil, dit l'ancien orfèvre qui avait l'air trop malade pour travailler à une cadence rapide, lorsque tu lis le journal, va à la page économique ! Pas l'éditorial, ni tout le blabla. La partie économique, c'est ça le plus important. Là, tu peux vraiment avoir une idée de ce qui se passe. Est-ce que tu as déjà réfléchi à la chose suivante : il y a trop peu de denrées alimentaires et trop peu de vêtements, en revanche, nous avons bien assez de charbon, et nous pouvons aussi l'exporter. Tu n'as pas été étonné de voir que, soudain, il était même difficile d'obtenir du charbon ? Tu t'es peut-être dit que la "répartition" devenait de plus en plus compliquée et que nous ne savions plus où nous en étions avec cette stupide économie planifiée. Mais ça n'explique rien.

« Je vais te dire quelque chose – mais ne le répète pas –, même le charbon est juste, la seule matière première que nous croyions avoir en abondance. Ils ont nommé un commissaire extraordinaire à l'économie allemande du charbon, et aller chercher l'un de ces commissaires, c'est comme appeler un médecin au chevet d'un mourant – c'est un sacré mauvais signe. Ils ont découvert que la pénurie ne tenait pas à la distribution, mais à la consommation excessive, insensée, et à la baisse de production. Oui, jeune homme, bien que les mineurs travaillent trois quarts d'heure de plus, il y a une baisse ! Et tu sais ce que ça signifie ? Dans les mines de la Ruhr, ils ont produit 63,3 millions de tonnes au cours du premier trimestre de cette année, contre 64 millions l'année précédente au même trimestre, bien que chaque ouvrier travaille trois quarts d'heure de plus. C'est drôle, non ? Fais le calcul. Admettons que 312 000 personnes travaillent dans cette région. Chacun travaille trois quarts d'heure de plus par jour. C'est-à-dire que tu récupères chaque mois 26 jours ouvrés, environ six millions d'heures de travail en plus. Et le résultat ? Une baisse de production ! »

Le vieil homme se tut pour donner plus de poids à ses paroles. « Bien sûr, tu pourrais dire qu'ils ont retiré un grand nombre de mineurs pour les mettre ailleurs. Mais c'est faux. On n'a retiré que très peu de mineurs, car l'industrie minière est trop importante. En effet, la baisse dans l'exploitation houillère n'aurait pas autant d'importance si la consommation n'avait pas augmenté de façon aussi terrible – et cela tient à notre soi-disant “indépendance autarcique”, c'est-à-dire à l'idée que nous pouvons produire tout ce dont nous avons besoin. Est-ce que tu peux imaginer combien de charbon il leur faut pour la production de la cellulose synthétique et de la fibre artificielle, du minerai et de l'aluminium ? Le résultat ? Nous en sommes déjà au point de devoir importer du charbon ! Du charbon, notre matière première par excellence ! Au cours de cette année, nous avons importé 5,7 millions de tonnes, un demi-million de tonnes de plus que l'an dernier et nous avons déjà trop importé. Mais nos exportations – notre unique possibilité d'acquérir des devises – ont diminué de plus de 10 millions de tonnes ! Elles sont passées de 59,6 millions à 49,6 millions de tonnes. C'est devenu notre principale source de devises étrangères ! »

La tête de Xaver bourdonnait de tous ces chiffres.

« Où voulez-vous en venir ? demanda-t-il. Enfin, que voulez-vous me faire comprendre ?

– Je ne veux rien te faire comprendre, fut la réponse. Je voulais te montrer comment vont les choses. Elles périclitent, tu comprends, elles périclitent avec une grande rapidité. Et ça, il faut que nous le sachions avant d'être entraînés dans une guerre. Nous en sommes déjà au point que des généraux se pointent dans nos usines pour nous préparer à la guerre. Nous devons penser par nous-mêmes, nos pensées ne doivent pas nous être imposées par les types d'en haut. »

Kaspar se tourna vers son cousin. « Qu'en penses-tu maintenant ? Tu préférerais retourner au village ou bien rester ici, après tout ce qu'on vient de te raconter ? »

Le jeune homme ne répondit pas. Son esprit travaillait. Nous devons penser par nous-mêmes, se répétait-il, nos pensées ne doivent pas nous être imposées par les types d'en haut. Le destin parle à travers nos paysans – ça vient de ceux d'en haut. La ferme, c'est « la patrie qui fait corps et âme avec le paysan », ça aussi, c'est une de leurs formules, aux types d'en haut. Mais ça périclite avec rapidité – ça c'est une pensée personnelle. Même le charbon devient insuffisant – la seule matière première que nous croyions avoir en quantité suffisante – notre insensée indépendance économique – la production de cellulose synthétique et d'aluminium, qui consomme tant de charbon – et les ouvriers, qui ne produisent pas autant qu'ils le pourraient (ou le voudraient ?) comme autrefois – ça aussi, ce sont des pensées personnelles – et je croyais qu'en ville, ce serait mieux.

Il dit alors à haute voix : « Qu'est-ce que vous en pensez ? Demain, je dois m'inscrire à l'Agence pour l'emploi ? »

Kaspar demanda conseil au vieil ouvrier.

« Un bon conseil est chose rare, dit-il. Ou bien, peut-être que dans ce cas, il n'y a pas de bon conseil. Une chose est sûre, ils ne te mettront pas là où tu veux aller, mais ils t'enverront où tu ne veux pas. Sur la ligne Siegfried, c'est très vraisemblable.

— Je veux être très franc, dit le jeune homme. Je ne comprends rien à tout ça. Nous avons trop peu d'ouvriers à la campagne, mais cet été, ils ont envoyé un grand nombre d'entre nous travailler aux fortifications ou dans les usines. Et en même temps, ils envoient des ouvriers d'usine faire les récoltes. Partout, il n'y a que des gens qui ne connaissent pas leur travail. Vous auriez dû voir les saisonniers qui étaient chez nous, au village – ils ne savaient même pas faire la différence entre une bêche et un seau ! Ils nous ont gênés plus qu'ils ne nous ont aidés. Et on n'avait presque rien à leur donner à manger, parce que la répartition ne suivait pas le rythme d'alternance des équipes. À quoi ça rime, tout ça, quelqu'un pourrait me le dire ? »

Personne ne répondit, et Kaspar adressa un signe de tête plein de bienveillance à son cousin.

« Cela ne rime à rien, dit-il. Cela n'a aucun sens. Mais souviens-toi bien qu'en haut, il y a toutes sortes de messieurs, et chacun détient un pouvoir. Si l'un deux manque d'ouvriers pour une opération précise, il fait une demande à l'Agence pour l'emploi la plus proche, à l'usine la plus proche, à la mine voisine ou au village le plus proche. Mais, bien sûr, on a aussi besoin sur place de cette main-d'œuvre-là, alors le responsable envoie la demande ailleurs, et on tourne en rond. Cela ne *rime* donc à rien. »

Il rit. « D'une façon ou d'une autre, cette nuit tu restes chez moi, ajouta-t-il lorsqu'il vit son cousin saisir son paquet. Demain, nous aviserons ».

Xaver acquiesça avec reconnaissance. Puis il dit : « De toute façon, je dois me faire enregistrer. Il n'y a pas de honte à travailler et je voudrais savoir dans quelle galère ils vont m'envoyer. Maintenant que j'ai quitté la ferme, je ne peux pas me tourner les pouces. Je n'ai pas non plus envie de mourir de faim. Quoi faire d'autre ? Je vais m'enregistrer, ça, c'est décidé. »

Mais, pour le jeune campagnard, le destin en avait décidé autrement.

Le matin suivant, à l'aube, un fonctionnaire de la Gestapo se présenta chez Kaspar et demanda à voir son cousin, car du village, on avait reçu l'information qu'il devait loger chez lui. Était-il là ?

« Suivez-moi, dit le fonctionnaire.

— Pourquoi ? »

Ça, il l'apprendrait assez tôt.

Dans le bureau de la police secrète, on remit au jeune homme un document qu'il dut signer. Il était ainsi formulé : « J'avoue, par la présente, avoir, consciemment et délibérément, violé la loi en donnant de l'orge à mes poules. J'avoue, de plus, avoir agi, consciemment et délibérément, contre les intérêts de toute la nation et le programme de reconstruction national-socialiste. »

Le jeune campagnard était devenu très pâle. Son teint avait viré au jaune. Ses yeux n'étaient plus que deux fentes, de telle sorte que l'on ne pouvait déceler la colère qui bouillait en lui. Il signa.

« C'est vrai, murmura-t-il. Consciemment et délibérément contre toute la nation – et maintenant, vous pouvez faire de moi ce que vous voulez. »

CHAPITRE 7

Compagnons d'infortune

Dans notre ville, les gens allaient encore à
l'église aussi souvent qu'ils le voulaient.
C'était bien la preuve que la religion
jouissait d'une grande liberté.

La cellule dans laquelle se morfondait notre jeune paysan était une pièce assez grande qui sentait la cave. Une faible lumière filtrait de deux fenêtres grillagées. L'attente, l'interrogatoire et la marche à travers les rues, menottes aux poignets, n'étaient plus que de mauvais souvenirs. Il était maintenant cinq heures de l'après-midi. Mais, bien qu'il ne fût pas tard, les deux autres occupants de la cellule s'étaient déjà étendus sur leurs étroites couches en bois. Lorsque le nouvel arrivant entra, les deux hommes se redressèrent sur leurs coudes et observèrent leur compagnon d'infortune avec curiosité. L'un des deux se leva afin d'aider le gardien qui traînait le fourbi du prisonnier – un matelas et une épaisse couverture rêche, faite d'une sorte de papier. Elle va peser sur moi comme du plomb sans me tenir chaud, pensa Xaver tandis qu'il étalait le matelas sur lequel il déplia la couverture.

Le gardien partit. Le prisonnier qui s'était levé offrit un morceau de pain au jeune homme, mais ce dernier n'avait pas faim.

« Pourquoi êtes-vous ici ? demanda-t-il au prisonnier complaisant.

– Parce que je suis un foutu imbécile, fut la réponse. C'est bien fait pour moi. J'aurais dû tenir ma langue ! »

Puis il raconta son histoire. La veille, il s'était rendu dans un bistrot et il s'était offert un verre de bière avec quelques amis, des jeunes hommes et des jeunes femmes. Cet excès eut pour effet de provoquer une soudaine explosion de gaieté déplacée, et il fit une foule de plaisanteries douteuses sur le Führer. Pour couronner le tout, il avait promis, pour chaque enfant que le Führer offrirait au monde, d'en élever six autres, afin de soutenir le combat pour l'espace vital de l'Allemagne. En riant, il avait ajouté qu'il mourrait sans doute sans enfants, vu que son modèle, le Führer, selon toute vraisemblance, n'en aurait hélas aucun. Tous l'avaient approuvé et avaient ri avec lui – sauf un homme de la Gestapo, assis dans un coin, qui prenait des notes en sténo.

« Je n'ai pas besoin d'en dire davantage, conclut-il. Je suis ici, et c'est bien fait pour moi. »

Là-dessus, il donna son nom, Fritz Breuninger, homme d'affaires. Ça lui brisait le cœur d'avoir été arraché à ses affaires, surtout en ce moment, car ces derniers temps, elles marchaient très fort. Il demanda au paysan ce qui avait bien pu le conduire en prison, *lui*.

Xaver raconta son histoire, et il insista sur le fait qu'à son avis, ce qui arrivait à son interlocuteur n'était pas « bien fait ». Tout au contraire, c'était une injustice criante. Il était d'autant plus surpris que ce dernier se soumette à son sort.

« Vous n'avez dit que la vérité, même si ce n'était qu'une plaisanterie. Et d'abord, on ne peut quand même pas vous mettre en prison pour une plaisanterie. Ce n'est pas de la justice ça, c'est une saloperie », dit-il.

Fritz Breuninger eut un geste effrayé et mit un doigt sur ses lèvres.

« Pour l'amour de Dieu, mon vieux, chuchota-t-il. Les murs ont des oreilles. »

Un « Pssst » impatient et prolongé vint du troisième homme. Il voulait dormir. Mais Fritz Breuninger et le jeune paysan continuèrent à s'entretenir à voix basse.

« Qu'est-ce que vous aviez, comme affaire ? demanda Xaver. Ce n'était pas un magasin, n'est-ce pas ? » Il ne pouvait pas s'imaginer qu'en ce moment les affaires d'un commerçant pouvaient marcher.

« Que Dieu me garde ! chuchota l'autre. Vous savez ce que je faisais ? Je fabriquais ces grandes pancartes que l'on trouve sur les routes nationales, à chaque entrée et sortie d'agglomération : "Il n'y a pas de Juifs dans ce village". Chaque pancarte me coûtait deux marks. Mais voilà l'astuce. Je me suis rendu chez le chef de la section rurale, c'est un de ces nouveaux services. Là, j'ai obtenu un document qui stipulait que mes pancartes étaient une contribution importante à la cause national-socialiste. C'est tout ce qu'il me fallait. J'ai sauté sur ma motocyclette pour aller de village en village. À chaque fois, je dégottais le maire et je lui disais : "Je vous ai apporté les nouvelles pancartes que le Parti veut voir à l'entrée et à la sortie de chaque agglomération. Vous aurez besoin de deux pancartes à quatorze marks pièce". Pas mal, hein ? »

Le jeune homme fut abasourdi. « Mais ils n'étaient pas obligés, n'est-ce pas ?

— Ça, c'est ce que vous croyez, pouffa Fritz Breuninger. Mais quand je présentais le document de la section rurale à ces ploucs, ils changeaient d'avis et c'est la seule chose qui comptait. Et si l'un deux se montrait têtu et ne voulait pas acheter de pancartes, je n'avais qu'à demander avec politesse et sur un ton compatissant où se trouvait le bureau du chef de la section locale. Ça suffisait amplement. Le maire se montrait aussitôt conciliant et je me débarrassais de mes pancartes. Parfois, il y avait quatre ou cinq routes qui conduisaient au village, et cela faisait alors cinquante-six ou soixante-dix marks de bénéfice pour moi. Je vous demande, où est-ce que j'aurais pu faire de meilleures affaires ? Et il a fallu que, comme un abruti, je me mette à ouvrir ma grande gueule et que je gâche tout. »

Le jeune paysan se souvenait encore avec précision des deux panneaux portant l'inscription « Il n'y a pas de Juifs dans ce village », qui ornaient l'entrée et la sortie de son village.

« Mon Dieu ! dit-il. Vous n'avez jamais rencontré de difficultés à cause de votre affaire ? Enfin, je veux dire, on n'a rien découvert pendant le procès ? »

Fritz Breuninger se mit à rire. « Le procès ? Mais dans quel monde vous vivez ? Il n'y a eu aucun procès. L'homme de la Gestapo a pris des notes, il m'a dénoncé, je suis allé en prison. C'est tout. Du reste, tant que l'affaire était prospère et que, comme c'était certifié, elle allait dans le sens du national-socialisme, personne n'avait rien contre. Je n'aurais pas dû me conduire comme un imbécile et raconter des blagues idiotes au bistrot. Je me flanquerais des baffes. »

Alors qu'il tentait de mettre de l'ordre dans les pensées confuses de l'autre, Xaver sentit monter en lui un léger dégoût. C'était un maître-chanteur et un menteur, par-dessus le marché il était plein de regrets et de remords de s'être comporté « comme un abruti ». Mais quant à son véritable crime, la sale et infâme histoire des pancartes – c'était vraiment une « superbe affaire », et sa conscience était pure et blanche comme neige. Le jeune homme, qui n'avait rien d'un philosophe, s'assit sur sa couche et tenta désespérément de démêler la situation. Il y a quelque chose qui ne va pas dans toute cette affaire, pensait-il. Il y a quelque chose de complètement détraqué en Allemagne. Il n'est quand même pas possible que je sois en prison parce que j'ai nourri mes poules avec de l'orge et que ce Breuninger y soit pour ses blagues. Mais sa « superbe affaire », elle, elle était tout à fait convenable, de telle sorte que personne ne pouvait rien lui reprocher. *Tout ça est faux*, faux et terrible, si désespérément dépravé.

Il tremblait de froid et s'endormit sous la lourde couverture rêche.

Le matin, on ne donna aux prisonniers qu'une seule bassine d'eau froide pour se laver. Puis le guichet par lequel on leur passa le petit déjeuner s'ouvrit. Il se composait de pain et d'une lavasse brunâtre. Breuninger expliqua qu'au premier regard, il l'avait prise pour du café, mais à la première gorgée pour du thé. Le Dr Gebhardt, l'autre prisonnier, avait voulu le persuader que c'était du cacao. C'est le gardien qui avait tranché la question en expliquant que c'était « la boisson du matin ». De toute évidence, on ne voulait pas donner de nom à l'enfant, et c'était peut-être mieux ainsi. Le paysan trouva le pain en prison encore plus immangeable que celui que l'on pouvait se procurer « en liberté ». Mais Breuninger avala avec voracité cette chose visqueuse, pâteuse et en plus sablonneuse.

Xaver découvrit que le Dr Gebhardt était pasteur – un pasteur évangélique.

« Et pourquoi… ? » demanda le jeune homme avec de grands yeux interrogateurs.

Bien sûr, il était au courant que des centaines, oui même des milliers d'ecclésiastiques avaient été arrêtés – autant de catholiques que de protestants. Mais entre savoir une chose et y être physiquement confronté, il y avait un monde. Il avait eu tendance à croire les reproches formulés par le régime contre l'Église. Mais, dès que le jeune homme vit le Dr Gebhardt, il sut qu'il était innocent. C'était un homme frêle, à l'allure faite d'un étrange mélange de gravité et de gaieté, au visage empreint d'une dignité sereine qui prédisposait en sa faveur avant même qu'il ne prononçât un seul mot.

« Pourquoi ? » Xaver répéta sa question et secoua la tête de façon incrédule. Les pensées qui l'avaient tourmenté la nuit, le sentiment désespéré que tout, en Allemagne, était faux et immoral, marquaient ses traits.

Le prêtre dit : « C'est une longue, très longue histoire. On m'a emprisonné pour plusieurs raisons, même si mon dernier sermon en fut le motif principal. Puis-je vous dire quelque chose ? » Le jeune homme acquiesça, et il continua. « De ma vie, je n'ai encore jamais dit "Heil Hitler !" Cela est-il suffisant ? »

Xaver ne pouvait quitter des yeux le visage calme et très doux du pasteur. « Mais pourquoi ? demanda-t-il de nouveau. Pourquoi ne voulez-vous pas dire "Heil Hitler !" ? Ce n'est pourtant qu'un salut allemand, n'est-ce pas ? »

À ce moment, Fritz Breuninger interrompit la conversation. « Vous ne pouvez pas parler avec le docteur, mon vieux. C'est une sacrée tête de mule – Excusez-moi, Pasteur, mais vous êtes obstiné. Vous devez prendre les choses comme elles sont, si vous voulez rester en vie. »

Le paysan toisa l'homme des pieds à la tête avec une aversion non dissimulée. C'est bien cela dont il s'agit, pensa-t-il. C'est là que se trouve la fausseté infâme. Il y a des choses que l'on ne doit pas prendre comme elles sont, et le pasteur a mille fois raison de préférer aller en prison que de faire ce qu'il tient pour un péché. Moi-même j'ai dit si souvent « Heil Hitler ! » sans penser à mal.

Peu après, il demanda : « N'avez-vous donc jamais eu d'ennuis à cause du salut allemand, docteur ?

— Mais bien sûr, répondit-il. J'ai été rétrogradé. De Francfort, où j'avais travaillé de longues années, j'ai été muté dans votre ville. Jusqu'à présent, mon nouveau poste me plaisait. Il n'y a pas plus de deux mille protestants ici, mais c'est une bonne petite communauté. J'ai vécu aussi retiré que les circonstances le permettaient. J'ai quelquefois été offensé en pleine rue et, une nuit, on m'a même agressé. Mais ce n'était pas le pire. Le pire, c'était de ne plus trouver la paix intérieure. C'était si terrible de voir comment presque tout le monde, sans combattre, s'inclinait devant la violence athée et diabolique. Et ce qui était terrible, c'était de voir que beaucoup d'ecclésiastiques faussaient la parole de Dieu sur ordre de l'État. Leurs sermons traitaient le Führer comme un sauveur, et eux avaient oublié la différence entre "bien" et "mal". Leur seul critère de jugement était "l'Utile": ainsi était utile toute action "souhaitée par les puissances d'en haut", ou bien "favorisée par les puissances d'en haut", ou encore "interdite par les puissances d'en haut". Et par l'expression "puissances d'en haut", ces pécheurs n'entendaient pas la puissance du ciel, la religion ou la lumière divine qui auraient pu dissiper l'obscurité de leur âme. Quand ils parlaient des "puissances d'en haut", ils pensaient à la direction du Parti du district, à la Gestapo ou au gouvernement du Reich.

« J'étais très malheureux et ne trouvais plus le repos. Souvent, il me semblait que nous allions vivre un autre Déluge, signe que les "puissances d'en haut" – je parle de celles qui sont au ciel – ne nous avaient pas complètement oubliés ni rejetés, et qu'elles nous considéraient encore comme dignes de punition et capables de repentir. Car ce que je craignais le plus, c'était que les puissances divines puissent nous abandonner, tant nous nous étions détournés d'elles. »

La voix du pasteur se brisa comme s'il était épuisé, et Xaver en eut le cœur serré. Jamais encore, il n'avait si volontiers écouté un sermon. Car c'était bien une sorte de sermon que le Dr Gebhardt avait prononcé pour ses deux compagnons de prison

– pour l'homme d'affaires Fritz Breuninger et pour le jeune de la campagne. Ce dernier avait été habitué à aller à la messe dès son plus jeune âge – l'Église faisait partie de sa vie quotidienne, comme le fait de respirer et de manger –, mais elle n'avait jamais tenu une place déterminante dans son cœur. Lorsque les nazis vinrent et transformèrent l'Église, sa conscience n'en avait pas été troublée. Mais ce qui l'effrayait maintenant, c'était la certitude de faire partie de ceux dont le pasteur avait parlé – ceux qui « s'inclinaient sans combattre, devant la violence athée et diabolique ».

C'est quand même étrange, pensa le jeune homme, que j'apprenne cette terrible vérité de la bouche d'un pasteur évangélique. Je suis catholique, et c'est la première fois que j'écoute un pasteur. Mais ce n'est pas l'essentiel. Peu importe qu'il soit catholique ou protestant – ce qui compte, c'est ce qu'il dit, s'il a raison, s'il a du courage, et s'il pense au « bien » quand il dit « Dieu ». Ce protestant a raison, et je voudrais en apprendre davantage de sa bouche. Je voudrais l'écouter et me laisser expliquer toutes les choses que, depuis la nuit dernière, j'ai pris conscience de ne plus comprendre.

Fritz Breuninger, dont l'esprit joyeux et insouciant était éloigné de toute réflexion, s'intéressait bien plus à l'aspect criminel que moral de « l'affaire Gebhardt ». Il se tourna vers le pasteur.

« Et alors, Pasteur, cette chose terrible et dangereuse que vous avez dite dans votre sermon, qu'est-ce que c'était ? Quelque chose d'indécent ? » Ses yeux bleus au regard insolent et stupide étaient rivés, pleins d'attente, sur le visage du pasteur.

« Non, mon ami, dit le pasteur. Ce n'était pas

quelque chose d'indécent, et je crains que pour vous, cela n'en aurait pas valu la peine. »

Xaver pensa que la façon si amicale de répondre aux questions idiotes de Breuninger révélait l'amour chrétien qu'il portait à son prochain. Mais il semblait que le pasteur ne s'en formalisât pas.

« Aujourd'hui, nous sommes mardi, dit-il, et le jour du rasage ce n'est que le vendredi. Regardez un peu les barbes que nous avons ! »

Tous deux avaient déjà une barbe épaisse, le pasteur pas moins que Fritz Breuninger, dont les cheveux blonds juraient avec le poil roux et dru de la barbe. Seul le visage du jeune homme était assez lisse. Il était le seul à porter encore ses propres affaires, sa chemise rapiécée et son pull. Les deux autres, dans leurs uniformes de prisonniers, avaient l'air de hardis criminels, comme les voleurs et les meurtriers qui hantaient les cauchemars de Xaver quand il était enfant.

Pendant « la récréation », ils rencontrèrent d'autres prisonniers. Tous sortirent de leurs cellules, barbus, pâles et maigres; ils clignaient des yeux à la lumière qu'ils ne voyaient qu'une fois par jour. Deux policiers montaient la garde. C'était rassurant de savoir qu'aucun SA ne travaillait ici. On avait bien sûr « formé » les policiers de « façon nouvelle », dans l'esprit nazi; ce n'étaient cependant pas des nazis pour autant, mais des fonctionnaires qui avaient connu d'autres temps. Ils traitaient le pasteur avec un amical respect. En s'adressant à lui, ils lui donnaient même son titre de « Herr Doktor », en revanche ils n'appelaient les autres prisonniers que par leurs noms.

Le Dr Gebhardt n'alla pas dans la cour, mais il resta appuyé au mur de la prison, avec ceux qui avaient les pieds blessés. Quand il enleva ses lunettes, sa tête ressembla à celle d'un mort, si profondes étaient les rides des joues et si blanc le visage dans lequel brillaient des yeux fiévreux. Cela devait tenir à sa myopie, mais ses yeux semblaient illuminés par une flamme indéfinissable. Son regard était tourné vers l'intérieur, et le détachement de son esprit soulignait encore davantage l'éclat exceptionnel de sa présence physique.

Dans la cour, pendant la promenade, il était interdit aux prisonniers de parler. Malgré cette consigne, notre jeune paysan obtint un certain nombre d'informations précieuses du prisonnier qui marchait derrière lui. Il apprit qu'une fois par mois, un convoi quittait la prison pour le camp de concentration. Les « criminels » avaient soi-disant de la chance, car le camp de concentration n'était pas pour eux. Ils jouissaient du « privilège » d'être autorisés à purger la totalité de leur peine dans cette prison. Le destin des « prisonniers politiques » était différent. La plupart ne savaient même pas ce qu'on leur reprochait, ni à quelle peine ils étaient condamnés; ils tremblaient de peur à la pensée du camp de concentration. L'ordre de leur « transfert » pouvait arriver à tout moment, et rien ne pouvait alors les sauver, ni la « bonne conduite » ni la complète innocence.

Dans la cellule, la vie suivait son cours. Au cinquième jour d'emprisonnement de notre jeune ami, deux nouveaux prisonniers arrivèrent. L'un des deux était un homme de la SA en uniforme. Avant d'entrer dans la cellule, il lui fallut remettre ses bretelles, comme tous les autres détenus. On lui avait aussi pris son canif et sa montre. L'autre détenu, qui avait bonne mine, un jeune Suisse du Tessin parlant l'allemand avec un fort accent italien, était surexcité. Il pleurait, suppliait et jurait sans cesse. Lorsque Fritz Breuninger, avec sa manière pleine d'insolente gaieté, lui demanda pourquoi il était ici, il répondit par un flot de jurons. En même temps, sa voix avait quelque chose d'implorant.

« Il faut que je sorte d'ici, il faut que je sorte d'ici tout de suite, répétait-il sans cesse. Je suis un officier suisse. Il faut que je me présente au service. Je ne suis venu en Allemagne que pour des raisons de santé et pour faire des études. Mes parents m'ont donné des lettres de recommandation pour des monastères d'ici, où j'ai toujours trouvé le gîte et le couvert. Un jour je suis allé me promener avec le père Boniface, et on nous a arrêtés tous les deux. Je ne sais pas où se trouve le père ni ce qu'ils veulent faire de moi. Ils m'accusent d'avoir espionné pour obtenir des renseignements secrets afin de les transmettre à la Suisse. Ils sont fous ! Il faut que je sorte d'ici ! Je dois me présenter au service ! Je suis un officier suisse ! »

Le Dr Gebhardt tenta de calmer le jeune homme avec une grande bienveillance.

« Vous êtes étranger, dit-il. Ainsi, la situation pour vous est meilleure que pour nous tous ici. Votre consul va intervenir et, comme il n'y a aucune accusation contre vous, il faudra vous libérer. »

Fritz Breuninger, irrité par le soi-disant avantage dont jouissait le jeune Suisse, ne voulut pas l'admettre:

« Allons, voyons, docteur, protesta-t-il, pas si vite.

Ce monsieur qui est étranger nous dit qu'il est officier et qu'il a fréquenté des moines. Alors, son arrestation est une affaire sérieuse. Préparez-vous déjà à passer six mois de vacances avec nous, conseilla-t-il au Suisse qui commençait à reprendre courage, car vous ne vous en tirerez pas à moins. »

Le jeune SA fit tout de suite comprendre que la prison n'était pas quelque chose de nouveau pour lui. Il avait une tête carrée aux cheveux coupés en brosse. Son premier commentaire fut pour le « trou pouilleux », sans comparaison avec la prison de Nuremberg où il purgeait sa peine auparavant.

« Si vous aviez vu les fenêtres de là-bas ! maugréa-t-il. Aussi grandes que *ça* ! On pensait même qu'un jour, ils enlèveraient les barreaux, mais ça ne s'est pas produit. Dehors, dans notre parc, il y avait autrefois une vieille grille en fer forgé ancien, avec des oiseaux, des fleurs et des décorations, on l'a fondue pour le plan quadriennal. Ils l'ont remplacée par une clôture surmontée de barbelés, bien sûr. Pourtant on avait plus de chance de s'évader là-bas. » Non pas qu'il y pensât pour lui-même, s'empressa-t-il d'ajouter. Ça l'intéressait, c'était tout.

Malgré les bienveillantes tentatives du Dr Gebhardt pour lui redonner du courage, le jeune Suisse semblait davantage attiré par le jeune SA que par les autres.

« Vous qui êtes soldat, lui dit-il. Comment est-ce que vous, vous avez pu échouer ici ? »

Le SA eut un rire bref. « Notre *Hauptsturmführer*[1] a une villa. Et quelle villa ! Un véritable château,

1. Grade de la SS.

avec un lac et des cygnes et une cave à vins aussi grande que le lac. Il y a deux ans encore, il était aussi pauvre que Job, et il y a six ans, il n'était rien qu'un petit employé de banque, condamné pour abus de confiance puis gracié lorsque Hitler arriva au pouvoir – c'était un des vétérans de Hitler. Et maintenant il est propriétaire de ce château. À nous, on n'arrête pas de dire que nos chefs vivent de leurs minuscules soldes et qu'ils se sacrifient pour leur patrie. Ça m'a mis en colère car ma solde à moi est minuscule, et j'peux même pas m'offrir un schnaps, mais le capitaine, tous les jours ivre, il venait tout droit de la cave à vins de son château pour prendre son service.

« Ben, j'vais vous raconter ce que j'ai fait. J'me suis procuré une grande pancarte et j'ai écrit en belles lettres orange : "J'ai acheté ce petit château et cette cave à vins avec ma minuscule solde. Signé : Le *Hauptsturmführer*". Et puis j'ai placé la pancarte devant la villa. Ce jour-là, le *Hauptsturmführer* était absent, il était en service – dans la cave à vins d'un ami. Alors la pancarte est restée toute la journée à la même place, et tout le monde a pu la voir. Et tout le monde a trouvé ça très drôle. Personne l'a enlevée – même pas la police. C'est qu'avec le retour du chef que la plaisanterie s'est terminée. Quelqu'un a dû me balancer. Peut-être bien mon fils, qui m'a vu faire la pancarte à la maison. En tout cas, ça a chauffé, et me voilà. Un de vous a un couteau par hasard ? »

Les détenus étonnés expliquèrent qu'on leur avait confisqué leurs canifs, d'où est-ce qu'ils auraient pu avoir un couteau ? Le SA enleva sa chaussure gauche et sa chaussette et retira une petite plaque fine de sa semelle. C'était un éclat de boîte en fer-blanc, expliqua-t-il.

« L'homme intelligent prend les devants, dit-il. Jamais je n'irai en prison sans une lame. Vous voyez ? Elle coupe super. On peut s'en servir pour un tas de choses. »

Les autres en étaient ahuris. Fritz Breuninger siffla doucement entre ses dents.

« En traînant ici, je peux même m'instruire », pensa-t-il. Puis il parla au SA de son « affaire », et il lui demanda si ça n'avait pas de quoi briser le cœur que d'avoir tué la poule aux œufs d'or, pour ne pas avoir pu « fermer sa gueule ».

Tous les matins, les détenus devaient restituer leur paillasse, leur matelas et leur couverture. Mais, depuis quelques jours, le Dr Gebhardt avait été autorisé à garder les siens. Si, auparavant, il avait déjà été d'une maigreur presque transparente, maintenant il pouvait à peine tenir sur ses jambes, tant il était faible. Pourtant, à l'exception du volubile Fritz Breuninger, il était le plus dynamique. Il parlait, discutait, consolait et encourageait. Il récitait souvent des poèmes tirés du livre de cantiques, mais aussi ceux de poètes profanes comme Eichendorff et Matthias Claudius. Ses codétenus voulaient savoir pourquoi il savait tant de choses par cœur.

Il répondit : « Je savais qu'un jour ils viendraient me chercher, et qu'alors je n'aurais plus ni livres ni aucune consolation extérieure. Alors, je me suis préparé. J'ai appris tout cela pour tenir quand l'heure viendrait. »

Un soir, après une journée grise et sinistre, semblable aux autres – seul le jeune Suisse avait eu une crise et les gardiens avaient dû l'attacher –, le jeune paysan s'assit dans la cellule non éclairée à côté du pasteur et lui chuchota: « Herr Doktor, qu'est-ce que c'était comme sermon ? Qu'est-ce que vous avez dit pour que l'on vous arrête ? »

Le pasteur répondit: « C'était un jour de pénitence. Je suis allé vers l'autel et j'ai dit les prières habituelles. Puis je me suis tourné vers ma communauté et j'ai lancé cet appel: "Jamais encore comme maintenant, un peuple n'a eu autant besoin de pénitence. Car ce qui s'est produit ces dernières années et en novembre, lorsque les synagogues de nos frères juifs ont été incendiées, crie vers le ciel et appelle le jugement de Dieu sur nous. Et l'Église est complice de tout ce qui s'est passé, de tout ce qui nous remplit de frayeur et de chagrin. Notre devoir, en cette heure solennelle, est de nous repentir, de demander le pardon de Dieu pour nous, pour notre peuple qui a si profondément sombré dans le péché, et pour notre Église qui s'est tant éloignée du message de l'Évangile. Et en signe de notre chute, j'éteins les cierges de l'autel. Nous ne sommes pas dignes que brille sur nous la lumière venue d'en haut. Nous n'en sommes pas dignes, aussi longtemps que nous ne serons pas purifiés de ce qui déshonore le nom de Chrétien."

« Puis j'ai éteint les cierges et j'ai poursuivi: "Nous sommes debout, en accusés devant le trône de Dieu le juge, nous devons ouvrir nos oreilles, mais surtout nos âmes pour reconnaître notre culpabilité. Laissez-moi répéter ces accusations au nom de Dieu. J'accuse notre Église de trahir notre Seigneur; avant tout, en n'observant pas le commandement de l'amour du prochain. J'accuse notre consistoire d'éprouver une peur lâche devant les hommes, et d'ignorer son devoir le plus saint envers les hommes et l'Église. J'accuse l'évêque du Reich Müller de conduire sa communauté sur le chemin de l'erreur et de l'idolâtrie. Je nous accuse tous de lâcheté et d'incrédulité, car nous avons toléré des péchés inouïs pour un chrétien, et nous avons participé, de manière directe ou indirecte, à toutes les infamies qui ont été commises ou qui se commettent encore." »

Le jeune paysan était assis sur son banc, immobile. Il avait appuyé sa tête sur ses mains, et, dans l'obscurité il voyait les yeux brillants de l'homme qui, dans un murmure spectral et pénétrant, répétait la liste des accusations – une inculpation après l'autre.

« Une demi-heure après le service religieux, on m'arrêtait. »

Xaver, que l'émotion contenue rendait muet, se racla la gorge. Il ne voulait rien dire; il effleurait la couverture rêche sous laquelle était allongé l'accusateur. Un moment, sa grande main se posa avec tendresse et prudence sur la couverture. Alors il se mit à prier. Il disait les mots qu'il avait l'habitude de murmurer lorsqu'il se recueillait, pendant que ses pensées étaient assombries par le ministère de l'Alimentation du Reich et par les soucis qui accablaient ceux qui étaient restés à la ferme. Maintenant, pour la première fois depuis bien des années, les mots étaient pleins de sens et de substance. Dans un murmure imperceptible, il reprit toutes les prières qu'il connaissait par cœur – même les prières d'enfant qu'il récitait avant de se coucher, quand il était petit.

« Petit Bon Dieu, rends-moi pieux. » Bientôt on n'entendit plus que sa respiration régulière car il s'était endormi. Le pasteur, en revanche, ne pouvait pas dormir. Il était tourmenté par les reproches qu'il se faisait et par la confusion fiévreuse de ses pensées. Pourquoi ne pas avoir quitté le pays, au moins lorsqu'ils m'ont chassé de ma communauté, se demandait-il. Pouvais-je encore douter que ma place n'était plus ici ? N'ai-je pas vu, partout autour de moi, les signes avant-coureurs du Jugement ? Était-ce l'amour aveugle pour ma patrie qui, en connaissance de cause, m'en a empêché ? Étaient-ce l'inertie et la faiblesse ? Et les événements auxquels j'assiste sans pouvoir les empêcher, ne sont-ils pas devenus un insupportable fardeau et une torture ? Mais Dieu laissait ses questions sans réponse. Son silence semblait appartenir à un très lointain royaume de paix. L'homme tourmenté n'osait pas lever les yeux vers lui. Il finit par regarder le ciel. « Que dois-je faire ? demanda-t-il.

— Fuis, fut la réponse.

— Mais comment puis-je fuir ? » questionna-t-il en silence et son cœur se contracta de terreur. « Je suis malade ! Je n'ai pas assez de forces pour me tenir debout. Je n'ai aucune expérience du monde extérieur, et je ne dispose d'aucune aide…

— Je suis celui qui t'aidera, dit la voix divine. Fuis !

— Je ne peux pas, gémit l'homme. Je suis seul et à bout; au moins, ici il y a des hommes autour de moi; j'ai des amis.

— Tout cela, tu l'abandonneras ! dit la voix impitoyable.

— Mais alors, je suis perdu ! » L'homme qui était sur le banc des prisonniers luttait contre Lui, qui était plus fort que toute raison.

« Ici, tu es perdu, dit le Tout-Puissant. Seule la mort te délivrera de ce cachot.

— Et n'est-il pas préférable de mourir dans la patrie, plutôt qu'au bord d'un chemin, dans une terre étrangère ? », demanda l'homme avec ferveur.

Mais la voix répéta: « Tu ne mourras pas – pas encore. D'autres tâches t'attendent.

— Je ne peux les remplir, faible et épuisé comme je suis. » L'homme sur le banc se tordait, comme sous le fouet.

« Tu retrouveras ta force, lui répondit son Dieu. Et tu croiras. Dans le plus profond de ton cœur, tu as déjà la foi. »

Dans sa frayeur, l'homme chercha le refuge des murs de la prison, derrière lesquels il luttait contre la voix sombre, triomphante et impitoyable.

« Comment dois-je fuir ? demanda-t-il. C'est impossible ! Personne ne peut s'échapper d'ici. »

Et dans la voix qui lui répondit, il y avait comme un léger rire.

« Tu es déjà sur le bon chemin.

— Mais je manque de tout, s'écria l'homme. De courage et de force, de temps et d'occasion. Et même si je m'évade, qu'est-ce que je ferai ? Je ne possède rien, je ne connais personne dans le voisinage, et je ne peux faire confiance à personne…

— Laisse-moi pourvoir à ce qui te manque », dit la voix impérieuse, devenue sévère.

Le jour suivant, les prisonniers furent épouvantés par l'aspect de leur compagnon d'infortune, le pasteur.

« Allez voir le docteur, mon vieux, s'écria Fritz Breuninger. Il faut qu'il vous donne quelque chose.

On n'a pas envie de se réveiller un matin et de se retrouver face à un fantôme ! »

Il continua à bavarder et raconta l'histoire du fantôme de Heinrich, voleur et meurtrier qui, six semaines auparavant, avait été exécuté dans la cour de la prison. Fritz avait hérité de ses pantoufles. Oui, celles-ci, bien confortables, ces pantoufles de feutre gris. Elles lui porteraient chance, c'est ce que le fantôme du pendu lui assurait toutes les nuits.

Le SA interdit toute plaisanterie sur le mort.

« C'était un bon ami à moi », dit-il d'un ton menaçant.

Le jeune paysan fut soulevé de dégoût en entendant un membre de « notre fière SA » se vanter d'être l'ami d'un criminel, même si lui aussi avait enfreint la loi.

« C'était un voleur et un criminel ? demanda Xaver.

— Bien sûr qu'il l'était, dit le SA, et ils ne l'auraient jamais eu s'il ne s'était pas cassé la jambe au cours de sa dernière expédition criminelle. »

En partant pour la « récréation », le Dr Gebhardt se présenta chez le médecin. En raison de son état, il avait été autorisé à prendre son chapeau et son manteau. Lorsque, plus tard, il ne regagna ni la cour de la prison ni sa cellule, les détenus et les gardiens crurent que le médecin l'avait inscrit sur la liste des malades et envoyé à l'hôpital. En outre, au cours de ces journées, il régna une grande confusion dans la prison. La date du convoi pour le camp de concentration était arrivée. C'est avec une frayeur indescriptible que Fritz Breuninger reçut l'ordre de se changer et d'emballer ses affaires.

« Je suis libéré ? » demanda-t-il, mais sa voix tremblait, et la petite lueur d'espoir qui brillait dans ses yeux bleus niais ne pouvait masquer le choc que trahissait sa voix. Le gardien ne répondit pas.

« Et moi ? » demanda le jeune Suisse en répétant pour la millième fois qu'il était officier et devait *immédiatement* se présenter au service.

« Le camp », dit le gardien en lançant un regard compatissant à Breuninger qui, à demi habillé, s'effondra sur la paillasse et, dans un vertige, vit tout tourner autour de lui.

Nous quittons la prison de la ville et la sombre et spacieuse cellule sentant la terre, en compagnie de l'« homme d'affaires » Fritz Breuninger. Toutefois, nous n'accompagnerons pas le malheureux qui a perdu toute sa superbe, jusqu'à l'horrible lieu qui l'attend. Nous jetons un dernier regard à ceux qui restent: au vulgaire et inébranlable SA. Lui, on le relâchera, c'est sûr. Il y en a trop de sa sorte et il n'est pas possible de les mettre tous sous les verrous. Ils ont besoin des « fiers hommes de la SA », pour réprimer l'ennemi à l'intérieur, et ils auront besoin de manière plus pressante encore de ces « fiers hommes de la SA » quand la guerre éclatera. « Nous devrons combattre sur trois fronts », avait expliqué le *Reichsführer-SS* Himmler : « dans les tranchées, dans les airs et dans la patrie ! » Tout le monde savait en Allemagne, ce que cela voulait dire, et chaque SA savait – comme celui-ci – en quoi consisterait son devoir sur « le front de la patrie ».

Quant au jeune Suisse, les interminables négociations et protestations de son consul, faites au nom de son gouvernement, auront gain de cause. Bon gré, mal gré, ils seront obligés de le laisser partir, mais il lui faudra encore moisir quelques semaines dans sa cellule où il se tordra les mains de désespoir, ne comprenant rien à ce qui se passe.

C'est Xaver qui fera ici le plus long séjour. Ce sera le « vieux routier » qui accueillera et initiera les nouveaux arrivants aux mystères du quotidien de la prison, qui leur montrera le truc de la lame et leur parlera des anciens prisonniers qui, entre-temps, auront été transférés ailleurs ou libérés. C'est du pasteur qu'il se souviendra le plus volontiers. Il aura eu une influence décisive sur sa vie et l'aura « changé », de telle façon qu'après sa détention, le jeune homme pourra prouver combien il s'est intérieurement transformé. Il savait maintenant qu'il pouvait combattre dans les rangs des justes, se rebeller contre les idoles qu'étaient devenus les Seigneurs de l'État, être un soldat du vrai Dieu dont le monde attendait le jugement. Je combattrai pour que les cierges de l'autel brûlent de nouveau, se disait-il.

On resta deux jours sans s'apercevoir que le pasteur Gebhardt s'était évadé de la prison. Les gardiens le pensaient à l'hôpital; le médecin le croyait dans sa cellule. À l'hôpital, on ne connaissait même pas son existence. Ce n'est pas à nous de raconter l'histoire de son évasion qui a tout du conte de fées. Nous aimerions parler d'un « miracle » – un mot que l'on ne devrait employer qu'avec parcimonie dans un récit de faits. Voici le rapport que l'évadé rédigea lui-même, dans les montagnes suisses, sur une table de la sacristie, sous le titre « L'histoire de la Voix ».

« Lorsque je quittai le médecin, pouvons-nous lire, je me cachai derrière une colonne, jusqu'à ce que, après la promenade, l'on reconduise mes camarades dans leurs cellules. Là, j'en eus conscience : c'était le bon moment, maintenant ou jamais. En effet, les gardiens de la cour allèrent déjeuner à la cantine. Une sentinelle resta devant la grande porte. On ne me remarquerait pas si je traversais rapidement la cour. Mais les grandes fenêtres à barreaux donnaient sur la cour et de là, des centaines de paires d'yeux pourraient m'observer. Je tins la tête un peu penchée et me hâtai d'un pas incertain vers la porcherie, en passant devant l'escalier de la cuisine. À chaque seconde, je m'attendais à un appel ou à un coup de feu. Tout mon corps tremblait, et je pleurais d'épuisement. Maintenant – maintenant, je devrais être pris. "Voile leur regard", criai-je du fond de ma douleur. Et je crois que je criai ces mots à haute voix, tant j'étais dans un état second. J'atteignis la porcherie. À cinq pas, la fenêtre de la cuisine était grande ouverte ; je pouvais entendre les femmes qui s'entretenaient à l'intérieur.

« Mon cerveau n'était plus irrigué et refusait de fonctionner. Je devais fournir un travail énorme pour rassembler tous mes esprits, et je n'étais capable que du plus petit effort physique. Mes genoux tremblaient. Je dus attendre que mon cœur cesse de battre la chamade. La porte de la porcherie était ouverte. Je rentrai. Les porcs, sentant une présence humaine, commencèrent à grogner, ce qui me fit reculer. Mon regard fit le tour de la porcherie. Je me demandai si je pouvais m'y cacher un moment. Sur chaque mur s'empilaient des bottes de foin. Je ne vis aucune ouverture. Je baissai les bras d'impuissance et de désespoir. Puis je serrai les dents et sortis avec prudence à tâtons. Mon premier objectif fut d'atteindre la clôture près de la fenêtre. Jusque-là tout alla bien. Puis je plaçai mon pied droit sur le rebord de la fenêtre et agrippai le grillage par les doigts de la main droite. Je me hissai. Mais je n'avais plus de force dans les doigts. Mon corps retomba lourdement en arrière. À demi évanoui, je me retrouvai de nouveau sur le tas d'ordures.

« Je sanglotais. J'en avais maintenant la preuve : une évasion était impossible. Le corps refusait d'obéir. L'occasion était là – la Voix avait tenu parole. C'est moi qui avais échoué. Mais pouvais-je tolérer cela ? Je devais persévérer, je devais me montrer digne de la Voix. Je devais essayer encore une fois. Et cette fois, je me cramponnerais autant que je le pourrais à la fenêtre. Je rassemblai toutes mes forces et murmurai : "Aide-moi !" Alors, je me retrouvai soudain de nouveau près de la clôture. J'avais de nouveau mon pied sur le rebord de la fenêtre et mes doigts dans le grillage. De nouveau les forces me manquèrent. Je me pressai davantage contre la grille. L'effort était trop intense pour moi ! Mes doigts lâchaient de nouveau prise au moment où, dans un suprême effort, je tirai la porte à moi. Je voulais passer ma jambe gauche par-dessus, mais mon manteau me gêna. Je me libérai en tirant mon genou vers le haut. Je saisis le pignon d'acier du toit et me hissai. Maintenant, j'étais debout sur la porte qui se mit à battre. Seul mon genou droit était accroché au-dessus du pignon. Je restai suspendu et remarquai que ma main saignait. Un dernier effort et j'étais allongé sur le toit. Je rampai vite vers le haut et grimpai sur la corniche. Au-dessous de moi pendait une lance d'incendie. Je me cramponnai au bord du mur et me laissai glisser. La distance qui me séparait du sol était terrifiante. Mais je sautai et atterris en position accroupie.

« Je me relevai et regardai autour de moi. Jamais je n'oublierai le sentiment de vide qui me submergea. J'étais dans l'une des cours extérieures de la prison. Et entre moi et la liberté, s'élevait un mur, encore plus haut que celui que je venais de franchir. Ainsi, tous mes efforts avaient été vains. Car là, il n'y avait pas de porcherie. Le nouvel obstacle s'élevait, abrupt, lisse et intact devant moi et il entourait toute la cour. Trois fois, je longeai le mur comme un animal traqué. Puis, épuisé et découragé, je voulus me jeter sur le sol. Mais je me ressaisis de nouveau. Avais-je le droit de renoncer à mi-chemin au miracle de cette évasion ? Je fermai les yeux, respirai calmement et profondément, et examinai de nouveau les environs. Je remarquai que seule une fenêtre de la prison donnait sur cette cour. Il était de ce fait très improbable que l'on m'observât. Et comme rien n'avait encore été découvert, je disposais au moins du temps qui restait jusqu'au dîner. D'ici là, je devais trouver un moyen de surmonter aussi cet obstacle.

« Un arbre fruitier rabougri qui était à l'ombre du mur attira mon attention. Il n'avait pas été taillé et il avait deux pousses qui arrivaient presque au faîte du mur. Mais elles étaient trop frêles pour supporter le poids d'un adulte. Je m'avançai entre l'arbre et le mur, saisis une branche dans chaque main et me hissai vers le haut. Les branches fléchirent et mon dos vint heurter le mur. Mais il me soutint et, ainsi, je pus me hisser petit à petit. Plus qu'un mètre, et je serai en haut. Désespéré, je déplaçai ma prise et pus avancer un peu plus, et au moment où les branches allaient casser, je pris appui sur mes talons. Un saut, et ma main droite put s'appuyer fermement sur le mur. Comment cela fut possible restera un mystère. Puis je hissai mes jambes alors que ma main gauche se cramponnait toujours à la branche. Je pus passer ma jambe droite par-dessus le mur et, un instant plus tard, je m'y retrouvai à califourchon. La force du miracle persistait.

« Je regardai vers le bas. Avec mon chapeau et mon manteau, je devais offrir un drôle de spectacle. Mes mains étaient en sang, mais je ne sentais rien. De l'autre côté, le sol était en pente et je n'osai pas sauter. D'autant plus que la pente se prolongeait sur une longue distance. Je glissai vers l'avant. Puis je parvins à un petit mur étroit qui, de l'extérieur, faisait un angle droit avec le mur de la prison. Son faîte était à deux mètres au-dessous de moi. Je trouvai le courage de sauter et j'atterris en sécurité sur le petit mur. Un toit de tuiles couvert de papier goudronné s'y appuyait. Je rampai sur ce toit et j'atteignis le sol, en m'aidant d'un buisson de sureau qui poussait là. J'essuyai mes mains ensanglantées à mon mouchoir, je remis correctement mon chapeau et, d'un pas tranquille, je me dirigeai vers un chariot chargé de seaux de peinture où s'affairaient plusieurs ouvriers en blouses blanches.

« "*Grüß Gott*", dis-je en soulevant mon chapeau. Même en cet instant d'ultime danger, je ne pus émettre l'infâme "Heil Hitler !". Puis je contournai le bâtiment et me trouvai devant l'immense portail. Le courage allait de nouveau me manquer, mais j'étais arrivé si loin que d'instinct, je me mis à évaluer la hauteur de ce nouveau mur. La serrure du panneau de gauche céda et je me retrouvai dans une des rues de notre ville.

« Tout était comme à l'ordinaire. Des femmes portaient leurs sacs à provisions, des messieurs âgés promenaient leurs chiens, des enfants sortaient de l'école. Ces dernières semaines, les avais-je rêvées ? Ou bien était-ce maintenant que je rêvais ? J'avais l'impression que mon front était enserré dans un étau de fer et que mes yeux brûlaient. À une femme qui venait à ma rencontre, je demandai l'heure. Ma voix était voilée et sans timbre. Elle me fit peur – et il en fut de même pour la femme. Je ne sentais même plus ni ma faiblesse ni ma maladie. J'étais inondé de sueur. Je pouvais à peine tenir sur mes jambes. À une fontaine, je lavai mes mains pleines de sang et continuai mon chemin. Je passai par des rues et des ruelles, et je ne reconnaissais plus la ville dont les maisons émergeaient de la brume. Quand, enfin, je fis une halte et levai les yeux au ciel, qui était sans nuages et m'avait envoyé son message, je sus avec certitude que mes efforts seraient couronnés de succès. L'évasion allait réussir, le miracle allait se produire. Je ne mourrais pas là où le criminel Heinrich avait été exécuté et où se trouvait encore ce bon jeune paysan, le compagnon de cette nuit bénie. Hélas, je ne pouvais pas le sauver, je ne pouvais pas libérer mes compagnons. Mais ce qui est sûr et vrai, c'est que je suis sauvé et délivré du mal. »

Nous ne lirons pas plus avant « L'Histoire de la Voix » que le pasteur Gebhardt a rédigée dans le petit village des Alpes où il exerce maintenant. Chaque fois qu'il regarde par la fenêtre de la vénérable sacristie, son regard tombe sur des prairies de montagne couvertes de gentiane et, tout au loin, sur les grandes cimes enneigées qui se découpent sur le ciel bleu. C'est ici qu'il fut donc conduit, dans cette paix, après des jours de danger mortel, de fuite fiévreuse et sans but, traversés de coups de chance récurrents qui tenaient du miracle.

Il fut conduit vers nous et apparut un soir, à la porte de notre maison, sur les rives du lac de Zurich, tel un fantôme. Nous avions appris son arrestation, et c'est pourquoi nous ne pouvions en croire nos yeux quand nous le vîmes devant nous.

Depuis ce jour où il avait baptisé notre plus jeune sœur Elisabeth, nous comptions cet homme parmi nos amis. Nous l'avions cru perdu, jusqu'à ce que le miracle le conduisît à notre porte. Il était très pâle. Il était faible et épuisé, proche de l'effondrement. Et pourtant, une force émanait de lui. La lumière de l'épreuve surmontée avec succès illuminait son visage exsangue comme une auréole.

CHAPITRE 8

Le dernier voyage

Pendant la période de l'avent, notre ville était plus belle que jamais. Les places se transformaient en marchés richement décorés. Il est vrai qu'il n'y avait pas grand-chose à acheter, mais on pouvait voir le scintillement et sentir l'ambiance de la fête. Après tout c'était Noël.

Début novembre, Max Murks envoya une carte postale de Hambourg. Le jeune marin écrivait à sa mère, qui habitait avec son plus jeune fils Friedel un appartement de deux pièces, dans le vieux quartier de notre ville. Son « grand » n'écrivait pas souvent, et Frau Murks regarda en la détaillant la carte postale en couleurs, avant de la donner à Friedel.

« Des bêtises ! C'est des bêtises qu'il gribouille ! "La semaine prochaine, notre vieux rafiot part pour New York et je suis du voyage. Voilà des mois que je ne suis plus sorti et que je n'ai plus mis le pied en dehors de ce clapier. Mais j'ai la bizarre impression que ce pourrait être mon dernier voyage." »

Friedel haussa les épaules.

« Il a raison, pensa-t-il. Et si tu veux le savoir, je l'ai déjà entendu dire. À chaque grand voyage, ils changent les équipages. On ne veut pas que les nôtres aient trop de contacts à l'étranger, qu'ils puissent entendre un tas de choses qu'ils ne devraient pas savoir. Ils laissent un matelot faire une seule fois un grand voyage aux USA, mais pas plus. La fois suivante, c'est un autre qui part, qui connaît personne là-bas, qui prend pas goût au voyage, et qui peut pas faire de mal. Tu te rends compte ? dit-il en riant avec mépris. Si c'est toujours le même équipage qui fait la traversée, il pourrait trop bien s'entendre avec les camarades de là-bas ! »

Sa mère poussa un soupir. « Ah ! c'est ce qu'il veut dire. Mon Dieu, de nos jours, il faut être rusé comme un renard si on veut comprendre une simple carte postale. »

Friedel décrocha son manteau. « À plus tard, je suis de service sur le Front des ordures. »

Ce n'était pas une plaisanterie, même si le garçon avait eu un rire méprisant, comme d'habitude. Et en effet, c'était le nom officiel de ce « secteur » particulier de l'un des innombrables « Fronts », sur lesquels le peuple allemand combattait sans répit dans le cadre du plan quadriennal du maréchal Göring. Friedel travaillait au « Poste de ramassage des vieux papiers », et ce n'était pas un travail facile du tout. Mais que pouvait-il faire d'autre ? Le petit magasin de produits coloniaux qui vendait du thé, du café et du cacao, dans lequel il avait travaillé comme vendeur et comme garçon de courses, avait dû fermer car il était devenu « inutile pour l'économie nationale ».

Même si le magasin n'avait pas été fermé, Friedel n'aurait pu échapper au « Poste de ramassage des vieux papiers ». Pour l'État, c'était aux clients eux-mêmes de rapporter leurs achats chez eux. Il était intolérable que l'économie nationale se voie retirer un salarié pour le gaspiller au profit d'une prestation de service amollissante comme la livraison à domicile. C'est le grand titre du journal local, l'*Anzeiger* qui, un matin, l'avait informé de son sort, sous la forme d'un poème plein d'humour, mais qui ne pouvait venir que d'une source officielle. La dernière strophe l'avait laissé pantois :

« Dans les magasins, une pancarte accrochez
Dessus, cette courte phrase écrivez :
"Avons grand besoin d'employés
Mais pas de place pour les SDC" »

SDC siginifait « Services Dégénérés aux Clients » – ces joyeuses lignes avaient coûté sa place à Friedel.

C'est pourquoi il était au « Front des ordures ». Dix heures par jour, il allait de porte en porte et de maison en maison pour ramasser les vieux papiers. Ni son emploi ni son activité ne contribuaient à sa popularité. En effet, c'était pour ainsi dire un fonctionnaire au service du plan quadriennal, et si certaines personnes ne fournissaient pas assez de papier ou si – à Dieu ne plaise – il avait des raisons de supposer que certaines personnes le gaspillaient en le jetant, en le déchirant ou même en le brûlant, il menaçait de les signaler. Et s'ils ne changeaient pas leur scandaleuse façon d'agir, il devait exécuter sa menace. Sinon, il s'exposait à être lui-même puni, car c'était un délit passible de sanction de ne pas ramasser assez de papier au « Front des ordures » et de ne pas signaler les responsables de cet échec.

« Ce dont nous avons besoin, disait l'un des supérieurs de Friedel, c'est une Mobilisation de l'*Action*. » Friedel acquiesçait. Entre-temps, habitué à recevoir d'en haut des ordres qui avaient tout de commandements militaires, il ne percevait même plus le vague et l'absurdité de ces phrases. Oui, se disait-il, Mobilisation de l'Action. Pourquoi pas ?

Frau Murks, la même robuste Frau Murks qui avait tant souffert des exercices nocturnes de défense passive qu'elle n'avait pas caché son ressentiment – ce qui aurait pu lui attirer de sérieux ennuis –, avait accepté le « régime » dans son ensemble, comme l'un des fléaux de l'insondable providence. Quant à ses fils, elle préférait son aîné. Il était plus beau et, un jour, il serait capitaine – grand, fort et blond aux yeux bleus comme il était. Il avait un front si lumineux et si pur, pensait la mère en reprenant pour la centième fois la carte postale aux couleurs criardes du pavillon Alster de Hambourg, et en la contemplant comme s'il s'agissait du portrait de son « grand ». À vrai dire, c'est le front d'un petit garçon. Il n'a pas du tout changé.

Puis elle s'assit pour répondre par quelques lignes à son fils.

« Cher Max, écrivit-elle, rapporte donc un peu de café de ton dernier voyage. Friedel vient de m'expliquer ce que cela veut dire – je ne sais rien de plus. Alors, il faut que tu m'en rapportes, car ici il n'y en a pas, et tu sais comme j'en bois volontiers une tasse – c'est bon pour les nerfs. Mais il faut absolument que je te demande une chose : n'achète pas de café vert, comme la dernière fois. Je sais qu'il coûte moins cher, mais figure-toi ce qui s'est passé avec le café non grillé que tu nous avais envoyé la dernière fois. Nous l'avons grillé nous-mêmes, parce qu'une chose qui a tant de valeur, on ne peut pas la confier à un marchand. Et qu'est-ce qui se passe quand on grille le café ? Il sent si bon et si fort qu'on le sentait à des kilomètres à la ronde. Inutile de te dire qu'aussitôt les voisins sont arrivés en courant. Après ça, il ne nous est pas resté grand-chose de ce cadeau tombé du ciel, et pourtant j'en avais été aussi avare que possible. Rien qu'à lui tout seul, le blockwart en a pris une bonne moitié, impossible de faire autrement. Alors, cette fois, grillé, mon chéri, même si on n'en a que la moitié pour le même prix. Porte-toi bien et donne de tes nouvelles. L'Amérique est très loin et ce serait bien mieux si tu étais ici, à la maison, à travailler sur n'importe quel Front, au lieu d'être dehors, en mer où tout peut arriver. Avec affection, mille baisers de ta mère. »

C'était une longue lettre, et Frau Murks était épuisée lorsqu'elle l'eut achevée. Avant de fermer l'enveloppe, elle se mit à calculer. La semaine prochaine, il part, nous sommes mi-novembre. Bon, il sera de retour début ou mi-décembre. Puis peut-être, *peut-être*, oh, ce serait trop beau, peut-être que mon grand sera à la maison pour Noël. Peut-être qu'il sera libre pour le soir de Noël, s'il se conduit bien. Elle sortit la lettre de l'enveloppe et y ajouta ce grand et brûlant espoir. Je ne l'ai pas vu depuis plus d'un an, se dit-elle. Il est temps qu'il rentre…

Le soir, alors que le vent hurlait autour de la maison et que Friedel était rentré fatigué de son « service du Front », la mère et le fils restèrent ensemble. Frau

Murks tricotait pendant que Friedel manipulait le bouton de la radio.

« Surtout pas de poste étranger, s'il te plaît », implora Frau Murks.

Friedel, qui farfouillait dans le petit appareil avec un fil de fer et une lime à ongles, répondit d'un air détaché : « Des postes étrangers ? Qui a envie d'écouter des postes étrangers ? Je voudrais seulement capter Strasbourg et Londres qui émettent maintenant en allemand. »

Sa mère secoua la tête avec impuissance. « Laisse donc ça, fils.

– Ah ! Ça y est ! s'écria-t-il. Luxembourg. Formidable ! »

Le garçon est pâle et fatigué, pensa la mère. Elle n'aimait pas ces rides profondes sur le front et autour de la bouche enfantine. Il avait dix-huit ans. Comment serait-il quand il en aurait trente et qu'il aurait fait son service militaire – ou peut-être même la guerre ? La mère soupira.

« Le temps est orageux, dit-elle. En mer, il y a aussi la tempête ? »

Friedel, qui avait l'oreille toujours collée à la radio, ne répondit pas. Son visage, juvénile mais las et prématurément vieilli, était à moitié tourné vers sa mère qui continuait à tricoter.

« Ce vieux pull n'est de toute façon plus mettable, dit-elle. Si je le défais, je pourrai tricoter trois paires de chaussettes avec la laine, une pour toi et deux pour le grand. »

Friedel fit la grimace. « Mais bien sûr, dit-il en se moquant. Deux paires pour le grand, pour le marin chéri, et une paire pour moi. Je l'aurais parié. »

Frau Murks se leva et lui caressa les cheveux d'un geste apaisant.

« Allons, allons, dit-elle, est-ce qu'on serait jaloux par hasard ? Avec un peu de chance, nous aurons du café pour Noël. Je lui ai déjà écrit. »

Les semaines passèrent. Elles furent longues et grises, les unes semblables aux autres. Et elles furent froides aussi, car le charbon manquait, et la vieille maison dont Frau Murks et Friedel habitaient le troisième étage n'avait pas de chauffage central.

« Ne jette surtout pas de papier dans le poêle », dit le « fonctionnaire » Friedel, menaçant. Mais il ne souriait pas en disant cela. Il portait maintenant ses nouvelles chaussettes. C'étaient de bonnes chaussettes bien chaudes, et Frau Murks avait bien raison de dire que nulle part en Allemagne, on ne pouvait en acheter de pareilles.

« Tu vois, le pull que j'ai défait pour les chaussettes, il avait été tricoté avec de la "marchandise de paix" », dit-elle. Elle non plus ne souriait pas en parlant ainsi. Elle ne trouvait rien de drôle à ce qu'en pleine période de paix, on ne puisse nulle part trouver de « marchandises de paix ». Dans un tiroir, elle avait caché et emballé avec soin dans du vieux papier de soie les deux paires de chaussettes destinées au « grand ». La mère savait que « le petit », Friedel, récupérerait le papier pour le rendre s'il venait à le trouver. C'est pourquoi elle avait dissimulé le paquet entre ses sous-vêtements, comme si c'était un trésor interdit.

Quand le mois de décembre arriva, Frau Murks commença à descendre au deuxième étage trois fois par jour, le matin, le midi et le soir, pour intercepter le facteur.

« Rien pour moi ? » demandait-elle.

« Pas de lettre, pas de carte postale de Hambourg ou d'ailleurs ? » Mais, la plupart du temps, le facteur n'avait rien d'autre que l'*Anzeiger*. Si, parfois, il y avait des lettres pour elle, elles venaient toujours du ministère des Finances ou d'une autre administration. Frau Murks les ouvrait avec plus de crainte que de joie.

Le 22 décembre, Frau Muks et Friedel apprirent par la radio que le bateau de Max était arrivé à Hambourg. Demain il sera là, pensa Frau Murks. Il va nous faire une surprise. Mais, par superstition, elle n'osa pas exprimer sa pensée à haute voix. Le jour passa et le 23 arriva. Friedel rapporta à la maison un arbre de Noël rabougri qui avait l'air d'un balai.

« Il faut épargner nos forêts allemandes, dit-il. On ne trouve plus de beaux arbres de Noël à acheter. » Mais il savait aussi que les forêts allemandes étaient fauchées comme des soldats ennemis sur le champ de bataille. Car dans les forêts allemandes aussi, on appliquait avec fureur le plan quadriennal de Göring. Pour obtenir la quantité de caoutchouc synthétique nécessaire à la fabrication d'un seul pneu, il fallait abattre quarante arbres adultes. Pour la fête, Frau Murks avait acheté du chocolat qui n'avait rien de festif. Sa jolie boîte en carton de couleur faisait de l'effet et promettait des « marchandises de paix ». Mais, à l'intérieur, rien n'était emballé et il n'y avait pas de papier paraffiné, pas même une feuille de papier de soie. Les tablettes de chocolat, presque transparentes, étaient en vrac dans la boîte. Curieusement, elles n'étaient ni noires ni brunes, mais gris souris, comme recouvertes de moisissure. Quand on mettait un morceau dans la bouche, on avait l'impression de mordre dans de la poussière cuite. Cela n'avait rien à voir avec le chocolat. Un grumeau râpeux et sableux laissait sur la langue un goût amer. Il était évident qu'il n'y avait ni poudre de cacao ni lait dans la préparation. Du côté des cigarettes que la mère avait accrochées au sapin, ce n'était guère mieux. De l'épais papier gris et, à l'intérieur, une herbe qui, de toute évidence, avait poussé dans le pays; les contrées étrangères qui produisaient du tabac exigeaient un paiement en or et en devises.

Frau Murks passa toute la matinée à la maison avec son fils. Mais, quand on sonna à la porte, elle était sortie; elle essayait de se procurer quelques bougies. Friedel, fatigué et déprimé, était allongé sur le sofa; il laissa sonner deux fois avant d'ouvrir.

« Pourquoi est-il si impatient, notre ambitieux capitaine », murmura-t-il; cependant, il était très heureux de voir son grand frère, même si, pour rien au monde, il ne l'aurait avoué.

Mais ce n'était pas Max qui se tenait devant lui. C'était un étranger, un jeune homme en costume bleu marine moucheté. Dans la main droite, il tenait une petite valise en fibre, de la gauche il jouait nerveusement avec son chapeau.

« Oui ? » dit Friedel, et une frayeur indescriptible le saisit. Il tenta de la combattre en ajoutant avec fermeté et d'un ton presque abrupt : « Non, merci, aujourd'hui, nous n'achetons rien. Enfin, si vous êtes là pour vendre quelque chose. Et si c'est le cas, vous avez une autorisation ? »

L'étranger secoua la tête. « Je peux entrer ? Est-ce que la mère, enfin je veux dire, est-ce que Frau Murks est là ? »

Frau Murks serait bientôt de retour, bien sûr qu'il pouvait entrer s'il ne voulait rien vendre, répondit Friedel.

Dehors, il faisait déjà nuit. Les deux jeunes gens étaient assis autour de la table ronde, sous la lampe, dans le salon qui servait aussi de chambre à Frau Murks. Après une pause, l'étranger dit : « Je suis un ami de Max. Enfin, j'étais un ami de Max. »

Friedel sentit sa gorge se nouer et il ne put que demander : « Où est Max ? »

La porte s'ouvrit. Frau Murks, qui avait en vain battu la campagne pour trouver des bougies, entra dans la pièce, son foulard sur la tête, ses joues creusées de rides rougies par le froid. L'étranger se leva. Frau Murks resta clouée au milieu de la pièce, sans dire un mot.

« Frau Murks, dit l'étranger, il y a quelque chose... quelque chose... Je ne sais pas comment vous le dire... »

La mère, toujours figée, dit très bas, sans la moindre trace de doute : « Max est mort. »

L'étranger s'approcha d'elle. Il l'entoura de son bras avec douceur et tenta de la conduire avec précaution vers le sofa. Friedel bondit.

« Quoi ? cria-t-il. Qu'est-ce que tu racontes ? Tu es folle ? »

L'étranger, le bras entourant toujours la mère pétrifiée, dit : « Parfois, on croit être fou. Mais nous ne sommes pas fous. Les fous, ce sont les autres, les assassins. »

La mère commença à parler. Ses lèvres remuaient, elles formaient des mots audibles, mais le reste du visage était paralysé, comme sculpté dans le bois.

« Max est mort, répéta-t-elle. Comment est-ce possible ? Mais comment est-ce possible ? »

Au lieu de répondre, l'étranger dit : « Je m'appelle Paul Behrens. J'étais là quand ils l'ont tué... Je l'ai vu mourir. C'était un très bon ami à moi. En fait, mon meilleur ami. Mais je n'ai rien pu faire, rien du tout. »

Un frisson parcourut le corps trapu de Frau Murks, comme si elle avait reçu une décharge électrique. Puis elle retomba dans un état léthargique. Elle était assise, toute droite à côté de l'étranger, du jeune Paul Behrens qui avait vu mourir son « grand », qui avait vu comment ils l'avaient tué, parce qu'ils étaient fous, ces assassins. Friedel, en manches de chemise et pantoufles, ses nouvelles chaussettes chaudes aux pieds, penché sur la table, faisait face à sa mère et à l'étranger.

« Parlez ! dit-il d'un ton menaçant. Si vous ne nous dites pas tout de suite ce qui s'est passé... » Il leva le bras droit comme pour frapper l'étranger.

Celui-ci retira son bras des épaules de la mère, se leva et se dirigea vers la fenêtre. Les bras croisés, il se tint devant la fenêtre et commença son récit. Il parlait assez fort, pour combattre l'enrouement qui menaçait de le rendre inintelligible. Sans regarder les deux autres, il se mit à raconter :

« C'était notre deuxième voyage là-bas, à Max et moi. Nous avions déjà des amis à New York où il y a un grand syndicat de marins, peut-être même plusieurs, et une organisation créée pour nous. » Il baissa la voix : « Pour les marins qui sont contre les nazis.

Dès notre première escale là-bas, nous nous y sommes rendus, et personne ne l'a remarqué. Mais cette fois-ci, des espions nous ont suivis – des gens de notre équipage. Je l'ai compris dès que nous sommes allés à terre, et j'ai prévenu Max.

« "N'y va pas, je lui ai dit. Je t'en prie, cette fois-ci ne va pas chez les antinazis. Nous sommes suivis."

« Max m'a juré ses grands dieux qu'il n'irait pas, et il n'y est pas allé. Mais il s'est rendu à un meeting d'ouvriers. Là-bas, ces réunions sont courantes, on critique le gouvernement, et personne n'est arrêté pour ça. S'ils savaient comme ils ont de la chance d'avoir un tel gouvernement ! Mais c'est une autre histoire. Max est allé à cette réunion; il ne savait même pas à quel point les ouvriers américains sont contre les nazis, ni qu'ils allaient attaquer le Führer de façon plus violente que leur propre gouvernement. Quand il s'en est rendu compte, c'était trop tard. L'orateur principal traita Hitler de gangster, d'assassin et de bête enragée. Si Max s'était levé et avait quitté la salle en signe de protestation – peut-être que cela lui aurait sauvé la vie. Mais il était trop excité, car c'était la seule et unique fois qu'il entendait la vérité clamée devant des milliers de personnes, comme s'il n'y avait pas de mal à ça – la vérité que nous nous étions parfois chuchotée lorsque nous étions de quart, sur le pont, là où personne ne pouvait nous entendre. »

Le jeune homme se tut un instant et, pour la première fois, regarda ses auditeurs.

« Oui, ça l'a beaucoup excité, dit-il. Il m'a raconté après qu'il était resté assis, comme en transe, sans pouvoir bouger, même s'il l'avait voulu. Mais il n'en avait pas envie, bien sûr. Il voulait tout entendre et voir combien les ouvriers américains, même s'ils étaient opposés à leur gouvernement, étaient fiers de leur drapeau, de leur pays et de leur liberté. »

Il fit une pause. « Il voulait tout voir. L'espion qui le suivait a tout vu lui aussi, et il a dû être impressionné. Il s'en souviendra sans doute. Mais, pour le moment, la seule chose qui lui importait, c'était de le dénoncer auprès du capitaine et du cuisinier. Dans le Parti, le cuisinier occupe un rang supérieur à celui du capitaine, et on ne peut rien faire contre lui. Le cuisinier n'a rien dit à Max mais, aussitôt après l'appareillage, le capitaine l'a fait appeler. Il était désolé de lui dire qu'on avait des choses à lui reprocher et que Max ferait mieux de se méfier. Alors, nous avons été très très prudents, Max et moi. Mais à quoi ça sert de se méfier, quand *ils* sont déjà à vos trousses ? Le mieux aurait été qu'une nuit, Max saute par-dessus bord pour tenter de rejoindre la rive à la nage. Même si nous savions à quel point ces nazis étaient des porcs, nous ne pensions pas qu'ils pourraient aller *si* loin. »

Le jeune visage de Friedel, que la frayeur et la colère rendaient livide, cria comme un fou : « Mais *quoi* ? *qu'est-ce* qu'ils ont fait ? »

Paul Behrens s'assit sur le rebord de la fenêtre, auquel il s'était auparavant appuyé. « Lorsque nous sommes entrés dans le port – enfin dans le port franc, où les douaniers viennent à bord –, quatre hommes de la SA sont montés à l'arrière, quatre, je les vois encore, là où Max était de quart, et ils ont tiré sur lui. Le cuisinier avait dû câbler pour qu'on les envoie à bord. Ce n'était pas le capitaine. Je me suis senti mal lorsque j'ai vu ces hommes venir à bord à quatre heures du matin, et j'ai couru prévenir Max, mais c'était trop tard. Je suis arrivé au moment où Max grimpait sur le bastingage comme s'il voulait sauter par-dessus bord, et je les ai entendus l'insulter, le traiter de "traître rouge" et de "porc bolchévique" – puis ils ont tiré et Max est tombé en arrière. Comme il s'était tourné vers eux, il est tombé dans l'eau à la renverse, et il a coulé à pic, et ça n'aurait servi à rien de sauter après lui parce que – parce qu'il était mort, j'en suis sûr. »

Il y avait quelque chose d'horrible et d'anormal dans le calme et l'immobilité qui s'étaient emparés de Frau Murks depuis qu'elle avait aperçu l'étranger pour la première fois. On aurait pu la croire inconsciente, si elle n'avait pas été assise si droite, les yeux grands ouverts. Friedel faisait les cent pas dans la pièce en heurtant les meubles comme s'il était aveugle. Le jeune Behrens se cachait le visage dans les mains. Peut-être ne pouvait-il supporter le spectacle de la mère et du frère de son ami apprenant la nouvelle. Peut-être était-il tourmenté par l'image qui s'était incrustée dans sa mémoire – les quatre hommes de la SA et Max à moitié tourné vers eux, avant que les balles ne sifflent.

« Tenez ! », dit-il en allant vers sa petite valise en fibre qu'il ouvrit. « Tenez ! »

Dans un papier d'emballage brun froissé, il sortit un paquet qu'il tendit à la mère, mais celle-ci ne fit aucun geste pour le prendre. « Max l'a acheté à New York, le dernier jour – il déglutit –, il est grillé, comme vous le vouliez. »

Alors, la mère se mit à bouger; elle se leva et, comme une folle, se jeta de tout son corps trapu sur la table où se trouvait le paquet brun, et elle se mit à pleurer. Elle tremblait de la tête aux pieds. Les deux bras tendus devant elle, les mains agrippées au bord de la table, elle se tapait la tête contre le plateau, comme si elle voulait la fracasser. Encore et encore, la tête de la mère frappait la table. Friedel et le jeune Behrens tentèrent en vain de mettre fin à ce terrible spectacle.

« Vous préférez que je parte ? » demanda l'étranger à voix basse. Friedel semblait avoir peur de rester seul avec sa mère ; d'une voix tremblante, il dit très vite : « Non, restez ici cette nuit, je vous en prie – vous pouvez prendre mon lit – je ne pourrai pas dormir de toute façon. »

La mère continuait de se taper la tête contre la table. Depuis qu'elle s'était écriée : « Max est mort. Comment est-ce possible ? Comment est-ce possible ? », elle n'avait plus dit un mot. Friedel s'occupait d'elle. Il prit de l'eau, en aspergea quelques gouttes sur les cheveux de sa mère. Elle ne s'en rendit même pas compte. Dans le tiroir, il prit la dernière carte de Max, mais elle ne voulait pas la regarder. Il voulut l'éloigner de la table, mais elle était lourde, et son désespoir décuplait son poids. Il ne pouvait pas la faire bouger. Les jeunes gens s'assirent aussi à la table, en face d'elle, sans oser parler car elle devait avoir perdu la raison.

Les minutes passaient ; une heure passa, puis une autre. Friedel se tourna vers Behrens et lui chuchota quelque chose ; la pauvre tête était retombée, épuisée. La mère avait fini par s'effondrer sur le sofa ; dans ses yeux grands ouverts brillait une lueur de folie.

Friedel avait le front ruisselant de sueur, et pourtant il était toujours assis, en bras de chemise, dans la pièce maintenant glaciale. Les poings serrés dans ses poches, il parlait en chuchotant à Behrens qui écoutait en silence et qui, de temps en temps, acquiesçait de manière encourageante. Puis Behrens posa ses mains sur les épaules du jeune homme bouleversé qui ne cessait de chuchoter.

« Du calme, dit-il, du calme, mon garçon. Bien sûr que nous allons le venger. Mais nous devons être patients et agir avec intelligence. Le jour viendra – et alors… et alors… » Il se leva, prit le paquet brun sur la table, alla vers la fenêtre, l'ouvrit et laissa entrer dans la pièce l'air froid et brumeux de la nuit.

« Vous avez une machine à café ? » demanda-t-il en soulevant le paquet.

Friedel acquiesça. « Bonne idée, dit-il avec un pauvre sourire. Peut-être que cela fera revenir maman. Le café, c'est sa grande faiblesse. »

Ils firent du café. Friedel sortit les « belles » tasses de l'armoire – celles qui avaient les anses dorées et le motif bleu de myosotis. Le café dégageait un arôme fort, agréable. Frau Murks gémit et leva la tête pour la première fois depuis des heures.

« Donne les chaussettes à Maxi, dit-elle en désignant le jeune Behrens. Tu les trouveras avec mes chemises de nuit. »

Friedel trouva le petit paquet enveloppé dans du papier de soie. Il prit les chaussettes et jeta le papier dans le poêle où les braises l'enflammèrent.

« Elles étaient pour Max, dit-il, mais vous étiez son ami. »

Paul Behrens, debout au milieu de la pièce, était gêné ; il s'inclina avec maladresse, comme un écolier.

« Merci beaucoup, dit-il. Et maintenant, mettons ta mère au lit. Elle est gelée. »

Frau Murks n'avait pas touché à la tasse de café fumant qui se trouvait sur la table. Elle était secouée de crampes et de frissons mais, de toute évidence, elle était inconsciente. Privée de volonté, elle laissa les deux jeunes gens s'occuper d'elle. Après avoir assis sa mère sur une chaise, Friedel sortit la literie du coffre qui était sous le sofa. Paul Behrens fit le lit avec adresse, en deux temps trois mouvements.

« On apprend ça à bord, dit-il.

– Merci, Max », dit la mère, et la lueur de folie brilla de nouveau dans ses yeux. « Merci, mon grand. »

Alors, calmée, elle reposa sur le lit; les crampes et les frissons avaient cessé.

Le calme qui l'avait gagnée n'était pas rassurant, elle avait sombré dans autre chose que le sommeil. Elle n'était pas non plus inconsciente. Les deux jeunes gens s'étaient glissés dans la chambre de Friedel avec leurs tasses de café, épiant le silence comme s'il s'agissait d'un bruit sinistre. Parfois, la mère commençait à parler. Elle marmonnait de manière étrange, inquiétante, et une ou deux fois on l'entendit rire très fort.

« Elle est malade, dit Friedel. Demain matin, il faut aller chercher le médecin. » Paul Behrens ne fit aucun commentaire.

Friedel, accroupi sur le sol froid, les épaules contractées, le jeune visage déformé par la colère, s'adressa à son compagnon en ricanant:

« Dire que demain c'est la veille de Noël. »

Chapitre 9

Sur ordre du médecin

Le fameux hôpital de notre ville était encore présenté aux étrangers comme un exemple du niveau exceptionnel de la science allemande. Son bloc opératoire moderne était clair et propre, chaque instrument semblait fait de verre ou d'acier; et chacun brillait avec cette harmonie de l'objet accordé à la perfection à sa fonction.

L'hôpital de la ville, sur la Goetheplatz, avait appartenu jusqu'à ces derniers temps à un ordre religieux catholique. Les sœurs qui le dirigeaient n'avaient pas seulement suivi une solide formation médicale – elles étaient aussi pénétrées de la beauté et de l'importance de leur mission. Elles possédaient, en plus d'une douceur incomparable, une grande gaieté intérieure, et ne se laissaient pas troubler par le monde extérieur aux murs de l'hôpital. Ni l'ambition, ni la cupidité, ni le profit personnel n'altéraient les relations qu'elles entretenaient avec les patients qu'on leur avait confiés. Même ceux qui n'appréciaient pas leur démarche silencieuse, ni leur imper-

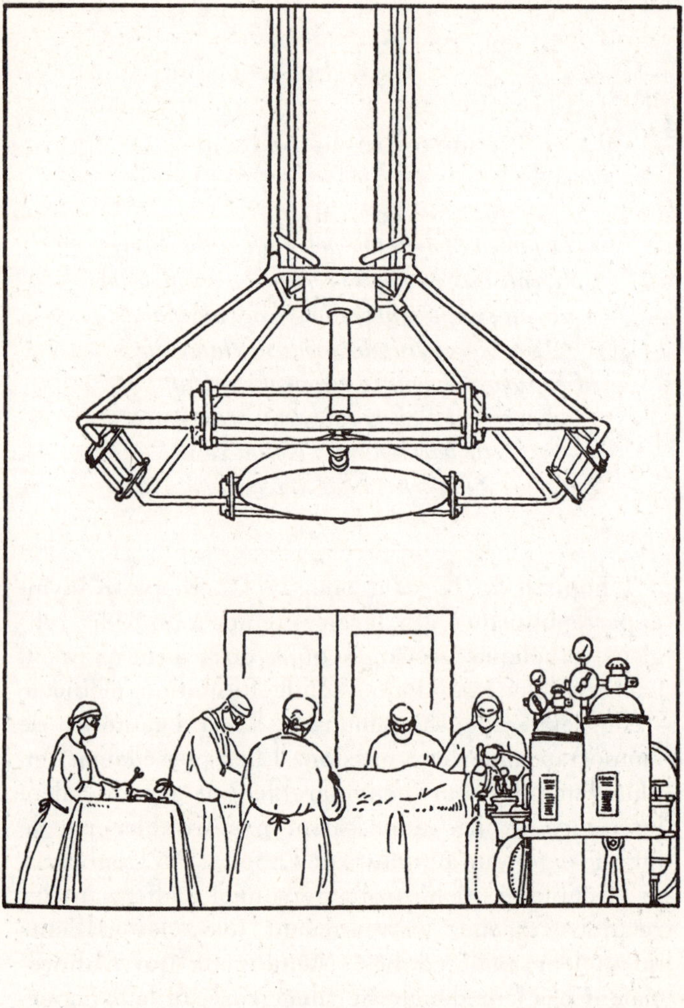

turbable et divine sérénité – car elles ne leur semblaient ni crédibles ni spontanées – devaient cependant reconnaître qu'il n'y avait pas, pour les malades, de meilleures ni de plus secourables infirmières que ces religieuses catholiques.

En mai 1938, le gouvernement d'Adolf Hitler décida de « remplacer » le personnel de l'hôpital de notre ville. « Les pieuses sœurs », fit savoir le Führer par l'intermédiaire du journal l'*Anzeiger*, étaient entièrement corrompues. Elles auraient fait sortir du pays de l'or en contrebande, auraient eu des relations coupables avec le médecin-chef – un catholique dans la soixantaine à qui l'on attribuait des sympathies monarchistes –, et, en plus, elles auraient au moins un mort sur la conscience. (L'hiver précédent, après l'opération d'une tumeur, un haut fonctionnaire du Parti était décédé dans notre hôpital). En un mot, il fallait agir. Le médecin-chef s'enfuit, les sœurs déménagèrent, tout cela sans la moindre indemnité pour les pertes subies par l'ordre. Deux ou trois sœurs parvinrent à fuir à l'étranger. Les autres furent arrêtées et attendirent en vain d'être jugées. Les « preuves » de l'avocat général étaient si minces et si mensongères, les dépositions d'enfants, de simples d'esprit et de mouchards si sujettes à caution, que les autorités ne voulurent pas risquer de suivre la procédure normale. Le professeur de droit criminel de notre université, le professeur Habermann, avait déconseillé toute poursuite, et les autorités avaient eu l'intelligence de l'écouter. Mais cela ne les empêcha pas de relever le professeur Habermann de ses fonctions et de fermer sa faculté « jusqu'à nouvel ordre ». Elles étaient conscientes de la difficulté qu'il y aurait à envoyer les étudiants d'Habermann suivre les cours d'un nazi pur et dur.

Le poste de chirurgien-chef fut proposé au *Geheimrat*[1] professeur docteur Scherbach. Ce grand chirurgien jouissait d'une réputation internationale, et il aurait pu s'installer autant à Paris qu'à New York, Tokyo ou Buenos Aires. Mais il préféra rester en Allemagne. Il hésita lorsqu'on lui proposa le poste. Puis finit par l'accepter, peut-être parce que, sous sa rude écorce, il avait une nature sensible. Dans la sixième année du gouvernement de Hitler, il prit ses fonctions dans la ville où il était né et où il avait grandi.

Au physique, le professeur Scherbach était un homme ordinaire, de taille moyenne, d'âge moyen et d'apparence discrète. Son large front intelligent était surmonté d'une crinière blonde. Ses yeux, que l'on pouvait supposer bleus, se cachaient derrière des verres épais. Sa bouche était grande, pleine et gourmande. Il était bâti en force. Ses mains puissantes, plus toutes lisses, des mains de chirurgien, très soignées, pouvaient avoir la douceur des mains de femme. Hormis sa profession, le professeur avait deux passions : la musique et la sculpture. Il ne s'intéressait pas le moins du monde à la politique, même si sa profession le mettait en contact avec de nombreux problèmes sociaux. C'était un chirurgien exceptionnel et un supérieur autoritaire, mais toujours de bonne humeur. Il ne s'était jamais marié, peut-être à cause de son aversion pour toute forme

1. Conseiller privé.

d'obligations sociales. Au cours de ses années d'exercice de la médecine dans diverses villes allemandes, il avait entretenu des liens étroits avec sa ville natale, où il avait assisté aux premiers concerts de sa vie et commencé à fréquenter des galeries d'art.

Quand Hitler arriva au pouvoir, Scherbach se refusa à croire que quelque chose pouvait avoir changé en Allemagne.

« Quelles bêtises ! grommela-t-il. Un club de boules a changé de président, rien de plus. »

Puis le gouvernement obligea les médecins juifs à abandonner leur profession. Scherbach protesta car il ne jurait que par son assistant juif. Mais il ne protesta pas trop fort, et il était trop intelligent – ou bien aussi trop discret –, pour poser des questions de principe. Il fit simplement savoir aux autorités que lui, le *Geheimrat* Prof Dr Scherbach, ne pouvait personnellement pas renoncer aux services de ce jeune homme, et qu'il devrait démissionner de toutes ses fonctions si on le privait du Dr Schlesinger. Le gouvernement céda. Scherbach, pensait-on, est un homme trop important, trop remarquable – un exemple trop exceptionnel de la race aryenne des Seigneurs –, pour qu'on le froisse avec de telles vétilles. Ce n'est que cinq ans plus tard, alors que le monde s'était sans mal habitué aux méthodes du Troisième Reich, qu'on prit la nomination du Dr Scherbach à l'hôpital de la ville comme prétexte pour renvoyer son assistant et le remplacer par un « vétéran », un certain Dr Killinger.

Cela vaut la peine de jeter un coup d'œil sur l'évolution, au cours de ces années, du professeur

Scherbach, cet homme très brillant, au caractère d'Allemand moyen.

En apparence, sa vie ne fut pas du tout affectée par les événements qui se produisaient dans le monde. Les séminaires qu'il dirigeait deux fois par semaine à la faculté de médecine de l'université de Berlin, et qui traitaient bien sûr de la théorie et de la pratique de la chirurgie, avaient peu changé. Il est vrai que les nouveaux ouvrages de médecine qu'il avait eu l'occasion d'avoir entre les mains contenaient un grand nombre d'allusions stupides à la race et au sang. Mais le célèbre spécialiste croyait pouvoir ignorer de telles choses. De temps en temps, il se permettait même d'en plaisanter, par exemple quand il disait aux étudiants :

« Et si aucun sang ne coule de cette blessure, Messieurs, l'état du patient est inquiétant, qu'il s'agisse de sang aryen ou non aryen. Notez bien cela, je vous prie ! »

Mais les plaisanteries cessèrent d'un coup lorsque, en plein cours, un étudiant bondit et s'écria avec insolence :

« Monsieur le Professeur, au nom des étudiants nationaux-socialistes, je refuse d'écouter des plaisanteries vulgaires qui se font au détriment de nos valeurs nationales les plus sacrées ! »

Scherbach se mit à rougir comme un écolier et se tut. Même pendant la pause, dans la salle des professeurs, il fut silencieux, contre son habitude. Lorsque le même jeune homme, quelques mois plus tard, se présenta aux examens, le professeur Scherbach lui donna une bien meilleure note que celle qu'il aurait méritée – il n'aurait pas su dire pourquoi.

Mais parfois – et ces derniers temps de plus en plus fréquemment –, il se sentait sale ; ses mains étaient collantes et il ne parvenait pas tout à fait à les désinfecter. Il ne savait pas comment il avait glissé dans le piège des nazis. Avait-il sous-estimé la révolution ? Ne l'avait-il pas prise assez au sérieux ? Ou bien avait-il tenu pour impossible qu'elle pût pénétrer de façon si destructrice dans la sphère privée d'un excellent professeur ? Selon toute vraisemblance, cette dernière hypothèse était la bonne.

Sa situation était la suivante : Scherbach était doué, intelligent et très cultivé. Il était un maître dans son domaine – peut-être même sans concurrence en Allemagne – mais, d'une façon générale, il n'était pas non plus un imbécile, et il était très bien informé sur des questions qui, en principe, dépassaient les compétences d'un chirurgien. Il avait de solides connaissances musicales. Sa compréhension des problèmes de la sculpture dépassait de loin celle de certains artistes. Mais – et c'était le facteur décisif de sa vie –, il lui semblait que la moindre des choses était de tracer une frontière claire et nette entre les différentes sphères d'intérêts qu'il cultivait.

Quel rapport entre l'art et la chirurgie ? se demandait-il. Et que diable, en quoi la nouvelle philosophie de la vie prônée par le gouvernement me concerne-t-elle ? Je vais de toute manière m'en tenir à la mienne. Je n'ai pas l'intention de gêner le gouvernement et, de son côté, le gouvernement ne va pas me gêner. Un certain temps s'écoula avant que le professeur ne s'avoue en secret qu'en Allemagne, la vie dans sa totalité était pourrie depuis que l'État « totalitaire » était idolâtré.

Il est vrai que le professeur n'était pas le moins du monde intéressé à « la vie dans sa totalité », aussi longtemps que cela ne concernait que la vie des autres. La persécution des Juifs, des catholiques et de l'opposition politique, la corruption de la jeunesse, la politique étrangère criminelle pratiquée par le chef de l'État – rien de tout cela ne pouvait troubler la paix de l'âme du chirurgien travailleur et brillant. Célèbre et riche comme il l'était, il pouvait se permettre de juger avec cynisme la souffrance et la bêtise des autres. Mais, à partir du moment où ses intérêts et ses projets personnels furent attaqués et réduits de la manière la plus infâme par l'État, alors il connut des heures malheureuses au cours desquelles il regretta amèrement de ne pas avoir, à temps, agi comme il le fallait. Nous aurions dû faire quelque chose *dès le début*, pensait-il, si nous, les savants allemands, nous étions unis pour protester. En protestant, nous aurions réussi à obtenir quelque chose. J'aurais pu être le porte-parole de ce mouvement protestataire, et si, en Allemagne, il avait échoué, nous aurions pu donner l'alarme au monde extérieur. Alors notre science au moins serait-elle restée hors de portée de cette monstruosité qu'ils nomment l'État totalitaire.

La vie l'avait contraint à penser d'une autre manière. Pour la première fois, il était confronté au concept collectif du « nous ». Avait-il jamais auparavant utilisé un autre pronom que « je », toujours « je » ? Trop tard, pensa-t-il. Mon diagnostic vient trop tard. Après tout, je suis chirurgien, la médecine interne n'est pas de mon ressort. D'autres auraient dû établir le diagnostic quand il était encore temps.

Ces analogies tirées de sa science parvinrent à calmer le professeur. D'autres auraient dû le faire, ainsi conclut-il ses réflexions. Pourquoi devrais-je, moi, le grand Scherbach, perdre mon temps avec cela, alors que je peux encore plus ou moins suivre ma voie sans être inquiété ?

Bientôt, il fut évident que même lui, le « grand Scherbach », ne pouvait suivre sa voie sans être inquiété. Être inquiété, cela ne se limitait pas à l'ingérence de l'État dans le domaine théorique – ce que les dirigeants appelaient l'idéologie ou la philosophie. Il y eut de graves ingérences dans des affaires pratiques. Jamais le professeur n'aurait cru possible qu'un médecin ou qu'un chirurgien puisse être en butte à de tels désagréments, pour des raisons politiques « qui ne le concernaient pas ».

Lorsque le professeur Scherbach fut appelé au poste de chirurgien-chef de l'hôpital, il ignorait les vraies raisons de sa nomination. On l'avait informé que son prédécesseur était entre-temps trop âgé pour cet emploi, et notre ville, qui était si fière du célèbre enfant du pays, voulait son retour. Aussi quelle ne fut pas sa consternation, lorsqu'au lieu des sœurs catholiques qu'il connaissait comme « matériau de premier ordre » et respectait, il ne trouva que des membres de « la corporation des infirmières brunes », corporation national-socialiste dans laquelle la fidélité au nazisme avait plus de valeur que la compétence professionnelle. Les « infirmières brunes » étaient en majorité de grasses jeunes femmes bruyantes qui ne savaient même pas fermer une porte sans bruit, et encore moins changer un pansement de façon satisfaisante. Lorsqu'un patient souffrait ou bien montrait de la nervosité ou de l'impatience, les infirmières brunes lui disaient que notre Führer n'avait pas besoin de poules mouillées, et que s'il voulait parvenir à quelque chose dans la vie, alors il ferait mieux de cesser *immédiatement* de geindre. Là où les sœurs catholiques évoquaient notre Seigneur Jésus-Christ comme modèle et comme consolation, les infirmières brunes parlaient de notre Führer d'une voix menaçante. Et par-dessus tout, le professeur Scherbach constata avec indignation qu'elles étaient en nombre insuffisant. Alors qu'autrefois il y avait une sœur pour quatre ou cinq lits, chaque infirmière brune devait s'occuper de six à huit lits.

« C'est tout à fait scandaleux », dit le professeur Scherbach à notre maire. Celui-ci acquiesça, désolé, et promit de trouver un remède, mais, de toute évidence, il n'était pas en mesure de tenir sa promesse.

La compétence médicale des assistants médecins était tout aussi « scandaleuse », comme Scherbach l'affirmait souvent. Les conséquences catastrophiques de l'intrusion de la politique dans *tous* les domaines de la vie allemande se manifestèrent en particulier dans la formation médicale. Dans certaines régions allemandes, comme le Wurtemberg, il y eut de nouvelles dispositions selon lesquelles, seuls les bacheliers qui détenaient le diplôme sportif des SA pouvaient se présenter aux examens. Mais, pour obtenir ce diplôme, un jeune homme devait mobiliser toute sa force, tout son temps et toute son énergie. Il était impensable de mener de front cette préparation physique et de sérieuses études scientifiques. Aussi avait-il été décidé que les « exercices physiques » étaient une « matière » de la plus haute importance aux examens. Si Scherbach s'était un tant soit peu tenu au courant de la presse quotidienne, il aurait su qu'un étudiant dont les résultats scolaires lui auraient d'habitude valu la simple mention « satisfaisant », obtenait la mention « bien », s'il avait de bons résultats en sport. La presse souleva ce problème dans de nombreux articles : comment était-il possible que des cancres paresseux mais bons en gymnastique soient lâchés dans le monde avec un excellent bulletin ?

Les étudiants qui s'inscrivaient en faculté de médecine étaient en majorité ignares. Ils n'étaient pas habitués à exercer leur esprit logique. Si les universités avaient eu la possibilité et l'autorisation de choisir elles-mêmes leurs candidats, elles auraient pu limiter les dégâts. Mais cette autorisation, elles ne l'obtinrent jamais. Les nouveaux Seigneurs de l'Allemagne amputèrent de deux ans la formation des médecins. Dans les facultés de médecine où l'on s'était demandé en vain, face à cette réduction des études, comment faire entrer les connaissances nécessaires dans ces têtes incultes, on levait les bras au ciel devant de telles directives.

« Je ne suis pas responsable, disait le professeur Scherbach, si mes étudiants, tels de dangereux bouchers criminels, sont lâchés sur l'humanité sans défense. Là, je ne peux rien faire. » Plus inquiétant peut-être que la réduction drastique du temps de formation pour les médecins était le nouveau statut juridique des charlatans et des guérisseurs, qui les mettait sur un pied d'égalité avec les médecins qualifiés. La loi stipulait que « ceux qui se sentaient une vocation particulière pour la médecine naturelle, pouvaient renoncer à la formation universitaire ou à toute forme d'examen ».

Bien sûr, le professeur Scherbach ne tolérait d'aucune manière la charlatanerie parmi ses collaborateurs. Toutefois, les cas de patients qui passaient des mains des charlatans à celles des médecins de l'hôpital augmentaient: cas d'empoisonnement désespérés ou membres mal éclissés. Et personne, en Allemagne, n'était assez puissant pour protester contre ces erreurs médicales avec une chance d'aboutir. Parmi cinq médecins qualifiés qui, de toute façon, étaient mal formés, il y avait un guérisseur qui ne prétendait même pas être qualifié.

Comme s'il ne suffisait pas de transformer la pratique médicale en Allemagne en une sinistre escroquerie, un nouveau décret venait d'interdire aux patients affiliés à une caisse d'assurance maladie de changer de médecin de famille plus d'une fois par an. Même si le médecin de famille – ou le guérisseur – s'était révélé un raté absolu –, s'il avait diagnostiqué un cancer pour une grippe ou la grippe pour le typhus, le patient n'avait pas le droit d'aller voir un autre médecin, moins dangereux.

Les conséquences désastreuses de la nouvelle politique du gouvernement sur la santé publique et sur la possibilité de la ramener à son niveau précédent, minaient de plus en plus la gaieté naturelle du professeur Scherbach.

« Cela n'a pas de sens », se dit-il un soir, alors que, devant une bonne bouteille de vin, il passait sa journée en revue. « Ça n'a pas le moindre sens de continuer ainsi. » Son regard tomba sur un appel du chef du Front du travail, le Dr Ley, dans lequel ce dernier affirmait que « le suprême devoir d'un citoyen » était « d'être en bonne santé ». Scherbach fut tout d'un coup pris d'un rire convulsif. Il ricana : « Mais les citoyens se refusent à faire leur devoir. Ils refusent de rester en bonne santé. »

Il semblait que les « citoyens » qui dépendaient du Dr Ley étaient ceux qui oubliaient leur devoir. Les statistiques établies par les compagnies d'assurances montraient que les cas de maladie chez les ouvriers entre 1933 et 1936 avaient augmenté de 20,3 pour cent. Depuis 1936, la progression était de 12,9 pour cent. Le bureau des statistiques du Reich ne pouvait pas nier les faits. « L'incapacité de travail pour cause de maladie augmente au point qu'elle représente une défection constante de 700 000 ouvriers dans l'industrie. » Tout cela, le professeur le savait ; il en avait pris connaissance depuis peu de temps, lui qui, autrefois, était si indifférent aux questions sociales. Mais, maintenant, elles s'étaient imposées à lui – à travers son travail et sa sphère privée la plus intime. À l'hôpital, il n'y avait pas assez de places pour tous les patients qui avaient besoin d'être admis. À lui seul, le chiffre des accidents – qui, entre 1935 et 1937, avait augmenté dans tout le pays de 450 000 – représentait une charge insupportable pour l'hôpital. L'accélération forcée du travail, l'incompétence et la sous-alimentation des ouvriers, l'insuffisance des mesures de sécurité – toutes ces raisons expliquaient cette augmentation.

« Mais c'est tout de même scandaleux », dit un jour Scherbach, quand il dut renvoyer chez lui un ouvrier qui s'était brûlé les mains et qui devait chaque jour venir se faire soigner à l'hôpital, tout ça parce qu'il n'y avait pas un seul lit de libre.

« Il n'en mourra pas, ce garçon, répliqua Killinger, l'assistant du docteur. D'ailleurs, je le soupçonne de s'être brûlé pour être admis à l'hôpital. »

À ces mots, le rouge de la colère monta au visage de Scherbach.

« Bougre d'âne ! hurla-t-il. Ça pourrait le tuer ! L'homme a une forte fièvre, il ne devrait pas se déplacer. Je ne l'autoriserais même pas à franchir le seuil d'une salle d'opération, je lui ordonnerais, avec la plus grande rigueur, de garder le lit où on lui changerait ses pansements, si j'avais de la place. Mais il doit se lever et venir jusqu'ici dans les trams bondés. Si, dans son état, il ne développe pas une septicémie, alors nous aurons plus de chance que de talent, et vous dites : "Ça ne lui fera pas grand-chose", bougre d'âne ! »

Aucune autre expression ne lui venait à l'esprit pour injurier l'optimiste Dr Killinger qui laissait passer l'orage avec sérénité. Je lui revaudrai ça un jour, pensait le jeune homme. Il me le paiera à la première occasion.

Mais le Dr Killinger n'eut jamais l'occasion de régler ses comptes avec son supérieur. Le manque crucial de médecins avait rendu le gouvernement prudent dans ses relations avec les rares hommes compétents. Le taux de maladies ne cessait d'augmenter à travers le pays, et cette augmentation s'accompagnait d'un nombre toujours plus restreint de médecins compétents. Dans presque chaque édition, *Das Schwarze Korps* s'exprimait sur la décadence de la santé publique. «CONSULTE TON MÉDECIN À TEMPS ! », telle était l'injonction d'une manchette en caractères énormes. Puis, plus loin, on pouvait lire : « C'est un fait effroyable que le recensement effectué par le Reich a révélé. Plus de soixante-quinze pour cent des hommes, à un moment ou à un autre, ont contracté une maladie vénérienne ou en souffrent encore... Car de célèbres savants ont calculé que – rien que dans le *Altreich*[1] – nous perdons chaque année, environ deux millions de nouveau-nés à cause des maladies vénériennes. » Dans le débat sur la « nécessaire augmentation de la natalité », *Das Schwarze Korps* exigeait qu'à partir de maintenant chaque Allemand portât sur lui un livret de santé, délivré par la police, et qu'il puisse le produire à tout moment, comme celui que, jusqu'à présent, seules les prostituées enregistrées devaient posséder. Le livret devrait indiquer quelles maladies vénériennes aurait eues ou aura son propriétaire ; il devrait être contrôlé régulièrement, et aucun « rapport sexuel » ne pourrait être autorisé sans que l'expertise n'ait apporté la preuve que le partenaire élu n'avait pas la syphilis.

Outre les maladies vénériennes, ce sont aussi les maladies du travail et les accidents qui, ces dernières années, ont augmenté de façon terrifiante.

« Je ne sais pas ce qu'il y a dans notre ville, dit un jour le Dr Killinger. Il doit y avoir tout un tas de

---

1. « Ancien Empire ». Dans la terminologie nazie, l'expression désigne l'ensemble des territoires qui faisaient partie de l'Allemagne avant 1938. Il comprend l'État allemand défini par le traité de Versailles ainsi que la Sarre, réintégrée par référendum en 1935. Il exclut l'Autriche, les Sudètes, le territoire de Memel (Lituanie), Dantzig et les territoires annexés après 1937.

dégénérés. Il n'y a quand même pas autant de malades ailleurs en Allemagne, n'est-ce pas ? »

Le professeur Scherbach haussa les épaules.

« Tenez », dit-il en prenant une revue spécialisée sur son bureau. Jetez un coup d'œil là-dessus, docteur, et apprenez quelque chose, cela vous changera. »

Le Dr Killinger survola rapidement les chiffres. « Diphtérie, 1933 : 77340 cas; 1938 (Autriche exclue) : 149424 cas ; Scarlatine, 1933 : 79830 cas ; 1938 (Autriche exclue) : 114243 cas ; Paralysie infantile, 1933 : 1318 cas; 1938 (Autriche exclue) : 5757 cas. »

Le jeune médecin reposa la revue. « Grand Dieu ! C'est trop fort ! »

Scherbach, scrutant le jeune homme d'un regard critique, acquiesça avec vivacité : « Oui, ça vous coupe le sifflet, hein ? » Ça n'avait en aucun cas coupé le sifflet du grossier Killinger qui était endurci. Tout au fond de lui, ce dernier ne se sentait pas le moins du monde concerné par l'état de santé de son peuple. Scherbach continua : « Vous êtes stupéfait, vous êtes suffoqué, jeune homme. Mais remarquez bien, ce n'est que le résultat naturel de la manière dont on fait les choses dans "notre nouvelle Allemagne". Si les gens a) ont moins à manger et b) outrepassent en permanence leurs forces, ils tombent malades. Et alors si c) les jeunes médecins n'étudient pas et d) s'ils ne sont même pas en nombre suffisant, parce que les "occupations intellectuelles" sont entre-temps tombées en disgrâce et si, en plus e) il n'y a pas assez d'infirmières ni d'aides-soignants, et si, pour couronner le tout, f) il n'y a pas assez de places pour les malades et g) qu'il y a trop peu de médicaments et de matériel acceptable sur le plan de l'hygiène –, eh ! bien, les malades ne guérissent pas, et leurs maladies empirent. C'est clair ? »

Killinger, qui fronçait les sourcils, plein de ressentiment, supporta le petit discours sans commentaire. Puis il dit : « Bien, je vais descendre voir mes pauvres malades négligés », et il quitta la pièce.

Scherbach s'assit à sa table et commença à lire l'*Anzeiger*. Le titre « La musique contre les bactéries » se détachait en noir sur la page blanche, et le professeur nettoya les verres épais de ses lunettes, car il croyait avoir mal lu. Dans l'article, on pouvait lire : « De nombreux chercheurs s'efforcent d'étudier l'effet curatif de la musique… À une époque propice au travail comme la nôtre qui met à l'épreuve la force de résistance du système nerveux, il est compréhensible qu'apparaissent de nouveaux calmants et de nouveaux fortifiants qui puissent aider tous ceux qui veulent rester en bonne santé… À qui la musique donne-t-elle donc la mort ? Aux bactéries de la paresse ! » Et ainsi de suite.

« C'est à devenir fou, dit Scherbach à voix haute. Il y a de quoi sortir de ses gonds quand on voit ce que ces types ont le droit d'écrire sans aller en prison. "La musique contre les bactéries". C'est de la débilité criminelle ! »

Il fit une boule de l'*Anzeiger* et prit la revue de la Fédération national-socialiste des Médecins, dont il attendait peu d'éthique professionnelle. Un médecin du nom de Jehn, professeur de chirurgie à l'université de Marburg, avait publié un article sur « les nécessaires économies de matériel dans les hôpitaux ». Au lieu de désinfecter leurs mains comme d'habitude, en les lavant avec de l'alcool mélangé à une solution antiseptique, les médecins ne devaient recourir qu'à la « désinfection sommaire » afin d'« économiser le savon, l'alcool et la solution antiseptique ». Pour les plaies à recoudre et l'utilisation de boyau et de soie, il était fortement conseillé de ne pas laisser les fils trop longs : « un fil de dix-huit à vingt centimètres de long est suffisant pour une couture superficielle. » Pour économiser des pansements, on recommandait aux médecins d'utiliser un pansement « amplement suffisant ». « Pourquoi avons-nous besoin de toute une bande de gaze, demandait le professeur Jehn, avec par-dessus une ou deux couches de cellulose, le tout fixé par du sparadrap ? Il ne faut jamais perdre de vue l'économie, car ce qui est à l'État est à chaque Allemand. »

Scherbach avait toujours sa main droite crispée sur l'*Anzeiger* froissé, et il frappa du poing sur la table. Mais il continua à lire les recommandations du professeur Jehn qui le fascinaient en raison de la monstrueuse menace qu'elles représentaient pour la santé publique. « Il faudrait éviter de changer trop souvent les pansements », assurait le professeur qui recommandait qu'à la place de cellulose, on emploie de la « mousse ». Ce médecin de Marburg était-il le seul à faire de telles propositions ? Pas du tout ! Le médecin-chef, le Dr Kallius, de l'hôpital communal de Zwickau en Saxe, tenait prêt tout un arsenal de propositions draconiennes pour faire des économies. Le savant de Zwickau était particulièrement intéressé par les économies de combustibles, et il « était d'avis que le temps était venu d'abandonner l'habitude absurde et extravagante de se laver les mains avec de l'eau bouillante, alors que l'eau chaude à trente degrés remplissait amplement sa fonction. En outre, il proposait qu'à partir de maintenant, un pain de savon enveloppé dans un filet soit suspendu au-dessus du lavabo, et ainsi, le médecin n'aurait plus qu'à se frotter les mains à ce filet pour se laver les mains.

Le professeur cligna des yeux avec nervosité. Mon Dieu, pensa-t-il. Mon Dieu ! Comment tout cela va-t-il finir ? Comment pourrons-nous combattre les épidémies qui se déclareront ? Comment pourrons-nous soigner les blessés en temps de guerre, quand il faut, en temps de paix, suivre ces terribles dispositions ? Finalement, il jeta dans la poubelle les deux journaux, l'*Anzeiger* froissé et la revue médicale. Puis il enleva ses lunettes et prit sa tête brûlante dans ses mains.

C'était le 24 décembre et si rien d'extraordinaire ne se produisait, le professeur Scherbach quitterait tôt l'hôpital pour rentrer chez lui fêter Noël en paix, avec une bonne bouteille de vin. Il serait tout seul, c'est ce qu'il préférait. Il ne voyait pas avec qui il aurait aimé passer cette soirée. L'hôpital est plein, pensait-il. Il n'y aurait pas de place pour un nouveau patient. J'ai terminé les visites, et aucune opération n'est prévue. Il était déjà en train d'enlever sa blouse blanche pour mettre sa veste marron, lorsque le Dr Killinger entra en trombe dans la pièce, sans frapper. Sur ses talons, un jeune homme furieux et ébouriffé, aux cheveux mouillés plaqués sur un visage maigre et pâle. Scherbach, en manches de chemise et sa veste à la main, frappa avec force le sol du pied.

« Silence ! cria-t-il. Comment osez-vous... » Puis il s'interrompit ; quelque chose, dans le visage du garçon, le rendit muet.

Killinger ouvrit la bouche comme pour s'expliquer et se défendre, mais le garçon ne put attendre. Avec la légèreté et la souplesse d'un chat, il bondit sur le médecin pour lui murmurer à l'oreille : « Vous devez prendre maman, vous comprenez ? Vous *devez* ! Ma mère est en bas, dans un taxi ; elle est à moitié paralysée, et je crois qu'elle a perdu la raison. Ce médecin dit qu'il n'y a pas de place pour elle, mais il doit y en avoir. Et vous allez la prendre, n'est-ce pas ? »

Scherbach fit comme s'il n'y avait rien d'inhabituel dans cette intrusion et comme si, lui, médecin-chef, appartenait au personnel qui s'occupait des admissions ; il demanda de sa voix professionnelle : « Votre nom ? Le nom de votre mère ? Quand la paralysie s'est-elle déclarée ? Quand a-t-elle perdu la raison ? »

Killinger voulait l'interrompre, mais le professeur le fit taire d'un geste. Tout en continuant de murmurer, Friedel Murks raconta l'histoire avec une grande exactitude, d'une voix crispée et tremblante. Scherbach l'invita à s'asseoir, mais Friedel ne l'écoutait pas.

« Et ce matin, murmura-t-il, ce matin, elle ne m'a pas reconnu, et elle a continué à prendre Behrens pour Max. Elle ne peut plus vraiment bouger. On l'a portée pour l'installer dans un taxi, et ça l'a fait rire d'une manière si horrible... » Il sanglotait.

Scherbach se tourna vers Killinger. « Le patient de la chambre 118 peut être transféré, n'est-ce pas ? » demanda-t-il.

Killinger commença à bégayer. « Mais – mais le patient de la chambre 118 est *SA-Standartenführer*, et il n'habite pas la ville.

— Alors, il faut le transporter à l'hôtel, dit Scherbach. La chambre doit être *immédiatement* libérée pour la nouvelle patiente, vous avez compris ? »

C'est alors seulement que Friedel s'assit sur une chaise.

« Dieu soit loué ! », dit-il, et ce furent les premiers mots qu'il ne murmura pas.

Après avoir jeté un regard rapide sur la nouvelle patiente de la chambre 118 qui ne cessait de ricaner, le professeur fit sortir Friedel.

« Va-t-elle mourir ? » demanda son fils qui se tenait sur le seuil de la chambre.

Le professeur ne lui répondit pas.

« Hémorragie cérébrale, dit-il à Killinger. Préparez une piqûre de Luminal, un sac de glace, et une saignée – Bon sang, faites vite, mon vieux ! »

Tout l'après-midi et jusqu'au soir du 24 décembre, le professeur resta près du lit de Frau Murks. Elle avait cessé de rire. Le Luminal et la saignée avaient eu un effet calmant, mais la malade ne pouvait pas parler et ne respirait que difficilement. Jusqu'à présent, elle n'avait pas eu de fièvre. Le professeur changea lui-même le sac de glace sur son front. L'infirmière qui était de garde secoua la tête et s'en alla. Il était évident que le professeur voulait rester seul avec la nouvelle patiente. Dehors, devant la porte fermée, l'infirmière était étonnée d'entendre parler le professeur. La voix profonde de l'homme s'adressait à la malade avec une tendresse réconfortante.

« Pouvez-vous m'entendre ? » demanda le professeur. Dans son lit, la femme ne pouvait bouger la tête, mais elle cligna des yeux, de ses yeux grands ouverts qui fixaient le médecin. Il savait qu'elle pouvait l'entendre. « C'est une terrible histoire, abominable et impardonnable. Ne croyez pas que nous tolèrerons cela longtemps. Je suis resté ici avec l'intention de vous le dire – car pour le reste, je ne peux pas beaucoup vous aider. »

Un faible bruit se fit entendre du lit où était la malade ; il semblait venir de la profondeur de ses poumons, et était accompagné d'un léger sifflement. Le professeur lui redressa la tête et toucha sa joue avec douceur. « De la fièvre », dit-il à haute voix et il pensa : le poumon. C'est ce que je craignais.

La femme le regardait, pleine d'espoir, en battant des paupières comme si elle le priait de poursuivre là où il s'était interrompu.

« Je connais l'histoire, dit-il, et ce n'est pas la seule que je connaisse. Vous n'êtes pas seule, Frau Murks, et vos fils non plus ne sont pas seuls, ni votre fils mort ni votre fils vivant qui connaîtra la fin et le nouveau commencement. Vous entendez ce que je vous dis ? »

La femme commença à gémir doucement, et l'effort qu'elle fit pour se retourner dans le lit provoqua un léger frémissement de tout son corps. Son visage était maintenant rouge comme une écrevisse, sa température grimpait, mais ses yeux gardaient ce même éclat plein de curiosité.

« Nous sommes tous responsables de ce qui arrive, dit le professeur Scherbach en se penchant sur elle. Je suis resté pour vous dire que je le sais. »

Puis il baissa la voix comme s'il se parlait à lui-même: «Maintenant et ici, pour la première fois depuis Dieu sait combien de temps, je me sens de nouveau propre.»

La femme souffrait beaucoup. C'est à son regard que le médecin savait qu'elle avait toute sa conscience. Il ne cessait de lui parler.

«Je m'occuperai de votre fils Friedel, dit-il. Ne vous faites aucun souci pour votre fils. Je l'enverrai à l'école et je veillerai à ce qu'il aille à l'étranger. Ou bien il pourra rester ici pour préparer la "fin", la chute des fausses idoles. Mais je ferai en sorte qu'il ne lui arrive rien, qu'il ne manque de rien, et qu'il devienne un jeune homme bien – je vous le promets, Frau Murks.»

Les larmes coulaient sur le visage rougi, mais les yeux et le visage restaient figés.

«Attendez, dit le médecin. Je vais vous donner quelque chose.»

Il alla dans le couloir et donna un ordre à l'infirmière qui était de garde. Elle le lui fit répéter.

«C'est une dose trop forte, dit-elle en lui tendant la seringue. C'est trop.»

Le professeur la congédia et elle partit.

«Je vais vous aider maintenant», dit-il, puis il dégagea le bras de la malade, mit en place un garrot et tamponna la peau avec un coton imbibé d'alcool. «Bientôt, vous irez mieux.»

Il n'y avait aucun espoir, pensa-t-il en faisant la piqûre. Elle aurait probablement passé la nuit, peut-être même la journée de Noël, mais quelle nuit et quelle horrible journée cela aurait été pour elle ! J'aurais pu prendre moi-même la double dose, et non pas la faire apporter par l'infirmière. Mais cette nuit-là, je voulais rester pur et cesser de jouer à cache-cache… En faisant très attention, il retira l'aiguille du bras de la malade.

La morphine qu'il avait administrée par intraveineuse fit aussitôt son effet. Le visage de la femme se détendit et elle ferma les yeux. Le médecin qui tenait sa main droite sentit le pouls devenir de plus en plus faible, jusqu'à ne plus battre du tout. La fièvre se retira alors du corps immobile, puis toute trace de chaleur disparut. La bouche de la femme qui, il y a quelques instants encore, était ouverte sous l'effet de la douleur, s'était fermée. Sur ses lèvres, un léger sourire flottait, mais le visage de la morte n'avait plus rien du visage plein et impassible de la bonne Frau Murks. Le visage de la mère était magnifique; le front était devenu lisse et rayonnait. On aurait dit un front d'enfant, comme celui du fils que l'on avait abattu alors que son bateau entrait au port.

Sans faire de bruit, comme s'il ne voulait pas troubler le sommeil de la morte, le professeur Scherbach alla dans le couloir.

« Tout va bien, dit-il à l'infirmière. C'est fini. »

Friedel était en bas dans l'entrée, assis sur les marches de l'escalier en pierre, et il attendait dans le froid.

« C'est fini, dit le médecin. Tu peux monter. »

Friedel bougea à peine; il laissa retomber la tête. Puis, la relevant, il fixa le visage du médecin.

« Vous avez fait *tout* ce qui était possible ? demanda-t-il.

— *Tout*, répondit le médecin, qui ajouta de façon à peine audible : tout – et même un peu plus. »

Cependant Friedel avait entendu. Il se mit debout et tendit la main.

« Merci. C'est mieux ainsi. »

Scherbach, les mains enfouies dans les poches de son manteau, se mit à marcher dans la ville. Les maisons étaient déjà sombres ; ici et là cependant, on voyait un arbre de Noël briller à une fenêtre.

« Oui, c'est mieux ainsi », dit-il en levant la tête et en fixant le ciel couvert à travers ses épaisses lunettes. « Quoi qu'il arrive, ce sera bien – ce sera mille fois mieux. »

Chapitre 10

Quand les lumières s'éteignent

Dans notre ville, la vie suivait son cours.
Son centre industrieux était impressionnant,
mais le paysage alentour invitait davantage
à la contemplation. Là, c'était la paix :
de grandes prairies, de douces collines, de calmes
ruisseaux. Et le sort de celui qui vivait
dans l'une de ces maisons modestes, enfouie
derrière les arbres et les buissons, était bien
enviable.

Le camarade du Parti, Hans Gottfried Eberhardt, était rédacteur littéraire à l'*Anzeiger*, notre important journal du matin. Il avait obtenu cette profession honorable et bien rémunérée peu après la prise du pouvoir par les nazis, c'est-à-dire au début de l'année 1933. Il était ainsi récompensé d'une part, pour son loyal dévouement au national-socialisme, d'autre part pour ses écrits qui sentaient le terroir, – tout pénétré qu'il était de la pensée allemande du sang et du sol. Comme écrivain, il était le contraire absolu des « écrivains de l'asphalte », ces bolchévistes de la culture. Hans Gottfried Eberhardt écrivait des

histoires de chasse qui, à l'époque de la République déjà, lui avaient valu une modeste réputation dans ce genre littéraire. Dans ses livres, il y avait des descriptions de paysages, des esquisses vivantes du tendre chevreuil, du fier cerf et de la grasse oie sauvage que guettait le chasseur «quand les brumes du matin recouvraient les vallées de leur voile d'argent, et que les gouttes de rosée festonnaient les brins d'herbe comme des colliers de perles».

Hans Gottfried Eberhardt était un homme modeste qui ne se prenait pas pour un grand artiste. Il était devenu membre du Parti à cause de son aversion pour les Juifs et parce qu'il ne pouvait pas souffrir les écrivains trop brillants, trop subtils et trop spirituels. Il avait le sentiment que, parmi eux, les Juifs étaient en très grand nombre, et qu'ils avaient tendance à tout détruire, considérant la vie d'une perspective toujours négative et traînant les choses les plus sacrées dans la boue, dans la seule intention de produire un effet. Il avait espéré que la prise du pouvoir par les nazis aurait une action purifiante sur la littérature allemande. Il souhaitait la naissance d'un nouvel idéalisme, le renouvellement des valeurs liées aux institutions et aux idéaux qui lui tenaient tant à cœur: la patrie et l'honneur, la franchise et le courage, les anciennes coutumes et les vieux usages, l'amitié virile, la vénération de la femme, gardienne du foyer.

Ses livres et quelques contributions occasionnelles à des magazines de loisirs lui avaient tout juste permis de nourrir sa famille. En tant que rédacteur littéraire à l'*Anzeiger*, il gagnait désormais cinq cents marks de plus par mois et en était pleinement satisfait. Il avait pu conserver la maison qu'il habitait en dehors de la ville, à la lisière de la forêt. Maintenant qu'il pouvait se permettre d'avoir une voiture, son trajet quotidien était un agréable intermède au cours duquel il rassemblait des idées pour son travail. Le soir, il était content de laisser derrière lui les rues et la foule, et de rentrer dans son domaine.

« Regarde », disait-il à sa femme en lui montrant l'immense fenêtre d'atelier qui occupait presque toute la façade de la maison des Eberhardt. « Regarde ! Tout ça, c'est notre Reich privé. Le calme canal, le sombre marais, la claire prairie et les obscures forêts, notre Reich, notre empire. Ici, pas de maîtres, hormis toi et moi. » Sa femme souriait. Frau Eberhardt était une jolie jeune femme sereine. Ses lourdes tresses brunes formaient comme une couronne autour de sa tête, et des bijoux bien choisis, un collier de perles de bois et une broche ancienne en corail, donnaient à sa robe de paysanne une touche artistique.

Dans la maison à la lisière de la forêt, il y avait trois enfants, deux filles de six et quatre ans, et Hans Adolf, âgé de onze mois lorsque son père fut nommé rédacteur littéraire à l'*Anzeiger*.

Au premier anniversaire du plus jeune, qui avait reçu le prénom de son père et celui du Führer, les Eberhardt avaient donné une fête. Tous les voisins étaient invités. Des amis vinrent de la ville – des peintres, des comédiens et des écrivains. Un énorme tonneau de bière occupait le milieu du salon. Diana, qui avait six ans – « sa marraine est la déesse de la chasse », dit fièrement son père –, et Elfi qui en avait quatre – elle tenait son nom des Elfes qui, comme son père l'assura avec sérieux, faisaient la ronde chaque nuit dans le marais proche –, récitaient les vers composés par leur père en l'honneur de cette occasion. À l'endroit où il était question du Führer, « le Maître et le Protecteur qui, maintenant et pour toujours, est invisible autour de nous », les enfants levèrent le bras droit bien haut devant eux. Cela effraya tant l'objet de la fête âgé d'un an, assis au milieu des invités dans sa chaise d'enfant décorée de fleurs, qu'il se mit à pleurer.

À huit heures, les enfants furent couchés et les adultes continuèrent la fête. Frau Eberhardt, le visage rayonnant, ravissante dans sa robe du soir tyrolienne en vieux brocart, et la jeune Greta Metz, la révélation de l'opéra-comique de notre ville, faisaient toutes deux les honneurs de la soirée. Fräulein Metz portait une robe de satin rose qui, selon ses propres mots, s'harmonisait à la perfection avec son « type svelte ». Ses cheveux aux reflets platine, ondulés à grands frais, portaient un diadème scintillant qui donna lieu à quelques taquineries qui dégénérèrent en un incident qui faillit gâcher la soirée, et Herr Eberhardt eut toutes les peines du monde à éviter le pire. Greta Metz était vexée, et il y eut des propos qui frisaient l'allusion politique.

« Ils ont trop bu », murmura Frau Eberhardt en jetant un regard soucieux à son mari, et elle alla faire du café pendant que l'hôte s'efforçait de rétablir une atmosphère amicale.

Il s'était passé la chose suivante : l'un des invités, peintre et secret admirateur de Fräulein Metz, avait attiré l'attention sur le diadème de celle-ci, et avait assuré en riant que « notre vénéré *Gauleiter*[1] » avait autant de goût artistique qu'un Louis II de Bavière.

« Les bijoux embellissent toujours les femmes, s'écria-t-il. Mais un peu de goût serait le bienvenu. Toi, une artiste, dit-il en se tournant vers Greta, tu ne devrais pas accepter que quelqu'un qui n'a aucun goût ridiculise ta jolie tête – même s'il est encore plus puissant que le *Gauleiter* en personne. »

Fraülein Metz nia catégoriquement.

« Le diadème, c'est mon beau-frère qui me l'a donné, dit-elle. Le mari de ma sœur me l'a acheté il n'y a pas longtemps. »

Mais notre ville était trop petite et le *Gauleiter* trop grand pour que de telles affaires passent inaperçues. Dans la pièce, tous savaient chez quel bijoutier le diadème avait été acheté et qui avait été l'intermédiaire. Et tous savaient aussi que Greta Metz, qui passait pour l'amie et la future femme du directeur du théâtre, avait failli perdre sa place parce qu'elle avait accueilli les avances du *Gauleiter* avec froideur. Le peintre, que la situation intéressait, se refusa à parler d'autre chose.

« Greta, dit-il, sois franche. Notre théâtre municipal est en perte de vitesse – pas seulement d'un point de vue artistique, parce que le *Gauleiter* n'a pas de goût et le directeur pas de colonne vertébrale, mais aussi d'un point de vue moral, parce que tous, vous

1. Dans l'organisation politique nazie, le *Gauleiter* était soit le chef d'une branche régionale du Parti, soit le chef d'une région, d'un district.

vous laissez mener par le bout du nez. Notre théâtre municipal est devenu une institution, dans le plus mauvais sens du terme – et seulement pour ceux qui portent un uniforme. Tout homme de la SA vient et prend ce qu'il veut, et Dieu vous garde, vous, les "artistes indépendants", si vous pensez différemment. »

À ce moment-là, l'hôte, horrifié, tenta d'arrêter le flot de paroles.

« Mon cher Gustav ! s'écria-t-il. Aurais-tu complètement perdu ton sens de l'humour ? Voyons, les uniformes appartiennent au théâtre, ils ajoutent au tableau. Et pourquoi les artistes indépendants penseraient-ils différemment ? Nos SA sont des gars qui ont belle allure, et quant à notre *Gauleiter*...

— Est-ce qu'avec sa grosse bedaine et ses jambes arquées, tu dirais qu'il a belle allure ? dit le peintre en riant. Allez, Greta, sois franche, tu le penses ? »

Greta lui tourna le dos sans répondre. Au lieu de cela, c'est le rédacteur en chef de l'*Anzeiger*, le supérieur d'Eberhardt, qui prit la parole.

« Reprenez-vous, conseilla-t-il au peintre excité, vous allez vous attirer des ennuis. »

Le peintre, dont le visage s'était empourpré, fit un effort visible pour ravaler ce qu'il avait sur le bout de la langue.

« Ce n'était qu'une plaisanterie, dit-il. Ça doit quand même être encore permis, non ? »

Eberhardt poussa un soupir de soulagement. À cet instant, sa femme entra avec le café fumant et la paix fut rétablie.

Plus tard dans la nuit, alors qu'ils étaient au lit, les Eberhardt passèrent en revue la soirée et l'incident.

« Tu imagines un peu ? » demanda l'écrivain, après avoir raconté ce qui s'était passé quand sa femme était allée préparer le café. « Je ne savais pas où me mettre. »

Les lourdes tresses brunes de Frau Eberhardt reposaient sur le couvre-lit; elle avait les mains jointes et regardait le plafond de façon pensive. « La situation au théâtre, en ville, et dans toute l'Allemagne en général n'est pas drôle. Mais peut-être cela n'est-il que passager, et ça n'a aucun sens de faire des histoires à propos de ce que l'on ne peut de toute façon pas changer. »

Son mari approuva. « J'espère que le patron ne le prendra pas mal. Mais Dieu sait que je ne n'y suis pour rien. »

L'air de la nuit, frais et humide, entrait par les fenêtres de la chambre. Dans le ciel, la lune était presque pleine. Sa lumière tombait sur les étroits lits jumeaux des époux. La porte qui donnait sur la chambre des enfants était ouverte. Il semblait à la mère qu'elle pouvait distinguer la respiration de chacun des trois enfants. En réalité, on n'entendait aucun bruit dans le silence de la nuit.

Ce n'était pas facile d'être journaliste à la « grande époque » qui commençait pour l'Allemagne. Hans Gottfried Eberhardt, auteur de récits de chasse, s'en rendait compte de plus en plus fréquemment. Ses descriptions de la nature et des animaux continuaient à être bien accueillies dans les sphères les plus hautes du pouvoir. Mais, depuis qu'il n'écrivait plus comme ça lui chantait et qu'il devait livrer des textes ponctuellement, selon un calendrier fixé par le gouvernement, son travail ne lui procurait plus beaucoup de joie. De plus, il avait les yeux en face des trous et il était d'une honnêteté foncière; ce qu'il devait passer sous silence le tourmentait plus que ce qu'il devait écrire.

La vie culturelle dans notre ville – les programmes du théâtre municipal, des écoles et des universités, et la position de l'Église – était du ressort du rédacteur littéraire. Mais il était difficile d'aborder une question quand la plus infime critique était interdite, et que le sujet lui-même étant souvent tabou, il était déjà dangereux d'y faire allusion.

Telle était la situation en 1936. L'évolution se faisait par étapes, de telle sorte que Hans Gottfried Eberhardt n'aurait pas su dire quand il avait, pour la première fois, eu un motif d'inquiétude et d'irritation. Il pouvait se souvenir d'un court article qu'il avait écrit en 1935, dans lequel il avait, avec prudence et de manière cryptée, critiqué le Führer. L'occasion et le sujet lui avaient été fournis par un accident qui s'était produit en dehors de la ville. Un bus bondé avait échappé au contrôle du conducteur et avait versé dans le fossé. Le rédacteur Eberhardt s'était largement exprimé sur l'« irresponsabilité du conducteur » qui avait mis en danger la sécurité publique.

« Les innocents voyageurs pleins de confiance », tels étaient les termes qu'il avait employés, « accordent aveuglément leur confiance à l'homme qui doit les conduire à bon port. Ce dernier conduit trop vite, soit par faux orgueil, soit par incompétence. Il ne tient compte ni des tournants ni d'autres dangers. Il perd le contrôle de son véhicule qui devient fou, et les passagers comprennent alors que le conducteur les a laissés tomber. Ils veulent descendre, ils veulent se sauver. Mais c'est déjà trop tard. Le bus plein d'hommes, de femmes et d'enfants dérape dans le fossé. Que Dieu protège les passagers qui font confiance à un tel conducteur et qui ne se rendent pas compte *à temps* – à la première faute commise – qu'ils sont en danger et qu'un *changement de conducteur* est impératif. »

Ce commentaire du rédacteur littéraire parut en petits caractères à la quatrième page de l'*Anzeiger*. Et pourtant il fit sensation dans différents cercles de notre ville. L'extrait du journal passa de main en main et fut discuté avec surexcitation entre amis. Personne n'ignorait l'identité de celui auquel le rédacteur pensait. À l'étonnement d'Eberhardt les autorités locales ne le poursuivirent d'aucune manière pour cette faute. Son chef ne le réprimanda même pas. Très vite, l'incident fut oublié.

Des mois et des années passèrent. Hans Adolf avait maintenant cinq ans; c'était un ravissant gamin aux yeux noirs et à la belle peau brune. Selon les prescriptions en vigueur, il était nécessaire de l'envoyer deux heures par jour au jardin d'enfants, même si Frau Eberhardt l'aurait bien plus volontiers gardé à la maison. Mais la jeune femme qui avait été nommée au poste de directrice du jardin d'enfants par les autorités nazies était allée voir les Eberhardt afin de leur suggérer d'habituer l'enfant de façon précoce à la « vie communautaire avec ses petits camarades allemands ». Et le rédacteur Eberhardt n'avait pas osé s'opposer à ses exigences. Diana et Elfi étaient peu souvent à la maison. Hormis l'école, il y avait la Ligue des Jeunes Filles allemandes, avec sa kyrielle de cours, d'exercices et de randonnées. Et il aurait été en effet difficile à Frau Eberhardt de consacrer à ses enfants le temps dont ils avaient besoin. Elle aussi passait chaque semaine une grande partie de ses journées et plusieurs soirées à remplir ses devoirs à la Ligue national-socialiste des Femmes, avant même d'être « enrôlée » en 1938 comme ouvrière à l'usine métallurgique.

Dans ces années-là, Eberhardt ne parla pas une seule fois de son « Reich privé ». En réalité il n'avait plus aucun Reich privé, car désormais tout était soumis aux ordres du Führer et de ses satellites. Près de la maison des Eberhardt, il y avait maintenant les baraques en bois du camp de concentration. La vue que l'on avait de la fenêtre de l'atelier n'était plus si belle. S'il fallait admettre que les ennemis de l'État devaient être traités avec la plus grande rigueur, les baraques étaient cependant un triste signe de l'époque.

« Ne laisse pas notre Hansi seul dehors, à courir devant la maison, demanda Eberhardt à sa femme. L'endroit est infesté de vagabonds depuis qu'ils ont construit ces baraques en face. »

Frau Eberhardt acquiesça. Elle ne savait certes pas qui son mari désignait par le mot « vagabonds », alors que les prisonniers étaient sous les verrous et que l'on ne pouvait qualifier ainsi les gardiens de la loi en uniforme.

« Je le surveille, sois tranquille, promit-elle. Mais tu ne dois pas continuer à l'appeler Hansi. Il s'appelle Hans Adolf, et on pourrait penser que nous n'apprécions pas son deuxième prénom, si nous l'appelons toujours Hansi. Et les autres garçons se moquent de lui car Hansi est le nom d'un fils à maman ou d'un canari, et non celui d'un futur soldat. »

Au cours de l'été 1938, le premier incident vraiment désagréable se produisit à la rédaction. Le Jour de l'Art allemand était férié et, comme d'habitude, le clou des festivités était le discours du Führer sur l'art. Comme dans tous les autres journaux, le discours fut imprimé en première page de l'*Anzeiger*. C'était le devoir du rédacteur littéraire de rédiger une introduction et un commentaire final, et d'insister sur la signification décisive des paroles du Führer.

Bien sûr, il était interdit de procéder à quelque suppression ou correction que ce fût. Ce que le Führer disait était définitif et sacré. Bien que le rédacteur et auteur de nouvelles Eberhardt ne fût ni un stylisticien de premier ordre ni un maître hors pair de la langue allemande, son esprit ne pouvait s'empêcher de gémir sous les grossières fautes grammaticales qui se trouvaient à profusion dans le discours du Führer. Chaque fois qu'une déclaration du Führer se trouvait sur son bureau, le crayon rouge semblait tressaillir dans sa main. Alors qu'il était en train de réfléchir à ce qu'il pourrait dire du discours sur l'art, et quels adjectifs laudatifs il pourrait utiliser, son crayon se déplaça au-dessus de la feuille. Sans en avoir conscience, il souligna toutes les phrases incorrectes, toutes les comparaisons boiteuses et les métaphores bancales. Puis il compta les erreurs grossières. Il y en avait trente-trois : trente-trois fautes graves de grammaire et de style dans un seul discours.

Assis à son bureau, Hans Gottfried Eberhardt, le crayon rouge à la main, riait tout seul. « Trente-trois fautes – Élève recalé ! », dit-il en inscrivant la note en grand et en rouge sous la dernière phrase – qui, pour faire bonne mesure, avait aussi deux fautes.

Il sursauta d'effroi. Le rédacteur en chef, qui était entré sans frapper, se tenait sur le seuil du bureau.

« Le texte est-il prêt ? » demanda-t-il.

Eberhardt se leva d'un coup et, aussi vite qu'il put, recouvrit de quelques journaux le discours raturé au crayon rouge.

« Faites-moi voir », dit le rédacteur en chef, surpris par l'attitude étrange de son collaborateur. Eberhardt ne bougeait pas, et le rédacteur en chef prit le *corpus delicti* sous les journaux.

« Pour l'amour de Dieu… bredouilla le rédacteur littéraire, ce n'était que pour moi, enfin, je veux dire que ce n'était rien du tout, une plaisanterie idiote, je voulais seulement… »

Le visage du rédacteur en chef était comme pétrifié.

« Une plaisanterie d'une extraordinaire et exceptionnelle idiotie », dit-il en foudroyant du regard son collaborateur qui tremblait. Si le sol pouvait s'ouvrir sous moi, priait Eberhardt en silence, s'il pouvait m'engloutir. Mais rien de tel ne se produisit.

« Parfois je me demande si vous tournez bien rond, remarqua le directeur en chef sur un ton radouci. Je me le suis en effet souvent demandé. Par exemple, lorsque vous avez fait ce lamentable commentaire sur le conducteur de bus. À d'autres occasions encore, dont vous vous souvenez certainement. Mais que diable, où donc voulez-vous en venir ? »

Comme Eberhardt restait muet, son interlocuteur continua : « Est-ce que les choses ne vont pas bien pour vous ? Elles ne vont donc pas beaucoup mieux qu'avant ? N'avez-vous pas une excellente place, et ne pensez-vous pas qu'en Allemagne tout est excellent – tout ou presque tout ? »

Eberhardt acquiesça. Il respirait avec difficulté.

« Trente-trois fautes ! » dit le rédacteur en chef en brandissant la feuille. « Eh bien soit ! Il y a donc trente-trois fautes. Mais en quoi cela vous concerne-t-il ? Qui cela regarde-t-il, si le Führer écrit dans un allemand qui lui est propre ? Occupez-vous de vos affaires ! » hurla-t-il soudain, et une horrible veine bleue se mit à gonfler sur son front. « Et je peux ajouter que vos affaires à vous ne sont pas brillantes non plus, loin de là ! »

À son propre étonnement, Eberhardt recouvra ses esprits au moment où son chef perdait toute maîtrise de soi.

« Cher Camarade du Parti, dit-il, et son sourire était éloquent, je suis content que ma plaisanterie, stupide et déplacée, m'ait au moins donné l'occasion de connaître vos véritables opinions. Car, pour être franc, à plusieurs reprises, j'ai eu des doutes à votre sujet. Lorsque nous sommes allés à la réunion du Parti il y a quelque temps – vous vous en souvenez, je pense, votre femme avait son anniversaire – vous avez dit que vous saviez déjà, à l'avance, ce que l'orateur allait dire, et que c'était une pure perte de temps de rabâcher toujours les mêmes choses. Et quand nous avons été obligés d'imprimer cet article élogieux sur les meurtriers de Dollfuss, et que vous avez dit… »

Le rédacteur en chef avait levé les sourcils.

« Oui, oui, bien, répondit-il. On dit ça après une longue journée de travail. Vous savez que mes opinions ont toujours été irréprochables.

— Tout comme les miennes, dit Eberhardt. Et vous n'avez pas l'intention de les mettre en doute pour quelques ratures faites au crayon rouge sur cette feuille. »

Avec calme, il prit les feuilles des mains de son chef, les déchira en mille morceaux qu'il jeta dans la corbeille à papier.

« Ayez donc l'amabilité de me faire donner une copie, dit-il. Dans cinq minutes, elle sera prête pour le typographe. »

Son chef sortit et lui apporta une nouvelle copie.

« Très bien, dans cinq minutes », dit-il.

Eberhardt était seul.

Alors il se mit à transpirer et à trembler de tout son corps. Ça aurait pu mal finir pour moi. Oui, très mal. Il savait que les choses n'avaient pas vraiment tourné à son avantage car, dorénavant, il serait très surveillé. Cette fois-ci, son sang-froid lui avait sauvé la mise. Mais ce sang-froid, son chef ne le lui pardonnerait jamais, même s'il oubliait l'affaire des trente-trois fautes. Eberhardt avait osé rappeler à son chef des propos séditieux qui lui avaient échappé ; pire, il avait, de manière tacite, menacé de les révéler – c'était impardonnable, et pouvait en fin de compte conduire à sa propre perte, même si, pour le moment, cela l'avait aidé.

Une année entière s'écoula avant que le rédacteur littéraire de l'*Anzeiger* perdît sa place. Depuis l'incident des trente-trois fautes, il avait été très circonspect. Il s'était gardé de la moindre provocation, il avait évité jusqu'à l'ombre d'une faute qui aurait pu servir de prétexte à un licenciement. Et même lorsque la terrible lettre se trouva devant lui, sur le bureau, Eberhardt ne put se souvenir d'aucun faux pas – pas une seule fois, il ne s'était fait remarquer, ni n'avait transgressé l'esprit des « intentions du gouvernement » ; à plus forte raison, d'avoir formulé, comme dans le cas du bus accidenté, de violentes critiques à peine voilées contre le Führer. La lettre de licenciement était ainsi rédigée : « Le ministère de l'Éducation nationale et de la Propagande est d'avis que le camarade du Parti Hans Gottfried Eberhardt doit être relevé de ses fonctions dans les plus brefs délais. » Le rédacteur en chef se vit contraint de le renvoyer « à son plus grand regret ».

Eberhardt se sentit étrangement soulagé de vivre son dernier jour « de service » et de ne plus jamais être obligé de rédiger des introductions aux discours du Führer ou des articles sur l'extension de « l'espace vital ». Cependant, il fouillait dans sa mémoire pour savoir quel crime il avait pu commettre. Comme il ne voyait aucune explication, il alla voir le rédacteur en chef qui l'accueillit avec un sourire triomphant.

« Vraiment désolé, Camarade du Parti, dit le chef. Mais l'article sur le Tyrol du Sud était indéfendable. Quelqu'un a dû envoyer votre gentille contribution au ministère, car je suppose qu'en haut lieu, on ne lit pas notre *Anzeiger* local de façon régulière.

– Le Tyrol du Sud ? demanda Eberhardt. Mais c'était dans la ligne officielle. »

Le chef haussa les épaules.

« Dommage, dit-il. Cela était certes en accord avec

la ligne officielle quand vous l'avez écrit, mais quand vous l'avez publié, votre article était en contradiction absolue avec celle-ci. Entre-temps, en effet, la ligne officielle sur la question du Tyrol du Sud avait complètement changé. Vous auriez dû le savoir, Camarade du Parti. Il y a peu de temps, nous avons reçu les nouvelles directives. Vous ne vous en souvenez plus ? »

Non, Eberhardt ne s'en souvenait plus mais, soudain, il comprit ce qui s'était passé. Le rédacteur en chef n'avait pas transmis les nouvelles directives. Onze mois durant, avec patience et obstination, il avait guetté l'occasion, et elle s'était enfin présentée. Il avait vu l'article de son rédacteur littéraire sur le Tyrol du Sud, il savait qu'Eberhardt avait fait l'éloge du Tyrol du Sud comme « le plus ancien territoire de culture allemande », et celui des Tyroliens du Sud comme « les Allemands liés par un héritage immémorial et pour l'éternité à la terre sainte de leur patrie. Que signifient les frontières politiques ? » avait ajouté l'auteur de récits de chasse. « Que signifient les différences monétaires et administratives entre deux régions ? Rien, elles sont nulles et non avenues, et il faut qu'il en soit toujours ainsi, quand le sang et la langue, les traditions et les façons de penser sont issus de la même immortelle source allemande. Laissons notre grand voisin et ami du Sud étendre sa main protectrice sur le Tyrol du Sud; nos frères de là-bas n'ont rien à craindre de lui. La terre qu'ils cultivent leur appartient, et aussi longtemps qu'ils y ont leurs racines, leur vie sera bénie. »

Dans ces observations qui lui avaient laissé un sentiment désagréable, Eberhardt avait glissé l'une de ses fameuses descriptions de la nature. Il considérait son article à la fois comme un modèle de prose national-socialiste et comme un morceau de bravoure idéologique. La publication en avait pourtant été retardée. L'article de six colonnes avait dû attendre qu'il y ait de la place dans le journal. Pendant ce temps, la nouvelle ligne du Parti avait été annoncée. Eberhardt, qui en ignorait tout, avait publié l'article à un moment défavorable. Inutile de se demander qui avait attiré l'attention du ministère: un regard jeté sur le visage du chef suffit à Eberhardt pour savoir de qui il s'agissait.

Il était cependant toujours sous l'effet d'un immense soulagement et il se contenta de dire: « Cela a dû m'échapper. Que s'est-il passé ? Vont-ils évacuer nos frères du Tyrol du Sud et abandonner cette partie de notre espace vital ? Ce serait vraiment étonnant, n'est-ce pas ? »

Avec impatience, le rédacteur en chef tambourina sur le bureau avec son crayon : « Cela ne nous regarde pas, Camarade du Parti. "La question du Tyrol du Sud est à éviter sans faute jusqu'à nouvel ordre." Voilà les consignes. Les ordres se bornaient à cela. Mais c'étaient les ordres, et vous les avez enfreints. »

Il tambourina encore une fois sur la table pour signifier que l'entretien était terminé, et il se pencha de nouveau sur ses papiers. Eberhard était congédié.

Hans Gotfried Eberhardt avait été rédacteur en chef littéraire à l'*Anzeiger* pendant six ans. Pendant six ans, il avait écrit ce que voulait le gouvernement, et refoulé ce qui ne lui plaisait pas. Et pendant six ans, il en avait été récompensé par un bon salaire. Il avait vécu avec simplicité dans sa petite maison à la lisière de la forêt, et au bout de trois ans, il avait déjà économisé la petite fortune de 15 000 marks. Pour des raisons qu'il n'aurait lui-même pas su expliquer, il n'avait pas placé cet argent en banque, mais il l'avait investi dans des tableaux et des tapisseries. En 1937, avec une autorisation officielle bien sûr, il avait envoyé sa petite collection en Angleterre. Elle avait été surestimée, de telle sorte qu'Eberhardt avait dû acquitter une énorme taxe d'exportation – une chance qu'entre-temps sa femme ait hérité de son père. La collection avait alors été emballée sous les yeux de la commission des douanes et expédiée par bateau. De nombreux hauts fonctionnaires nazis possédaient des objets de valeur à l'étranger – et même des comptes, mais en secret et sans autorisation officielle – et le rédacteur littéraire de l'*Anzeiger*, le camarade du Parti Eberhardt, était après tout l'un des membres haut placés de l'organisation.

Lorsqu'il sut que sa collection était bien arrivée en Angleterre, Eberhardt rendit visite au consul des États-Unis qui résidait dans notre ville. Il n'informa même pas sa femme qu'il rassemblait les informations nécessaires pour émigrer aux États-Unis. Un an plus tard, il obtint son visa d'entrée. On ne sait jamais, se disait-il, et ce visa dans son passeport le rassurait comme s'il s'agissait d'un talisman qui avait tous les pouvoirs. Cependant l'idée d'émigrer et d'abandonner sa patrie ne l'avait jamais vraiment séduit. Des choses étranges et horribles avaient beau se passer autour de lui, il était malgré tout un Allemand, un poète qui chantait le sang et le sol, un citoyen de notre ville qui considérait le reste du monde comme un univers hostile, ou au moins comme étranger. Comment aurait-il pu fuir sa propre patrie et chercher un refuge hors d'elle ?

Bien qu'il fût licencié et qu'il sût que l'exclusion du Parti suivrait bientôt, il n'avait pas la moindre intention d'utiliser son talisman. Il restait à la maison et écrivait des histoires d'animaux, comme dans le bon vieux temps. Entre-temps, Frau Eberhardt avait été mobilisée et travaillait à l'usine métallurgique, et Eberhardt serait sans aucun doute, à son tour, un jour ou l'autre, astreint à un service quelconque. Ce n'était pas si mal, c'était en tout cas mieux que de passer ses journées dans son bureau de la rédaction à vendre son âme au diable.

Tout travail ennuyeux « au service de la patrie » lui semblait maintenant plus supportable que cette langue de bois qui, chez lui, n'était jamais venue du cœur.

Même sa façon de considérer les Juifs avait changé au fil des ans. Il ne croyait plus qu'ils étaient « destructeurs » ou « ne pensaient qu'à noyauter la société ». Il lui semblait davantage que leur persécution était injuste et en dessous de toute dignité – et très en dessous de la dignité de leurs persécuteurs. Ce qui le tourmentait surtout, c'était de voir, depuis les fenêtres de sa maison, les prisonniers du camp de concentration qui travaillaient dans les tourbières. Parmi eux, il y avait des Juifs, des catholiques, des communistes, des démocrates, toutes sortes d'hommes, et, au fond de lui, Eberhardt en vint à la conclusion que les uns comme les autres, ils étaient tous innocents, aussi innocents que lui, licencié sans préavis.

Sous ses yeux, les prisonniers – silhouettes hâves et voûtées – trimaient avec des pioches et des pelles. Ils étaient surveillés en permanence par des soldats armés qui, oisifs, s'asseyaient par groupes, buvaient, riaient et bavardaient. Il arrivait qu'un prisonnier ne travaillât pas assez vite, ne remplît pas sa pelle de terre à ras bord ou reprît son souffle. Alors, une botte lui cassait les reins ou un poing écrasait son visage en sueur. Assis à son bureau, Eberhardt ne pouvait se concentrer. Il était difficile d'écrire d'idylliques histoires d'animaux quand, dehors, à sa porte, des hommes comme lui étaient plus maltraités que des bêtes. En colère, il chiffonna une feuille – il avait pris conscience qu'il avait attribué à son héros, un chasseur, une pitié ridicule et déplacée pour les animaux persécutés. « Ça ne peut plus continuer ainsi », dit-il à voix haute, puis il se leva et sortit.

Le SA le vit faire un signe auquel il obéit en s'approchant.

« Écoutez, dit Eberhardt. Je n'ai pas envie de vous voir bousculer les prisonniers. Ça m'empêche de travailler. Si vous devez y aller un peu fort, soyez assez bons pour le faire dans les baraques ou derrière les barbelés. Mais pas dehors, car tout le monde peut vous voir. Des personnes non autorisées peuvent aller raconter ça à l'étranger. Et ce n'est pas l'intérêt du gouvernement de laisser l'atroce propagande de l'étranger se répandre encore davantage contre nous. »

Le SA avait écouté en silence.

« Je transmettrai votre plainte, dit-il. Je ne crois pourtant pas que cela servira à grand-chose. En ce qui me concerne, je maltraite les prisonniers aussi peu que possible. Si mes camarades agissent autrement, c'est leur affaire, et le gouvernement n'a rien contre. Les prisonniers sont à traiter avec "une dureté impitoyable". En tout cas, je transmettrai votre plainte, je ne peux pas faire plus. »

Lorsque la « plainte » fut transmise, elle n'eut aucun effet. Au fil du temps, Eberhardt trouva que les prisonniers étaient moins bien traités et davantage torturés. Il parla de cette malheureuse affaire à l'un de ses bons amis – par hasard, c'était le peintre qui, à l'anniversaire de Hansi, avait failli avoir des ennuis. Son travail n'avançait plus, les prisonniers maltraités lui avaient ravi la paix et il ne pouvait plus se concentrer.

Quelques jours plus tard, il fut arrêté.

Il passa six longues semaines dans la prison de notre ville, les plus longues de sa vie. Une fois par semaine, sa femme avait le droit de lui rendre visite et de lui amener l'un des enfants. Diana, Elfi et Hans Adolf vinrent, chacun à leur tour, voir leur père un quart d'heure. Comme le surveillant assistait à l'entretien, ils parlaient peu, et tous, sauf le petit qui ne se rendait pas compte de la gravité de la situation, étaient abattus et gênés. C'est son jeune fils de sept ans que l'écrivain était le plus heureux de voir. « Hansi ! », ne cessait-il de répéter en caressant avec tendresse les cheveux blonds du petit. « Hansi ! Je crois bien que tu as encore grandi. Tu es un véritable géant ! »

Hansi n'était pas impressionné par la prison qu'il inspectait.

« C'est si *horrible* ici ! dit-il avec sa voix aiguë d'enfant. Tu n'aimes pas être ici, hein ? »

Eberhardt répondit que ce n'était pas si terrible, mais qu'il aimerait pourtant bien savoir pourquoi il était ici. Une telle question n'était pas permise : le surveillant interrompit la visite et rappela que l'entretien politique était interdit. Frau Eberhardt, qui était pâle et fatiguée, secoua la tête en guise de réponse à la question muette de son mari. Elle non plus ne savait pas pourquoi on l'avait arrêté.

L'idée que son ami le peintre avait pu le dénoncer le faisait souffrir. Il n'avait parlé à personne d'autre des conditions de vie au camp de concentration. Son arrestation ne pouvait pas être liée à ses opinions ; trop de temps s'était écoulé depuis son licenciement de l'*Anzeiger* à cause du Tyrol du Sud pour expliquer la punition actuelle. Si mon procès pouvait avoir lieu, priait Eberhardt. L'incertitude était pire que tout.

Son procès eut lieu. Il devait cette chance au SA auquel il s'était plaint. Ce dernier avait su, par hasard, que l'écrivain avait été arrêté, il était d'abord allé voir le commandant du camp, puis la police. Il expliqua qu'Hans Eberhardt avait agi correctement : en portant plainte contre le traitement des prisonniers, il voulait devancer la propagande étrangère. C'est pourquoi le SA était persuadé que les déclarations d'Eberhardt au peintre n'étaient en aucun cas hostiles envers l'État. Il estimait juste que le prisonnier soit jugé devant un tribunal.

La police était du même avis, et Eberhardt eut le droit de préparer sa défense.

Parler en présence de son ami le peintre qui comparut comme témoin de la plainte lui fut très difficile. Le peintre aussi parlait d'une voix blanche et ne put regarder l'accusé dans les yeux. Eberhardt se demandait ce qui avait pu l'amener à faire une telle chose. Et pourtant il n'éprouvait aucune haine envers lui, plutôt de la pitié de voir que l'homme était tombé si bas ces dernières années.

Le SA fit une excellente déposition, très sensée, qui convainquit le juge par sa simplicité.

« Je crois qu'il ne pensait qu'à l'intérêt national, votre Honneur, dit-il. C'est un écrivain et un bon patriote, et je suis sûr que c'est un homme bon… » Il prononça cette dernière phrase à voix basse, comme s'il se parlait à lui-même, mais ces mots produisirent leur effet. Eberhardt fut déclaré non coupable et il quitta la prison le jour même.

Quand la décision de ne plus « jouer le jeu » et de commencer une nouvelle vie mûrit-elle en lui ? Quand se décida-t-il à utiliser le talisman qui était dans son passeport ? Il n'aurait su le dire lui-même. Ce ne pouvait pas être durant sa captivité, car il était alors persuadé qu'il ne serait jamais libéré. Les meules de la terreur nazie broyaient très fin et quand on était pris dans leur engrenage, il semblait bien inutile de prendre une décision.

Mais une fois dans la voiture avec sa femme et ses enfants, roulant à travers les rues de notre ville, il sentit que celle-ci était déjà derrière lui – qu'il allait partir et peut-être ne plus jamais la revoir. Là, c'était la vieille place du marché avec la statue équestre bien familière. Là, c'était l'étroite Glockenstraße et la belle et large allée qui conduisait à la gare, et plus loin vers la campagne. Il les regardait comme si c'étaient des amis qu'il avait perdus. L'air estival, empli d'effluves venus de la montagne, était irréel comme l'air des rêves. Sa petite maison, son bureau devant la grande fenêtre, les lits étroits côte à côte ne semblaient plus lui appartenir. Seuls lui appartenaient ses enfants et sa femme, si maigre et si épuisée par le travail qu'il sentait son cœur se serrer chaque fois qu'il la regardait à la dérobée.

Il croyait que tout était prêt pour le départ, mais il se rendit compte qu'il était dans l'erreur. Hans Gottfried Eberhardt entra dans un véritable sabbat, dans une ronde infernale de questionnaires, de règlements, d'interdictions et de formalités.

Les consignes militaires constituèrent le premier obstacle. Eberhardt était un Allemand aryen en âge de faire son service. Dans son cas, une émigration n'était pas souhaitée. À cela il répliqua qu'un oncle de sa femme, vivant aux États-Unis, membre de l'Association germano-américaine, était un fervent défenseur du Troisième Reich. L'avocat d'Eberhardt précisa dans sa requête que cet oncle avait eu l'initiative de cette demande de visa. Le même oncle avait aussi laissé entendre qu'il avait, de toute urgence, besoin d'un assistant capable, quelqu'un qui vînt tout récemment d'Allemagne, et qui sache désamorcer les mensonges répandus sur la nouvelle Allemagne. Un fonctionnaire influent de la Gestapo trouva cet argument très convaincant, avant tout parce qu'Eberhardt signa, en reconnaissance d'une « dette ancienne », un document dans lequel il laissait sa maison de campagne et sa voiture à ce même fonctionnaire.

Et pourtant, combien de tampons fallut-il arracher aux bureaucrates, combien de demandes fallut-il signer, combien de stations sur ce chemin de croix fallut-il endurer ! Le pire, ce furent les questions d'impôts, car tant quelles ne furent pas réglées comme le souhaitait l'État, Eberhardt ne pouvait entreprendre aucune démarche pour obtenir le dernier tampon, celui sans lequel toute sortie du territoire était impossible. L'affaire, au fond, était simple, pensa-t-il. Il fallait abandonner tout ce qu'il possédait. Ce n'était pas grand-chose : 12 000 marks sur son compte en banque qu'il allait de soi de laisser derrière lui. C'est pourquoi il fut étonné, un matin, de voir venir chez lui, sans prévenir, l'inspecteur en chef Bartel.

Le haut fonctionnaire semblait de très bonne humeur.

« Alors, Camarade du Parti, comme ça, vous voulez nous quitter ? demanda-t-il sans tourner autour du pot. Tout est en ordre ? Vous avez toutes vos autorisations pour les bagages ? »

Eberhardt, qui avait Hansi sur les genoux et tenait un livre d'images à la main, se leva d'un bond.

« Autant que je sache, tout est en ordre. Mais cette semaine, je suis allé cinq fois à la préfecture de police et je ne peux récupérer mon passeport. D'abord, on ne le retrouvait plus, et hier il était à Berlin !

— Votre passeport, c'est moi qui l'ai ici ! » dit l'inspecteur en chef des douanes en tapotant la poche intérieure de son manteau. « Mais dans la poche gauche, j'ai un autre document. Si vous pouviez faire sortir le petit, nous pourrions parler d'homme à homme.

— Va, Hansi, dit le père et le petit courut à la cuisine.

— Vous possédez des biens en Angleterre – des tableaux et des objets de valeur, n'est-ce pas ? » demanda l'inspecteur en chef.

Eberhardt déglutit. « Oui, bien sûr. Vous vous souvenez, vous avez vous-même fait expertiser la collection, et j'ai payé la taxe à l'exportation. »

L'inspecteur Bartel sourit. « Bien sûr que je m'en souviens, dit-il. C'est correct. Vous avez vendu les tableaux ?

– Non, non, ils n'ont pas été vendus. Ils sont à Londres, dans un coffre. »

L'inspecteur consulta son carnet. « Autrefois, nous avons estimé la valeur de l'ensemble à 22 000 marks. C'est une jolie petite somme. Si vous parveniez à tout vendre, vous n'en obtiendriez pas moins de 1 500 livres, pour peu que vous sachiez vous y prendre.

– Combien dois-je vous envoyer ? » demanda Eberhardt, qui au fond de lui-même était prêt à abandonner toute la somme si son interlocuteur lui rendait son passeport.

« Envoyer ? demanda l'inspecteur en chef. Envoyer, Camarade du Parti ? Qui parle d'envoyer ? Vous devez verser cette somme *ici*, avant de partir – sinon vous devez rester. Voilà la situation. »

Eberhardt était devenu blême.

« Mais c'est impossible ! s'écria-t-il. D'après vous, comment dois-je faire ? Je ne connais personne en Angleterre. De plus, les tableaux et les tapisseries n'ont pas autant de valeur. Vous avez tout de même – enfin, nous avons surestimé leur valeur. Je n'ai pas la moindre chance d'obtenir 1 500 livres pour la collection. »

Herr Bartel caressa sa courte moustache ; cela fit un petit bruit désagréable.

« Quinze cents livres et pas un penny de moins. »

Eberhardt vit que l'affaire était sans espoir et il dit avec une cordialité forcée: « J'ai une proposition à vous faire, Inspecteur, et je suis sûr que vous allez l'accepter. Je fais venir mes affaires d'Angleterre. J'appelle ma banque à l'instant. Mes tableaux seront là dans quelques jours, et je pourrai quitter le pays. »

Le fonctionnaire ignora cette proposition avec un sourire mi-dédaigneux, mi-compatissant.

« Nous ne voulons pas vos tableaux, Herr Eberhardt. Nous voulons mille cinq cents livres en monnaie anglaise. C'est tout.

— Mais si je n'arrive pas à obtenir ces devises ? » demanda Eberhardt, tout en sentant le sang couler de sa lèvre inférieure, tellement il s'était mordu fort. « Si je n'arrive pas à les obtenir ? »

L'inspecteur haussa les épaules.

« Je viens de vous dire, dit-il en détachant chaque syllabe, je n'ai pas seulement votre passeport, j'ai aussi un autre document. Pour être franc, d'homme à homme, dans mon autre poche, j'ai un mandat d'arrêt à votre nom. Ce serait très regrettable, si vous vous montriez déraisonnable, de m'obliger à m'en servir. »

La pièce lui était devenue étrangère, et la silhouette de l'inspecteur des douanes se mit à tourner devant ses yeux.

« Mille cinq cents livres anglaises, murmura-t-il. Mille cinq cents livres anglaises. Et combien de temps me donnez-vous ? »

L'inspecteur se leva avec la mine radieuse d'un homme qui vient de conclure une affaire honnête.

« Une semaine, dit-il. Une bonne semaine. D'ici là, bonne chance et au revoir. »

La semaine passa, et Eberhardt accomplit l'impossible. Ses tableaux et ses tapisseries – tout ce sur quoi il aurait pu construire sa nouvelle vie – furent vendus à Londres. Il put ainsi atteindre la somme de neuf cents livres qui fut versée sur le compte de la douane allemande, dans la filiale londonienne d'une banque allemande. Quant aux six cents livres manquantes, l'émigrant désespéré les reçut du seul Anglais de sa connaissance – un homme d'affaires qui, au temps de la République, avait eu un bureau dans notre ville et auquel Eberhardt téléphona, sans grand espoir.

« C'est une question de vie ou de mort, dit-il à cet homme. Ma vie et celle de mes enfants. »

L'homme d'affaires anglais avait un peu hésité avant de donner son accord. Les six cents livres qui manquaient furent versées sur un compte de la banque du Reich à Londres qui envoya une confirmation télégraphique à la douane allemande.

Eberhardt était sauvé, et l'inspecteur Bartel lui souhaita bonne chance du fond du cœur.

« Vous voyez ? dit-il avec amabilité. Ne vous avais-je pas dit que l'on peut quand on veut ? » Et il remit à l'écrivain tremblant son passeport, comme s'il s'agissait d'une grande distinction honorifique.

Mais Eberhardt n'était pas au bout de ses peines. Il lui manquait encore le dernier tampon, le tampon décisif.

« Allons, allons ! lui assura l'inspecteur de bonne humeur. Ce n'est qu'une formalité. Vous n'avez qu'à vous rendre au bon service pour faire vérifier vos papiers et, en un tour de main, vous obtiendrez votre tampon. »

Eberhardt se rendit aux autorités compétentes. Là, il dut se présenter à neuf guichets, et neuf fonctionnaires examinèrent ses papiers. Huit d'entre eux trouvèrent que tout était en ordre. Le neuvième eut un doute.

« Mais où est l'avant-dernier reçu de la compagnie des eaux ? voulut-il savoir. Vous étiez redevable de deux marks vingt, et je ne trouve le reçu nulle part. »

Eberhardt sentit le sang lui monter à la tête, comme s'il allait jaillir par tous les pores de sa peau et il murmura d'une voix rauque : « J'ai envoyé le reçu il y a deux semaines. Je ne sais pas ce qui est arrivé. Voici l'argent, deux marks vingt. Rendez-moi immédiatement mon passeport.

– Mon cher Monsieur, répondit le fonctionnaire, ce n'est pas si simple. Nous devons examiner le cas avec soin. Il est fort possible que vous ayez déjà payé. Dans ce cas, nous ne pouvons accepter votre argent ; nous devons trouver le reçu original. Mais si vous n'avez pas payé, c'est votre oubli, et nous devons alors prendre des dispositions. Ça va prendre un peu de temps – Repassez dans une semaine.

– Ça suffit ! » cria Eberhardt en constatant qu'il perdait ce qui lui restait de maîtrise de soi. Des points rouges et verts dansaient devant ses yeux, et il se tint au guichet pour ne pas tomber. « Ça suffit ! Vous m'avez tout pris ! Ma maison, ma voiture, mes biens, ma vie, mon honneur, ma patrie, tout ! Je me suis endetté auprès d'étrangers, et tout ça rien que pour vous, pour les fous qui causent la perte de l'Allemagne, qui causent la perte de tout le monde, et cela vaut pour vous aussi, à ce guichet ! Et en plus, vous me retenez ! Vous me retenez pour deux marks vingt que j'ai déjà payés, parce que vous ne pouvez retrouver le reçu – ça suffit, je vous dis ! s'écria-t-il en gesticulant. Donnez-moi mon passeport ! Vous entendez, sur-le-champ ! »

L'idée lui traversa la tête : C'est la fin. Fini, terminé, mort. Je suis condamné à mort. Mais il se sentait mieux, le cœur plus léger d'avoir déchargé son âme en criant.

Les gens qui attendaient aux autres guichets et ceux qui faisaient la queue derrière lui étaient pétrifiés. Quelques-uns le regardaient, comme paralysés. Mais la plupart faisaient comme si de rien n'était. Même les fonctionnaires, sur leurs chaises de bureau, continuaient leur travail. Mais son interlocuteur, le fonctionnaire qui ne pouvait pas trouver le reçu, tendit le passeport ouvert à un Eberhardt tremblant. Celui-ci, l'esprit chamboulé, s'empara du document de couleur brune et, comme à travers un brouillard épais, vit le tampon duquel tout dépendait, le Début et la Fin. Puis il se retrouva dans la rue, sans savoir comment.

Sa femme fut effrayée en le voyant arriver à la maison, tant son visage était creusé et son air hagard. Un éclair de folie brillait dans ses yeux, et il donnait l'impression d'avoir maigri de dix ou quinze kilos au cours de cette matinée. Dans sa façon de se déplacer dans la pièce et d'emballer les dernières bricoles, il y avait quelque chose de malade et de fragile. Puis il téléphona à la compagnie maritime et à la compagnie d'aviation. Lorsqu'à l'autre bout du fil, l'homme commença à donner des explications compliquées, Eberhardt, posant sa main sur le combiné, dit à sa femme :

« Dès le début, nous aurions dû crier comme des fous. Et même maintenant, ce ne serait pas trop tard.

– Comment ? Qu'avez-vous dit ? » demanda la voix ahurie à l'autre bout du fil. « C'est bon, dit Eberhardt, première classe. »

La phase critique était derrière eux, les Eberhardt semblaient vraiment avoir de la chance. Le 24 août 1939, le fonctionnaire avait remis son passeport au fou hurlant. Le 28 août, un avion devait emporter la famille en Angleterre, quelques jours plus tard, un bateau appareillait, dans lequel deux cabines avaient été réservées, l'une pour Frau Eberhardt et les deux filles, l'autre pour Eberhardt et le petit Hansi –, et à l'occasion pour d'autres passagers auxquels la compagnie avait encore attribué une place.

Dans les derniers jours du mois d'août de l'année 1939, la ville fut en proie à une forte agitation. Les Eberhardt pensèrent que leurs concitoyens prenaient part aux épreuves morales liées à leur émigration.

« Alors ? Ça y est ? » s'interpellaient les gens dans la rue.

Frau Eberhardt, qui avait acheté un manteau pour Hansi, se disait : « Ça y est, dans les prochaines quarante-huit heures – ça y est pour toujours. » En son for intérieur, elle savait que l'agitation générale de ses concitoyens n'avait rien à voir avec le départ de sa famille. L'air était empli de catastrophes imminentes. Et si ceux qui restaient étaient confrontés au danger de la guerre, les Eberhardt ne se trouvaient-ils pas, eux aussi, devant une guerre où il y allait de la victoire ou de la mort ?

Dans les jours qui suivirent, Frau Eberhardt ne

s'intéressa pas beaucoup aux événements politiques. Dans la maison de campagne aux abords de la ville, il y avait peu de temps pour jeter un œil à l'*Anzeiger*, et trop peu de tranquillité d'esprit pour allumer la radio et suivre le pot-pourri de nouvelles et de musique. L'Allemagne avait signé un pacte de non-agression réciproque avec l'Union soviétique, et Eberhardt vit dans cette démarche du Führer le comble du cynisme, après tout ce que Hitler avait pu prêcher sans relâche. L'Angleterre et la France « feraient dans leur froc » et se tiendraient tranquilles quand les armées du Troisième Reich envahiraient la Pologne – ce à quoi tout le monde s'attendait.

« Je ne crois pas qu'il y aura la guerre », dit Eberhardt. Son souci de partir et de quitter le pays le plus tôt possible provenait moins d'une peur concrète de la guerre que de l'angoisse de la persécution qui l'habitait depuis que l'inspecteur des douanes était venu le trouver un matin à la maison.

Dans l'ensemble, les habitants de notre ville ne voyaient pas la situation de la même façon que les Eberhardt. À la veille de la guerre, ils furent pris d'une véritable panique. Celle-ci était d'autant plus terrible que personne ne savait qui prendre comme bouc émissaire. Les Anglais ou les Français ? Bien sûr, ils avaient encerclé l'Allemagne, et ils l'affameraient comme ils l'avaient fait pendant la Grande Guerre. Ils étaient avides et rancuniers, riches et sans conscience – l'Angleterre et la France étaient nos ennemis héréditaires. Mais est-ce que ces ennemis nous attaquaient ? Est-ce que tout ne dépendait pas d'une entente pacifique avec la Pologne ? Nous fallait-il absolument Dantzig ? En quoi Dantzig nous concernait-il ? En quoi Dantzig nous intéressait-il ? En rien du tout ! C'est pourquoi on espérait que le Führer ne convoitait pas trop passionnément le corridor de Dantzig, et qu'il n'entrerait pas en guerre pour un territoire si lointain.

Une guerre isolée contre la Pologne promettait d'être rapide et avantageuse. Après que les citoyens de notre ville eurent appris à abominer l'Union soviétique comme le fléau de l'humanité, il leur fallait admirer l'art politique subtil avec lequel leur propre gouvernement avait fait de l'ennemi rouge d'hier, l'ami soumis et secourable de demain. Mais, contrairement à Eberhardt, les citoyens de notre ville pensaient que l'Angleterre et la France seraient assez stupides et vieux jeu pour tenir leur parole envers la Pologne. Ce sont des démocraties qui tiennent à des idées qui sont d'un autre âge. Bien sûr, nous sommes plus forts que l'Angleterre et la France, car nous avons nos alliés italiens et russes, et notre discipline totalitaire. Mais ils nous affameront quand même. Et à quoi nous servira la victoire, si nos fils tombent à la guerre, si nos pères sont tués, si nos enfants meurent de faim ?

Il est vrai que le Führer avait toujours juré ses grands dieux qu'il n'y aurait pas de guerre. Il avait une invention à son actif, la grande invention du siècle : conquérir un territoire sans recourir à la guerre. Mais nous en avions assez vu de ces « victoires sans verser le sang », pour croire durablement à l'invention. Au moins, si les journaux n'avaient pas été remplis de menaces et ne s'étaient pas laissé entraîner dans de tels déchaînements de colère. Ainsi, « les frères de sang allemands » auraient été torturés et tués par milliers. Vrai ou faux, peu importe – que de tels articles aient été commandés augurait mal de l'avenir. Les Tchèques avaient très certainement traité nos frères des Sudètes de la même manière. Mais les Tchèques n'avaient pas le soutien de l'Angleterre et, abandonnés à eux-mêmes, ils avaient fini par se soumettre.

La mobilisation se poursuivait. Beaucoup étaient déjà montés dans les trains qui allaient vers l'Est. D'autres défilaient en uniforme dans les rues. L'industriel Huber était officier de réserve. En uniforme, la croix de guerre de première classe sur la poitrine, il s'adressa aux ouvriers qui étaient rassemblés pour leur parler des grands sacrifices que l'on exigeait d'eux. Les ouvriers accueillirent ses exhortations par un silence glacial. À la fin de son discours, on joua le *Horst-Wessel-Lied*, et l'industriel remarqua qu'un nombre considérable de ses collaborateurs ne chantaient pas avec le groupe. L'un des contremaîtres tenait les lèvres serrées, comme pour garder un secret. Il était arrivé depuis peu de la campagne et venait par hasard d'achever une peine, alors qu'il avait l'air d'être un bon gars, vif et franc. Pas un seul des ouvriers qui l'entouraient ne chantait avec les autres. Ils penchaient la tête comme pour affronter une tempête. Ces types sont des dangers publics, pensa l'industriel. Il faut les avoir à l'œil. Mais, après coup, il décida que cela ne le regardait pas et qu'au fond, ça lui était égal que le gouvernement ait des problèmes. Pour ma part, ils peuvent bien rencontrer des difficultés, pensa-t-il – et même pire que cela. En somme, il était comme quelqu'un qui, retenu prisonnier sur un bateau ennemi, serait content de le voir couler. Si je pouvais ne pas couler avec lui, pensa-t-il. Puis l'hymne s'arrêta et l'assemblée se dispersa.

L'hôpital de la ville était le lieu d'une activité extrême. Le *Geheimrat* Scherbach était débordé, non seulement à cause des interminables tests de sélection militaires, mais aussi parce que les services et les chambres individuelles étaient bondés. Il y avait de plus en plus de déraillements et de collisions de trains. Dans la ville, le nombre d'accidents avait beaucoup augmenté, car il y avait de plus en plus d'exercices nocturnes. La mobilisation nationale et les préparatifs de guerre exigeaient leur tribut. Le professeur de droit, le docteur Habermann, était, soi-disant, tombé dans l'escalier en pleine obscurité, et il était alité avec une double fracture du fémur, dans la chambre 118 où Frau Murks était morte.

Friedel Murks, son fils, travaillait à l'hôpital. Scherbach s'était arrangé pour qu'il soit d'abord employé comme ambulancier. Peu après, le *Geheimrat* l'avait pris à son service comme aide-soignant. Friedel accompagnait le patron durant ses consultations, lui passait les ciseaux, les forceps et les pansements. Il était habile, calme, soigneux et il inspirait confiance aux patients. Scherbach tenait à lui comme à un fils qu'il aurait retrouvé.

« Je ne tolérerai pas qu'ils t'envoient au front, dit-il. Je vais te réquisitionner. Tu es absolument irremplaçable ici. »

En effet, le *Geheimrat* ne pouvait plus imaginer sa vie sans le jeune homme. Je me sentirais de nouveau sale et collant ou mal désinfecté, pensait-il et son regard s'attardait sur son protégé. Le visage de Friedel était encore creusé de fatigue, mais l'expression amère, cynique et désespérée avait disparu.

Le 28 août, tôt le matin, les Eberhardt prirent un taxi pour se rendre sur la place du marché. Leur voiture était devenue la propriété de l'influent fonctionnaire de la Gestapo dont il a déjà été question. De toute façon, la petite voiture familiale n'aurait pu les transporter tous les cinq avec leurs volumineux bagages. Quitter l'ancien foyer ne fut pas difficile. Hansi fut le seul à se retourner vers la maison dans laquelle il était né. « Adieu ! avait-il dit. On s'en va maintenant. » Puis, enivré par l'aventure, il s'était mis à taper dans les mains et avait demandé si l'avion allait décoller de la place du marché. À sa grande déception, ce n'était que le bus de l'aéroport qui les attendait.

Pourtant, la place du marché était noire de monde, et il n'était pas possible que tous veuillent prendre l'avion. La foule était surtout constituée de femmes qui semblaient très agitées. Ça gesticulait et bavardait beaucoup. Pendant qu'Eberhardt comptait ses bagages, Frau Eberhardt réussit à savoir de quoi il retournait. On distribuait des cartes d'alimentation, des cartes pour du savon, et d'autres bons. Tout allait être rationné et, outre les nouveaux désagréments causés par la distribution des cartes, les citoyens de cette ville eurent ainsi la preuve certaine que la guerre avait pour ainsi dire commencé.

« Et il me faut revivre tout ça », dit, une vieille femme à Frau Eberhardt, les larmes aux yeux. « Ça ne suffit donc pas d'avoir déjà connu une fois des temps si durs ? »

Frau Eberhardt détourna son regard. Avaient-ils raison de partir maintenant que la patrie était en danger ? Mais il était temps de prendre le bus qui les conduirait à l'aéroport, et elle aida Hansi à monter. Les enfants ! pensait-elle. C'est pour les enfants que je suis si heureuse – ils grandiront dans la paix et la liberté.

Le vol sembla très court. Les enfants ne voulaient pas croire que, si peu de temps après le décollage, ils étaient sur le sol anglais.

La famille passa trois jours à Londres et ne quitta presque pas la pension modeste où on les avait envoyés. Eberhardt rencontra une seule fois l'homme d'affaires anglais qui l'avait sauvé. Il lui parut étrange que ce dernier ne tînt pas à le recevoir dans son bureau. Il ne voulut pas même le rencontrer dans un restaurant, mais il insista pour venir lui-même à la pension.

Il dit : « Mon vieil ami, quoi qu'il arrive, rien ne changera entre nous. Soyez très prudents ici. Ne parlez pas allemand dans la rue. Et partez le plus vite possible. »

Eberhardt suivit le conseil de son ami, et le 1er septembre, la famille partit en train pour Liverpool.

Le 1er septembre – le jour où l'Allemagne envahit la Pologne – le jour où la guerre éclata !

Les trains étaient pleins de soldats et de marins. Les gros titres des journaux, en lettres gigantesques, effrayaient même les plus indifférents. Les gens dans la rue portaient déjà sur l'épaule de petites boîtes en carton pendues au bout d'une corde; on aurait dit des cartons de ravitaillement, mais ils contenaient en réalité des masques à gaz. Devant de nombreux bâtiments, des sacs de sable s'entassaient, et le ciel, au-dessus de Londres et d'autres grandes villes, était parsemé de ballons de la défense aérienne qui formaient un barrage lumineux.

La population semblait garder son calme.

Eberhardt avait mis sa famille en garde : ils ne devaient pas prononcer un mot d'allemand. Mais, comme les enfants ne parlaient pas d'autre langue et que l'anglais de Frau Eberhardt était rudimentaire, le voyage se passa en silence. Ils eurent ainsi l'occasion d'observer leur entourage et d'écouter leurs compagnons de voyage. Eberhardt était convaincu : les Britanniques sont prêts à tout. Ils frapperaient fort, il n'y avait aucun doute. Mais leur détermination ne s'accompagnait pas de débordement patriotique; ils ne s'étaient pas laissé emporter par une haine aveugle envers l'ennemi. Eberhardt avait même le vague sentiment qu'il aurait pu converser en allemand avec sa famille. Les jeunes gens qui portaient les fringants uniformes de la marine de Sa Majesté avaient les nerfs solides et un regard calme et bienveillant. Ils n'avaient rien contre les Allemands, mais seulement contre ceux qui leur imposaient la guerre. *Ceux-là,* il fallait les rendre inoffensifs; on avait suffisamment essayé de les prendre par la douceur. Mais ça n'avait pas marché, le temps des expériences était terminé; tout le monde le savait.

Tous les hôtels de Liverpool étaient bondés. Avec de grandes difficultés, les Eberhardt purent obtenir une chambre à deux lits. Diana et Elfi dormirent avec leur mère. Épuisé par le long voyage et le mutisme imposé, Hans Adolf était cependant excité par les nouvelles impressions qui le bouleversaient. Allongé près de son père, il parlotait tout seul.

« Il y aura des bombes ? demanda Hans Adolf. Il faudra alors aller dans la cave ? Est-ce que le bateau a une cave ? Qui lance les bombes, les Anglais ou les Allemands ? Les Anglais vont tirer sur nous ? En Amérique, c'est aussi la guerre ? »

Il n'attendait pas de réponses – mais tout ce qu'il avait vu et fait pendant le voyage jaillissait ainsi en une histoire confuse, comme s'il avait été le seul à la vivre.

« Et j'ai vu tant de marins... racontait-il en ouvrant tout grand les yeux, et il n'y avait pas de musique et pas de tambours, je crois qu'ils étaient tous morts... »

Eberhardt passa avec douceur sa main sur les yeux de son fils. Elle était si grande qu'elle recouvrait entièrement le visage de l'enfant. Le petit marmonna encore quelques paroles, puis soupira, laissa retomber sa tête sur le côté et s'endormit.

Les enfants trouvèrent le bateau énorme. Il était plus grand que tout ce qu'ils avaient vu jusqu'à présent.

« Plus grand qu'une maison, dit Hansi. Plus grand qu'un château. Plus grand que toutes les baraques du camp de concentration. » En revanche, les deux cabines des Eberhardt paraissaient d'autant plus petites, et elles étaient si éloignées l'une de l'autre qu'Hansi se perdit dès le premier soir, et se mit à hurler de toutes ses forces jusqu'à ce qu'un steward le ramène auprès de son père. Dans la salle à manger, il y avait de la musique et une nourriture merveilleuse. Tout ceux qui savaient lire pouvaient choisir leur plat préféré dans la longue carte des menus, et Hansi ne put finir tout ce qu'il avait commandé. Devant lui, il y avait quatre sortes de glace, et il avait déjà appris à dire « Thank you » au steward.

Eberhardt et Hansi partageaient leur cabine avec un jeune homme qui se révéla être américain. Hansi informa aussitôt l'étranger de la ville d'où il venait, or l'homme y était allé une fois, il était descendu au « Reichshof » et il avait même pris un schnaps dans une auberge « quelque part dans la Glockenstraße ». Hansi en était tout tourneboulé et l'Américain dit à Eberhardt : « J'espère encore que l'on pourra éviter cette guerre. Les Allemands ne veulent pas la guerre, c'est l'impression que j'ai eue lorsque j'y étais l'an dernier. Pourquoi la guerre aurait-elle lieu si personne ne la veut ? »

La nuit fut agitée. Même l'enfant dormit mal, et le jour suivant fut long car il ne se passa rien, comme si le bateau était immobile sur la surface infinie de l'océan.

Les filles avaient joué aux palets. Maintenant, fatiguées, elles étaient au salon et s'ennuyaient. Hansi pleurait sans savoir pourquoi. À sept heures, les Eberhardt mirent leurs enfants au lit. Frau Eberhardt resta un moment près de la couchette où dormaient ses filles. Eberhardt était monté sur le pont promenade pour fumer un cigare. Il y rencontra le jeune Américain qui était accoudé au bastingage. Il lui dit qu'il venait d'entendre à la radio que l'Angleterre et la France avaient déclaré la guerre à l'Allemagne.

« C'était inévitable », dit-il.

Puis ce fut l'explosion. Elle fut terrible. Comme si l'immense bateau avec tous ses passagers avait explosé en mille morceaux dans un bruit métallique assourdissant. Et presque en même temps que le bruit de l'explosion, il y eut les cris de panique des blessés. Eberhardt et l'Américain furent projetés sur le pont. L'Américain avait la bouche en sang, il avait été touché par un poteau qui s'était effondré. De l'autre côté du pont, une confuse masse de corps humains se tordait comme un seul très grand animal blessé. Lorsque quelques corps purent se libérer de cette pelote et s'en éloigner en rampant, ce qui restait des autres corps gisait inerte, là où ils étaient tombés.

Eberhardt n'avait pas encore compris ce qui s'était passé, et à peine s'était-il relevé qu'il fut projeté contre la fenêtre du fumoir par une nouvelle explosion. Il se retrouva soudain par terre, les mains sur le linoléum du salon. Ses membres inférieurs lui refusaient tout service. Un grand pilier qui était passé à travers la fenêtre l'écrasait. Dans la vapeur chaude qui l'entourait, Eberhardt se cramponnait à une seule pensée : ma femme, mes enfants, Hansi. Alors, d'un puissant coup de reins, il se libéra.

Une troisième explosion, différente des deux autres, sembla venir du haut du bâtiment. Eberhardt était en train de rejoindre le pont C. Comme un possédé, il se fraya un passage à travers des ruines, de la fumée et des êtres en sang qui criaient.

Hansi, étendu sur sa couchette, indemne, pleurait.

« Papa ! s'écria-t-il lorsqu'il vit son père, j'ai peur du tonnerre. L'éclair nous a touchés ? »

Maintenant que les « bombes », dont il avait tant rêvé et dont il avait tant parlé, étaient en effet tombées, il ne pouvait s'imaginer que des hommes fussent responsables de cette terrible colère meurtrière.

Le père tira l'enfant de la couchette, l'enveloppa dans un châle et un manteau, prit les deux bouées de sauvetage sur l'étagère et courut dans le couloir, son fils dans les bras. Le passage vers l'autre côté du pont où se trouvait la cabine de sa femme et des filles était verrouillé. Des hommes et des femmes, désespérés et hystériques, restaient là où l'enfer les retenait.

« Peut-être sont-elles déjà sur le pont, se dit Eberhardt à lui-même, plus que pour Hans Adolf. Peut-être que cela ne s'est passé qu'après la dernière explosion et qu'elles ont pu se sauver après la première ou la deuxième ! »

En luttant, il se fraya un chemin jusqu'au pont. Le spectacle était plus horrible encore que tout à l'heure. Pourtant, l'activité était fébrile, mais en aucun cas désordonnée. Des canots de sauvetage étaient mis à l'eau, des officiers donnaient des ordres d'une voix claire et ferme, des femmes et des enfants se regroupaient, ou étaient séparés de force de leurs maris ou de leurs pères. Eberhardt, qui tenait toujours l'enfant gémissant dans ses bras, se traîna sur le pont. Il criait comme un fou le nom de sa femme et de ses filles dans le tumulte qui engloutissait sa voix. Pas de réponse. Il se rendit alors compte que l'on mettait le dernier canot à la mer. Tout autour du bateau qui se couchait de travers et s'affaissait, les canots qui étaient déjà à l'eau et dans lesquels les passagers se tenaient serrés, étaient ballottés par les vagues. La nuit était venue, et l'obscurité ajoutait à l'horreur. Eberhardt, debout, scrutait les visages de ceux qui montaient dans ce dernier canot. Parmi eux, il y avait plus de femmes que d'hommes, mais c'est en vain qu'il chercha sa femme.

Le canot de sauvetage était plein. Soudain, il y eut de l'agitation parmi les passagers. Une vieille femme, debout près du plat-bord, à proximité d'Eberhardt, gesticulait et répétait avec excitation les mêmes phrases dans une langue que personne ne comprenait. C'est peut-être du russe, se demanda Eberhardt, ou peut-être du tchèque ? Il ne comprit pas que l'agitation de la femme avait un rapport avec lui. Une seule chose était claire : la vieille femme voulait quitter le canot. Enfin, l'un des derniers matelots qui se trouvait sur le pont lui vint en aide, bien que cela retardât dangereusement les manœuvres de sauvetage. La vieille femme était à peine sur le pont qu'elle se jeta sur Eberhardt, le tira par la manche et lui fit comprendre qu'il devait prendre sa place dans le canot. En même temps, elle désignait Hans Adolf et dit alors en anglais quelque chose comme : « Petit enfant – ne doit pas mourir – Vite ! Vite ! » Pendant une fraction de seconde, Eberhardt hésita. Mais la vieille femme continuait de le tirer par la manche comme une mendiante importune. Le canot ne pouvait pas attendre plus longtemps. C'est ainsi qu'en tenant l'enfant avec fermeté, il grimpa dans une sécurité incertaine. Alors que l'on descendait le canot, il se retourna et vit la vieille femme, les bras croisés, qui se tenait debout près du bastingage. Son visage aux pommettes saillantes était paisible et empli d'une calme résignation devant le destin.

Lorsque le père sentit que son bras perdait toute sensibilité, il posa l'enfant près de lui, dans le canot. L'enfant s'accroupit à ses pieds et les passagers, pourtant ébranlés, évitaient de le piétiner. Eberhardt sentit les bras de l'enfant enlacer ses genoux. Un flot de chaleur et de tendresse le submergea.

Les vagues déferlaient et le canot oscillait d'un creux à un autre. L'un des matelots fut emporté par-dessus bord. Quelques minutes plus tard, une femme, qui se trouvait près d'Eberhardt, fut arrachée par une vague. Combien d'heures s'étaient-elles écoulées ? La nuit semblait interminable. Dans leur désespoir, les passagers du canot de sauvetage priaient pour que tout cela finisse – quelle qu'en fût l'issue. Même la mort semblait préférable à cette horreur qui ne voulait pas prendre fin. Eberhardt n'espérait pas la mort. La chaleur de l'enfant accroupi à ses pieds interdisait de telles pensées. Mais pouvait-il continuer à vivre s'il avait perdu sa femme et ses deux petites filles ? Il ne savait pas. Il ne savait plus rien, hormis que la nuit était froide, sa tête brûlante de fièvre et son visage ruisselant d'eau salée.

Lorsque l'aube pointa, la mer se calma. Eberhardt, dans un état intermédiaire entre la veille et le rêve, plongea son regard dans l'eau et crut y voir des visages. Le visage de sa femme, levé vers lui, lui souriait. Son joli visage encadré de ses longues nattes brunes. À côté d'elle, Diana et Elfi sortirent de l'eau. Mais elles étaient plus jeunes et plus petites qu'elles ne l'étaient hier, dans son souvenir. Elles portaient les petites robes délavées qu'il leur avait vues des années auparavant. Puis l'image se transforma. C'était comme si, dans la profondeur des flots, toute une ville se reflétait – sa propre ville. Il reconnaissait les tours et les toits à pignons. Bien sûr, ils étaient à l'envers et oscillaient et tremblaient, comme s'ils allaient se disloquer et couler. Mais c'était la faute des vagues qui déformaient le reflet. Même la place du marché et la statue équestre gisaient, abandonnées et brisées dans l'obscurité.

Soudain, il y eut une grande effervescence. Étonné, Eberhardt releva la tête. Les êtres tout autour de lui faisaient des signes, pleuraient et riaient.

« Regardez ! Des lumières ! » criaient-ils. « Un bateau ! Nous sommes sauvés ! » Alors il vit, dans la lumière de l'aube, les contours immenses d'un vapeur qui approchait.

À ses pieds, la petite boule dormait à poings fermés.

« Réveille-toi, Hansi ! » dit-il en mettant l'enfant debout.

Hansi se frotta les yeux.

« Nous sommes arrivés ? demanda-t-il.

— Oui, répondit son père, nous sommes arrivés. »

Deux cent vingt-trois naufragés et hommes d'équipage furent recueillis à bord du vapeur *City of the Flint* le 4 septembre 1939. Entassés dans des canots, agrippés à des planches, combattant désespérément le froid, l'épuisement et la violence des vagues, ils avaient, huit heures durant, côtoyé la mort de si près qu'ils eurent du mal à croire que la réalité de la vie qui s'offrait à eux n'était pas un mirage.

Hans Gottfried Eberhardt et son fils Hans Adolf furent conduits au salon. Là un lit de fortune avait été dressé pour Hansi. Il s'y accroupit en tremblant; son père ne savait pas si c'était de froid ou de peur après la terrible aventure nocturne. L'enfant pensait probablement que l'éclair les avait tous jetés à la mer et qu'ils avaient maintenant regagné l'ancien bateau.

« Pourquoi est-ce qu'on ne va pas dans la cabine ? » voulait-il savoir. Puis, après avoir jeté un regard sinistre sur son petit corps tremblotant, il ajouta, plein de reproches : « Mais je tremble. »

Son père alla lui chercher du thé chaud.

Quand il revint, Frau Eberhardt était assise à côté du petit. Diana et Elfi, l'une enveloppée dans un immense manteau, l'autre dans une couverture brune, se tenaient enlacées au pied du canapé. Eberhardt portait un plateau avec une théière et une tasse ; il resta sur le seuil, terrifié à l'idée que cette vision aussi pût s'évanouir. Ce fut Hansi qui, en voyant son père, l'appela de sa voix claire.

« Nous sommes tous ici ! s'écria-t-il en levant le bras. Nous sommes tous ici ! »

Eberhardt pensa qu'il allait faire tomber le plateau, se jeter à genoux et remercier Dieu, en lequel il n'avait jamais cru. Avec calme, il s'approcha d'une table qui n'était pas très éloignée du lit d'Hansi. Sans dire un mot, il posa le plateau. Toujours en silence, il tendit les bras vers sa femme. Au moment où il la tint dans ses bras, il sut qu'il ne rêvait pas.

« Nous sommes tous de nouveau réunis », dit-il.

RÉFÉRENCES

CHAPITRE 1 : « À la suite d'une regrettable erreur... »

P. 63 : « Un problème de grande ampleur », *Das Schwarze Korps* du 11 mai 1939.

P. 67 : « L'expérience insuffisante des avocats stagiaires que l'on constate généralement, et qui en partie nécessite de rattraper la formation scientifique, montre que la durée actuelle des études, qui est de trois ans, suffit à peine à préparer de manière approfondie une carrière de juriste », *Kölnische Zeitung* du 22 janvier 1939.

P. 68 : Discours du *Reichsführer-SS* Heinrich Himmler, publié dans *Das Schwarze Korps* du 11 mai 1939.

CHAPITRE 2 : Surveillance réciproque

P. 87 : En rapport avec la liquidation imposée des entreprises « improductives », *Das Schwarze Korps* du 30 mars 1939.

P. 89 : La citation d'Hitler est tirée de *Mein Kampf*, Munich, 1943, p. 172 et suiv. Adolf Hitler, *Mon combat*, traduit de l'allemand par J. Gaundefroy-Demonbynes et A. Calmettes, Paris, Les Nouvelles Éditions latines, 1934, Tome 1 – Bilan, 5e chapitre: « La guerre mondiale », p. 159-160.

CHAPITRE 3 : Herr Huber, l'industriel

P. 103 : Le Grand Prix de France, 9 juillet 1939 [par exemple, dans la *Cellesche Zeitung* du 10 juillet 1939].

P. 103 : Le Grand Prix d'Allemagne sur le circuit de Nuremberg, 23 juillet 1939 [par exemple, dans la *Neue Zürcher Zeitung* du 24 juillet 1939].

P. 104 : Accident d'aviation de la Swiss Air du 20 juillet 1939 [par exemple dans la *Neue Zürcher Zeitung* du 21 juillet 1939].

P. 105 : « Chaque année, les avions américains Douglas prouvent à cent pour cent leur record de régularité et de sécurité au service de l'aviation suisse; il n'y a pas eu un seul accident... Dans chacun de ces cas (d'accidents dans l'aviation militaire suisse), il s'agissait de nouveaux appareils Messerschmitt », dans les [*Neue*] *Zürcher Nachrichten* du 24 juillet 1939.

P. 107 : Discours du Dr Robert Ley, directeur de l'organisation du Reich sur « l'absurde consommation de tissus », commenté dans *Das Schwarze Korps* du 20 juillet 1939.

P. 114-115 : Restrictions de la liberté d'initiative dans les entreprises, dans la *Frankfurter Zeitung* du 30 novembre 1938.

P. 116-117 : Décret du Commissaire des prix du Reich, établissant ses compétences en matière de fixation des prix, le 12 août 1939.

CHAPITRE 4 : « La justice est ce qui sert notre cause »

P. 127 : La loi doit être interprétée par le parti national-socialiste NSDAP, *Deutsche Allgemeine Zeitung* du 23 août 1939.

P. 129 : [Dr.] Ernst Rudolf Huber, *Verfassungsrecht des Großdeutschen Reiches*, Hanseatische Verlagsanstalt, Hamburg, 1937, 2e édition revue et augmentée, 1939.

P. 133 : Déclaration du Dr Roland Freisler, secrétaire d'État du ministère de la Justice du Reich sur les avan-

tages consentis aux personnes ayant le plus d'enfants, *Die Deutsche Justiz*, août 1939.
P. 137 : Statistiques sur l'augmentation de la criminalité des jeunes, *Das Junge Deutschland*, n° 10, 1937.

CHAPITRE 5 : À la mémoire d'un héros
Tous les documents, y compris l'ordre du gouvernement à l'origine de l'« Action dans la question juive », utilisés dans ce chapitre, sont en la possession de l'auteur.

CHAPITRE 6 : Un paysan fuit en ville
P. 168-169 : Déclaration selon laquelle le peuple allemand est engagé dans un combat pour son espace vital, tirée de l'organe du ministère de l'Agriculture national-socialiste, la *Nationalsozialistische Landpost* du 7 juillet 1939.
P. 170 : Statistiques sur la Distribution, l'Administration et la Consommation improductive, tirées de *Volk und Wirtschaft* du 14 juillet 1939.
P. 172-173 : Salaire des ouvriers agricoles, tiré du rapport d'experts du gouvernement pour la région de Magdebourg. D'après le rapport de la région de Hesse, les ouvriers agricoles célibataires virent leur salaire passer de 980 reichsmarks par an jusqu'en 1933, à 920 reichsmarks par an sous le gouvernement de Hitler.
P. 174 : Déclaration sur les paysans autrichiens et sur les ouvriers agricoles, tirée du rapport du Chef des paysans de la région du Danube, citée par la *Nationalsozialistische Landpost*.
P. 181 : « Avertissement » du 14 juillet 1939 du ministère du Reich pour l'Alimentation et l'Agriculture, dans la *Nationalsozialistische Landpost* du 14 juillet 1939.
P. 183 : Déclaration sur la perte de productivité, citée dans le *Rundbrief des Ziegelverteilungsamts*, Berlin, 20 juin 1939.
P. 184 : Importation et exportation de charbon, *Neue Zürcher Zeitung* du 15 août 1939.

P. 186 : Visite de généraux dans les usines, mention de l'arrivée et du discours du général von Brauchitsch, chef d'État-major de la Wehrmacht, dans les usines métallurgiques du Rhin, en août 1939.

CHAPITRE 7 : Compagnons d'infortune

Toute l'histoire, y compris les récits de chacun des camarades de prison, est tirée de l'histoire du *Pasteur Gebhardt*, qui est en possession de l'auteur. La description de la conversation avec Dieu et la fuite ont été littéralement retranscrites.

CHAPITRE 8 : Le dernier voyage

P. 222 : Le poème est tiré du *Schwarze Korps* du 30 mars 1939.

CHAPITRE 9 : Sur prescription médicale

P. 246 : L'accent exagéré mis sur les performances physiques dans les écoles est tiré du Dr Günther Scheele, « Körperliche Ertüchtigung als Unterrichtsfach », *Nationalsozialistische Landpost* du 7 juillet 1939.
P. 250 : Le commentaire « Consulte ton médecin à temps ! » sur la dégradation de la santé publique, est cité par le *Schwarze Korps* du 11 mai 1939.
P. 253 : « La musique contre les bactéries », *Cellesche Zeitung* du 7 juillet 1939.

CHAPITRE 10 : Quand les lumières s'éteignent

P. 273 : Le discours de Hitler sur les arts, tenu à Munich lors de la grande exposition sur l'art allemand, reproduit dans la *Frankfurter Zeitung* du 17 juillet 1939, ne contient pas moins de 33 fautes de grammaire.

Postface
d'Irmela von der Lühe

À la date du 27 décembre 1939, Thomas Mann note dans son journal: « Le soir, à la bibliothèque, lecture, par Erika, d'extraits de *Quand les lumières s'éteignent*[1] »; à peine trois jours plus tard, chez Klaus, on relève: « Erika nous lit, à lui [=Fritz Langhoff] et à moi, la fin de son livre – La catastrophe de l'*Athenia* –; émouvant et habile[2]. » En quelques mois, Erika Mann a achevé le cycle de ses histoires qui devait s'appeler *Our Nazitown* (« Notre ville nazie »), et elle avait rendez-vous avec Paul Willert, le célèbre éditeur des University Press. Elle avait commencé à rédiger son livre à Arosa, au cours de l'été 1939; parallèlement, elle travaillait à l'ouvrage *The Other Germany* (« L'Autre Allemagne ») en collaboration

1. Thomas Mann, *Tagebücher 1937-1939*, Peter de Mendelssohn [éd.], Francfort-sur-le-Main, 1980, p. 515. – *Journaux 1918-1921, 1933-1939*, traduit par Cristophe Schwerin, Paris, Gallimard, « Du monde entier », 1985.

2. Klaus Mann, *Tagebücher 1938-1939*, J. Heimannsberg, P. Laemmle, W.-F. Schoeller [éd.], Munich, Spangenberg, 1990, p. 150. – *Journaux*, Tome 2, « Les Années d'exil (1937-1949) », traduit par P.-F. Kaempf et F. Weinmann, Paris, Grasset, 1998.

avec son frère, et effectuait, quotidiennement, de nombreux travaux de journalisme; l'imminence, puis, à partir du 1er septembre 1939 avec l'invasion de la Pologne par l'Allemagne, le début de la guerre la poussait à écrire.

Éditorialiste et journaliste résolument antinazie, Erika Mann se trouvait dans une situation semblable à celle du jeune Américain de son livre, qu'elle fait arriver dans une ville universitaire du sud de l'Allemagne, d'importance moyenne, pour qu'il se rende compte de cette étrange ambiance, faite de quotidien romantique et de déconcertante adhésion à une guerre inévitable. Privée de la nationalité allemande depuis 1935, britannique grâce au mariage blanc contracté peu de temps auparavant avec l'écrivain Wystan H. Auden, elle n'osait pas voyager en Allemagne. De Suisse, elle observait les événements politiques; « siégeant » jusqu'en 1936 dans son cabaret « Die Pfeffermühle » (« Le moulin à poivre »), elle rassemblait des matériaux, parlait avec des émigrés issus de différents milieux, rencontrait de vieilles connaissances et mûrissait le projet d'un livre composé d'« histoires vraies du Troisième Reich » – tel était le sous-titre –, à la fois compte rendu de faits et narration vivante: aujourd'hui, on parlerait volontiers à ce propos de « docu-fiction ».

Lorsqu'à l'été 1940, le livre paraît à New York, chez Farrar & Rinehart, et à Londres chez Secker et Warburg dans la traduction de Maurice Samuel, il était d'une brûlante actualité. Jusque dans le dernier chapitre, Erika Mann ébauchait une histoire contemporaine de la guerre, transposant la vie quotidienne et les événements du monde dans des épisodes passionnants. Le rédacteur littéraire et poète du-sang-et-du-sol, Hans Gottfried Eberhardt, qui, après une course contre la montre et l'arbitraire de l'administration parvient à quitter l'Allemagne en toute dernière minute, se trouve, le 9 octobre 1939, comme des centaines d'émigrants, sur le cargo américain *City of Flint*, dérouté par un cuirassé allemand. Les catastrophes maritimes touchèrent de près la famille Mann. Klaus Mann évoque dans les notes de son journal la « catastrophe de l'*Athenia* », un cargo américain transportant de nombreux émigrants allemands de Liverpool aux USA, coulé le 3 septembre 1939, l'une des premières catastrophes maritimes dues à la guerre qui ébranlèrent l'opinion publique[1]. Puis le *City of Bénarès*, un paquebot anglais, fut coulé dans l'Atlantique nord, par un sous-marin allemand, dans la nuit du 17 septembre 1940, avec près de quatre cents passagers à bord, dont la sœur d'Erika Mann, Monika, et son mari, l'historien d'art Jenö Lányi. Monika Mann put être sauvée, son mari mourut. Des 92 enfants qui se trouvaient à bord du *City of Bénarès*, seuls 19 survécurent. Erika Mann leur érigea un petit monument littéraire[2] dans un livre pour enfants, intitulé

---

1. Cf. Jürgen Rower et Gerhard Hümmelchen, *Chronik des Seekriegs 1939-1945* (« Chronique de la guerre navale 1939-1945 »), Hambourg, Oldenburg, 1968, p. 12.

2. Erika Mann, *A Gang of Ten* (« Une bande de dix »), New York, L. B. Fischer, 1942. – *Zehn jagen Mister X* (« Le club des dix à la poursuite de Monsieur X »), traduit de l'anglais par E. Abramowitz, Berlin, Kinderbuchverlag, 1990.

A Gang of Ten, publié en 1942. Il raconte l'histoire de dix enfants de différentes nations, élèves d'une « École du Nouveau Monde » en Californie, qui mettent un terme aux agissements d'une bande de saboteurs soumise à un Mister X agissant pour le compte de Hitler. Le dénouement est un message d'espoir pour un avenir meilleur. Cette fin heureuse, tout comme celle de la famille Eberhardt qui survivra au scénario d'horreur, dans un récit tiré du quotidien sous le « Troisième Reich », ne contredit en rien l'intention strictement réaliste et rationaliste de *Quand les lumières s'éteignent*, mais se veut une mise en garde contre le cynisme et l'indifférence politique que l'on assimile à de l'efficacité réaliste.

L'histoire d'Eberhardt, l'écrivain national-conservateur, fidèle à la patrie, illustre très bien ce propos. Il perd sa place parce que son chef lui a caché les nouvelles directives sur le traitement journalistique de la question du Tyrol du Sud. L'article qu'il rédige, bien que « *völkisch* », n'est pas fidèle à la ligne du Parti. Et lorsqu'il cherche à quitter le territoire, il fait l'expérience de la collusion perfide entre la cupidité de l'État et l'arbitraire de l'administration. Eberhardt a en effet investi son argent dans des tableaux et des tapisseries anciennes qu'il a envoyés en Angleterre, avec l'autorisation de l'État, en s'acquittant d'une taxe d'exportation élevée. Bien qu'il se procure tous les papiers et les tampons nécessaires, paie les taxes, finisse par laisser tous ses biens à l'État national-socialiste, la douane lui refuse son passeport en alléguant ses biens anglais. Pour l'obtenir, Hans Gottfried Eberhardt doit vendre, d'Allemagne, ses tableaux et ses tapisseries pour 1 500 livres sterling. Comme il ne peut réunir la somme exigée, Eberhardt est, en outre, contraint d'emprunter de l'argent à l'une de ses connaissances d'Angleterre. La *Via Dolorosa* de la chasse aux tampons, aux reçus et aux documents n'est pas finie : il manque le « dernier tampon, celui qui est décisif ». Il risque de lui être refusé, car le fonctionnaire compétent ne retrouve pas, dans le dossier, le reçu de 2,20 reichsmarks présenté par Eberhardt. À cet endroit, Erika Mann laisse son personnage perdre son sang-froid : il proteste avec violence, insulte le fonctionnaire, incarnation de ces « fous qui ruinent l'Allemagne », et met ainsi en péril, au dernier moment, sa vie et celle de sa famille. Et pourtant, le fonctionnaire, tout hébété, lui tend son passeport. « Nous aurions dû, dès le début, crier comme des fous. Même maintenant, ce ne serait pas trop tard » : ainsi conclut Eberhardt.

Des journaux de Thomas et de Klaus Mann, on peut déduire qu'Erika Mann travaillait à ce dernier chapitre en décembre 1939. Les circonstances dramatiques dans lesquelles les grands-parents d'Erika Mann, Alfred et Hedwig Pringsheim, purent, *in extremis*, quitter Munich et gagner la Suisse, remontaient à quatre bons mois. Ce fut, pour eux aussi, une véritable et dégradante course d'obstacles contre la bureaucratie. Depuis Arosa, Erika Mann tente de prodiguer de bons conseils. En date du 20 juillet 1939, elle écrit à son père :

> 1.) Partir aussitôt après avoir obtenu le passeport (pas si facile, car [...] d'après le nouveau décret, l'émigrant doit, après l'avoir reçu, retourner à la perception pour obtenir un dernier tampon). 2.) Se préparer à un ultime chantage et, si possible, anticiper, au lieu d'attendre le coup pour agir. 3.) Chercher peut-être à savoir combien de temps après la vente aux enchères les choses peuvent encore traîner[1].

Le récit d'Erika Mann sur le rédacteur littéraire Eberhardt, en principe fidèle au régime, qui – avant d'être obligé d'émigrer – voulait assurer son existence d'exilé en transférant sa collection d'œuvres d'art à Londres, a dû être inspiré par l'expérience des grands-parents Pringsheim, contraints par l'État à vendre aux enchères et à perte, leur célèbre collection de majoliques[2]. Quant à cette déconcertante pratique arbitraire du régime national-socialiste envers « ceux qui désiraient quitter le territoire », elle est typique et généralisable.

« Typiques », les dix histoires qu'Erika Mann a rassemblées dans son livre devaient l'être. Elles devaient reposer sur des preuves, sur des actes vérifiables, sur des sources attestées, sur des données étayées par des documents. D'après ses déclarations,

1. Erika Mann, *Mein Vater der Zauberer* (« Mon père le magicien »), Irmela von der Lühe et Uwe Naumann [éd.], Reinbek, Rowohlt, 1996, p. 138.

2. Cf. entre autres, Thomas Mann, *Tagebücher, op. cit.* – Inge et Walter Jens, *Frau Thomas Mann. Das Leben der Katharina Pringsheim* (« Madame Thomas Mann. La Vie de Katharina Pringsheim »), Reinbek, Rowohlt, 2001, p. 218-221.

elle disposait, au moment de la rédaction, de beaucoup plus de matériaux qu'elle ne pouvait en exploiter. Dans des lettres[1] adressées à ses parents, elle se plaignait souvent de son « livre d'Oxford » qui lui plaisait mais lui donnait beaucoup de mal.

Celui qu'elle écrivait avec Klaus Mann, *The Other Germany*, sur l'orientation politique de l'Allemagne vers la dictature et la guerre, stigmatisait le soi-disant penchant des Allemands pour les personnalités de chef, les tendances antidémocratiques et les comportements autoritaires[2]. Dans une perspective monocausale, il présente une histoire allemande de Luther à Hitler, et tente d'illustrer le postulat, avancé surtout par Lord Vansittart en son temps, que le caractère allemand serait réceptif au despotisme fasciste. Le livre, peu remarqué aux États-Unis et pas du tout en Allemagne, ne fait pas partie des chefs-d'œuvre du frère et de la sœur, mais nous donne les sources de la littérature politique à laquelle Thomas Mann a eu recours pour écrire *Le Docteur Faustus*[3]. « *Are the Germans Nazis?* » (« Les Allemands sont-ils nazis ? ») – après le best-seller

---

1. Cf. Erika Mann, *Briefe und Antworten I* (« Lettres et Réponses I »), Anna Zanco-Prestel [éd.], Munich, 1984, p. 144 et suiv.

2. Pour les détails, cf. Irmela von der Lühe, *Erika Mann. Eine Biographie* (« Erika Mann. Une biographie »), 6e éd., Francfort-sur-le-Main, 2002, p. 224 et suiv.

3. Hans Rudolf Vaget, « Germany: *Jekyll and Hyde*. Sebastian Haffners Deutschlandbild und die Genese des *Doktor Faustus* » (« L'Allemagne : *Jekyll and Hyde*. L'image de l'Allemagne de Sebastian Haffner et la genèse du *Docteur Faustus* ») dans Eckhardt Heftrich et Helmut Koopmann [éd.], *Thomas Mann und seine Quellen* (« Thomas Mann et ses sources »), Francfort-sur-le-Main, Klostermann, 1991, p. 249-271.

Escape to Life (*Fuir pour vivre*, 1939) –, telle est la question récurrente dans le deuxième livre du frère et de la sœur, qui, dans un premier temps, devait constituer le titre éponyme. Ainsi sa proximité thématique avec le cycle narratif qu'Erika Mann était en train d'écrire, sous le titre prévu de *Our Nazitown* aurait-elle été soulignée. Dans *The Other Germany* où, à la question de savoir si les Allemands étaient tous nazis ou même, en raison de leur origine nationale, asservis au pouvoir et à l'autorité, il n'est pas non plus répondu par l'affirmative. En effet, l'interrogation qui parcourt le livre n'a pas seulement préoccupé les écrivains de la famille Mann, mais elle constitue l'un des thèmes les plus importants de la littérature allemande de l'exil, et elle hante la recherche historique jusqu'à nos jours. À quelles causes et à quelles raisons attribuer le fait que le « peuple des poètes et des penseurs », dont les œuvres sont, dans le monde entier, reconnues comme des symboles d'humanité et de civilisation, ait succombé à un régime barbare et y ait même adhéré avec enthousiasme ?

Les histoires contenues dans ce livre publié en allemand pour la première fois sont au cœur de cette interrogation, mais ne donnent sciemment pas de réponses définitives. Elles démontrent la supériorité de la narration sur l'abstraction, en exploitant les ressources de récits vivants, captivants et vérifiables. De plus, elles illustrent le principe selon lequel on ne peut tirer d'enseignement que de la littérature et de l'Histoire. Oui, le désir et la capacité de tirer des leçons de l'Histoire sont la garantie d'un avenir meilleur et pacifique. On peut tenir une telle didactique de l'histoire politique pour naïve et obsolète ; on peut voir, dans son énergie rationaliste, un moralisme dépassé que réfute l'histoire du XXe siècle. Cependant l'activité professionnelle et littéraire d'Erika Mann s'inscrit dans cette perspective qui n'est pas innée – elle a toujours insisté sur ce point –, mais qui résulte de ses expériences personnelles et politiques.

Tout comme les jeunes de sa génération pendant les « années folles », – elle le concéda en exil, dans une autocritique –, elle ne s'intéressait pas à la politique. On aimait la scène et les bars, on se passionnait pour les petits et les grands scandales qui se déroulaient dans les coulisses, et dans lesquels on était soi-même impliqué. La génération des jeunes artistes, acteurs et intellectuels des années 1920, dont Erika Mann et son frère Klaus faisaient partie, se considérait volontiers, en s'apitoyant sur elle-même, comme une « génération perdue », qui s'intéressait à tout – hormis à la politique et à la démocratie de la république de Weimar, menacée de tous côtés –, jouissait de sa liberté et y puisait abondamment. On se croyait moderne, on était adepte de la « nouvelle objectivité » et sans illusions. Les femmes se coiffaient à la garçonne et arboraient des fume-cigarettes. À cela s'ajoutaient, pour Erika Mann, un peu de théâtre, quelques articles pour le quotidien berlinois *Tempo* fondé en 1927, les courses de vitesse (au volant de sa voiture personnelle et, de temps à autre, comme pilote pour la firme Ford), et les nombreuses nuits passées à danser. La vitalité, l'insouciance, le goût de l'aventure et la joie de vivre qui caractérisent la jeunesse d'Erika Mann eurent une influence sur la génération de Weimar. La montée du parti national-socialiste – que l'on observait dans la maison de Thomas Mann avec préoccupation et aversion depuis 1931 –, puis la prise du pouvoir par Hitler firent d'Erika Mann, douée et pleine de vie, mais indifférente à la politique, une émigrée, une chansonnière, une journaliste, une correspondante de guerre et une conférencière qui, se détournant de l'écriture des livres pour enfants, se consacra à des « manuels politiques[1] ». C'est ce concept qu'elle utilisa plus tard pour qualifier ses deux documents littéraires, *School for Barbarians* (1938, *Dix millions d'enfants nazis*)[2] et *The Lights Go Down* (1940, *Les Lumières qui s'éteignent*).

Comédienne et journaliste, pilote de rallyes et fumeuse passionnée –, Erika Mann était une femme douée d'un fort tempérament, aux passions diverses, qui éprouvait avant tout une forte attirance pour les

1. L'expression est d'Erika Mann elle-même. Elle l'a proposée pour caractériser l'ensemble de ses livres dans une réponse au questionnaire de W. Sternfeld et E. Tiedemann: Wilhelm Sternfeld et Eva Tiedemann [éd.], *Deutsche Exil-Literatur 1933-1945. Eine Bio-Bibliographie* (« La Littérature allemande de l'exil 1933-1945. Une bio-bibliographie »), Heidelberg, 1962.

2. Erika Mann, *School for Barbarians. Education under the Nazis*, New York, Modern Age Books, 1938 – *Zehn millionen Kinder. Die Erziehung der Jugend im Dritten Reich*, mit einem Geleitwort von Thomas Mann, Amsterdam, Querido, 1938 – *Dix millions d'enfants nazis. L'éducation de la jeunesse sous le Troisième Reich*, *op. cit*.

gens. Parmi ses proches, hormis son père, son frère Klaus est celui qui a sûrement le plus compté pour elle, qui lui fut le plus cher et avec lequel elle fut le plus intimement liée. Il n'était pas rare que les deux aînés des enfants Mann fissent la une des journaux, et ils ne savaient que trop bien s'y prendre pour gagner de l'argent en exploitant leur discutable popularité. Le besoin d'argent était le plus souvent pressant, car les revenus de leurs engagements au théâtre et de leurs contributions occasionnelles aux journaux étaient peu élevés, à l'inverse des exigences de leur niveau et de leur style de vie. Le manque constant d'argent, le besoin intact de luxe et d'aventure débouchèrent sur une première production littéraire commune. Le tour du monde d'Erika et Klaus Mann, commencé en janvier 1927, achevé une petite année plus tard, consigné dans un rapport publié en 1929 sous le titre *Rundherum*[1] chez l'éditeur S. Fischer, amusa considérablement critiques et lecteurs.

Le périple qui les conduisit en Amérique, au Japon, en Chine, en Union soviétique, les prépara à l'exil à venir. Ce « voyage autour du monde », y compris son financement, fut une véritable « aventure ». En Amérique, ils firent des conférences sur la littérature et la culture européennes et, grâce au nom célèbre qu'ils portaient, ils trouvèrent en Allemagne un

1. Erika et Klaus Mann, *Rundherum. Das Abenteuer einer Weltreise*, Berlin, Fischer, 1929 – Reinbek, Rowohlt, 1996. – *À travers le vaste monde*, traduit par D.-L. Miermont et I. Lacroix-Pozzi, Paris, Payot, 2006.

agent qu'ils purent convaincre de verser de généreuses avances dans l'espoir de bénéfices futurs. Le voyage, riche en escapades et en épisodes, leur fit rencontrer de nombreuses personnes célèbres, Emil Jannings, Ernst Lubitsch et Greta Garbo, et, finalement, l'aventure en contint une autre, celle de l'écriture. Erika non plus n'a pas échappé à la « malédiction familiale »[1].

> Après un voyage autour du monde qui me ruina sur le plan financier, je collaborai pour la première fois à un livre. [...] À partir de ce moment, mon destin fut scellé. Outre que le livre fut un succès, – je ne pus me dissimuler plus longtemps la joie maligne avec laquelle j'avais travaillé. Il est vrai que je continuai mes activités les plus diverses – faire du théâtre, piloter des voitures de course, fonder des cabarets, me marier et passer mon temps à voyager – et pourtant je sortais un livre après l'autre. Sur les conseils pressants de mes jeunes frères et sœurs, mon premier livre pour enfants parut en 1932. Plus tard, ce furent mes neveux qui, non sans fermeté, me firent un devoir d'écrire des livres pour la jeunesse [...][2].

Le voyage et l'écriture restèrent une constante dans la vie d'Erika Mann, dans laquelle s'interpénètrent le personnel et le professionnel, le privé et le politique. Ce qui commence comme un voyage autour du monde et le récit de celui-ci, se poursuit

1. Klaus Mann, *Der Wendepunkt. Ein Lebensbericht,* Munich, Spangenberg, 1976, p. 219. – *Le Tournant. Histoire d'une vie,* traduit par Nicole Roche, préface de J.-P. Palmier, Actes Sud, coll. « Babel », 2008.

2. Erika Mann, *Briefe I, op. cit.,* p. 15.

en exil. En conférencière itinérante, Erika parcourt toute l'Europe, se rend sur le théâtre des opérations de la guerre civile en Espagne, à Prague après l'Occupation, dans Londres bombardée par les Allemands. Elle voyage comme correspondante de guerre des forces armées américaines en France et en Égypte, en Palestine et au Proche-Orient, puis en Allemagne en 1945. Elle est la seule femme à obtenir l'autorisation d'entrer dans la prison de Mondorf-les-Bains où les principaux criminels de guerre attendent l'ouverture du procès de Nuremberg[1]. Elle fera aussi le compte rendu de ce voyage : pour des journaux et des radios, dans des conférences et des débats publics. Le voyage et l'écriture, qui façonnèrent l'existence d'Erika Mann et auxquels l'exil la condamna, correspondaient cependant à la force de sa personnalité.

Force qui provenait, entre autres, de sa capacité à se sentir partout chez elle et à reconstituer, à l'étranger, sur le mode scénique et verbal, ce qu'elle venait de vivre dans d'autres lieux. Elle saisit le Nouveau et l'Étranger en fonction de leur capacité à nourrir ses récits. Cette façon « d'être-au-monde » et « d'être-en-route », de nature pratique et professionnelle, devient en outre, à partir de 1933, une posture politique.

---

1. Cf. Irmela von der Lühe, « The Big 52 : Erika Manns Nürnberger Reportagen » (« The Big 52 : les reportages de Nürnberg d'Erika Mann ») dans Ulrike Weckel et Edgar Wolfrum [éd.], *Bestien und Befehlsempfänger. Frauen und Männer in NS-Prozessen nach 1945* (« Bêtes sauvages et exécutants. Femmes et hommes dans les procès contre les nazis après 1945 »), Göttingen, 2003, p. 25-37.

En 1932, deux événements furent significatifs et déterminants pour l'avenir professionnel et politique d'Erika Mann. En janvier, elle avait été invitée, comme récitante, à une rencontre pacifiste organisée par une « Ligue féminine internationale pour la Paix et la Liberté ». Si l'on en croit ses déclarations ultérieures, ce fut la première manifestation politique à laquelle elle participa. Il est probable qu'elle éveilla sa conscience politique, et l'excentrique fille de famille célèbre devint une opposante de Hitler et aux nazis. Des casseurs nationaux-socialistes ont en vain tenté de disperser la manifestation, et Erika Mann fut violemment attaquée dans le *Völkischer Beobachter* :

> En se produisant sur scène comme comédienne, Erika Mann qui, comme elle le prétendit, consacrait son art au salut de la paix, a ouvert un chapitre particulièrement répugnant. Éphèbe blasé dans son attitude et son comportement, elle déballa ses inepties délirantes sur « l'avenir allemand ». [...] Le chapitre « Famille Mann » devient un scandale qui gagne Munich et devra, à son heure, être liquidé[1].

Le deuxième épisode est lié au renforcement des « cercles aux idées national-socialistes » qui poussèrent l'intendance du *Weißenburger Theater* à résilier un contrat déjà signé. Erika Mann intenta un procès qui lui valut autant de plaisir que de publicité. Le *Weißenburger Theater* fut condamné à lui verser une

1. *Völkischer Beobachter,* 16 janvier 1932. Pour le détail, cf. Irmela von der Lühe, *Erika Mann. Eine Biographie, op. cit.*, p. 84 et suiv.

indemnisation dont il ne pouvait s'acquitter, et, lorsque l'huissier, sans attendre, saisit le magasin des accessoires, la représentation et le festival faillirent tomber à l'eau.

Le 1er janvier 1933, le cabaret d'Erika Mann, « Le moulin à poivre », ouvrait à Munich. Son « enfant chéri » – c'est ainsi qu'elle le nomma plus tard –, après une saison d'à peine deux mois à Munich, se produisit pendant deux ans et demi encore, en Suisse et dans les pays européens de l'exil[1]. Un cabaret où la politique et le théâtre, la satire, le divertissement et l'engagement contre les nazis ne faisaient qu'un et qui, dès le début de ses représentations en Europe, remporta un brillant succès auprès du public et des critiques. Therese Giehse et Magnus Henning, Sybille Schloß et Lotte Goslar faisaient partie de l'ensemble composé tout au plus de dix personnes, et dont Erika Mann était tout à la fois la directrice, l'organisatrice, l'auteure et chansonnière, la présentatrice et l'avocate dans la presse. Jusqu'à la fin février 1933, on joua à Munich, les représentations affichaient toutes complet, l'écho était grand, tout autant que le danger pour la troupe et pour la directrice. Erika Mann en faisait volontiers un récit qui n'était pas toujours conforme à la vérité :

1. Helga Keiser-Hayne, *Erika Mann und ihr politisches Kabarett* « Die Pfeffermühle » *1933-1937. Texte, Bilder, Hintergründe* (« Erika Mann et son cabaret politique "Le moulin à poivre" 1933-1937. Textes, Images, Décors »), Hambourg, Reinbek, 1995.

> Nous devions faire relâche en mars. Comme notre salle était devenue trop petite, nous étions convenus à Schwabing, avec le noble « Serenissimus », d'y faire des travaux. Le 1er avril, nous voulions rouvrir. Mais, après l'incendie du Reichstag, les premières arrestations avaient eu lieu. Plusieurs de nos amis étaient déjà internés dans des camps de concentration. Être encore libre relevait du miracle. Je suis allée voir le propriétaire du « Serenissimus » pour rompre notre contrat. L'homme était hors de lui. Politique ou pas, il était un ancien membre du Parti, et ses amis ne tolèreraient jamais que ses affaires subissent un tel préjudice. Notre salle serait protégée par les SA, et nous n'avions pas intérêt à rompre notre contrat, sinon il ferait en sorte que nous allions au trou [...] Je promis tout ce qu'il voulut –, et nous partîmes[1].

Le voyage commença donc d'abord par la Suisse où l'on rouvrit « Le moulin à poivre » le 1er octobre 1933. Des tournées suivirent en Tchécoslovaquie, en Hollande, en Belgique et au Luxembourg. « Toujours direct » et « purement littéraire » – c'est dans ce sens qu'Erika Mann avait modifié le principe satirique suprême du « Moulin à poivre ». À l'occasion d'un festival à Prague, elle exposa sa conception du cabaret :

> Avant tout, nous ne voulions pas être élitistes, – ne pas nous adresser exclusivement à ceux qui « savaient » déjà, mais intéresser un large public impartial, car il fallait que les paysans des plus petits villages suisses, et les vendeurs de cannes à pêche dans les lieux les plus

1. Erika Mann, *Briefe I, op. cit.*, p. 30.

> reculés de Hollande, haïssent la bêtise comme nous la haïssions; et parce que nous savions que cela ne servirait à rien de dire «s'il te plaît, il faut haïr la bêtise», – nous avons fabriqué un monstre, un spectre surdimensionné et puissant, qui dit des absurdités sur le mode héroïco-apocalyptique, comme nous sommes accoutumés à l'entendre parler de la bêtise [...][1].

En effet, la «bêtise» fut l'un des numéros les plus brillants de Therese Giehse. Dans une longue barboteuse rose, avec une perruque couleur paille qui lui descendait jusqu'aux épaules – mi-Lorelei, mi-ménade –, elle apparaissait en Germania: la bêtise personnifiée, si fière d'elle-même, à la filiation démoniaque et à la haine satanique de la raison. Elle est ravie de si bien savoir engluer le cerveau des gens («Je ronge la substance. Je vis de leur stupidité»), en particulier celui des puissants de ce monde, elle bondit de joie à la pensée qu'elle a gagné le combat («Les Seigneurs font tout ce que je veux / des folies dans des bains de sang. / Et leurs peuples se tiennent tranquilles. Car je suis toujours là.»[2]). Mais, horrifiée, il lui faut cependant finir par reconnaître que, victime de leur stupidité, elle doit sa perte à elle-même. Le discernement et la douce lumière de la raison apparaissent et dérobent son pouvoir à la bêtise mortelle.

Ce n'est pas un hasard si la deuxième partie du programme intitulé «Que des fariboles!» – repré-

1. Erika Mann, *Blitze überm Ozean. Aufsätze, Reden, Reportagen* («Éclairs sur l'Océan. Essais, discours, reportages»), Irmela von der Lühe et Uwe Naumann [éd.], Hambourg, Reinbek, 2000, p. 115.
2. Helga Keiser-Heyne, *op. cit.*, p. 107.

senté à Prague et en Bohême, à Amsterdam et au Luxembourg, eut tant de succès. « Le moulin à poivre » convoque sur la scène des personnages de contes populaires allemands, connus et appréciés : « le veinard » et « Lisette », « la sorcière » et la « petite sirène », « la femme du pêcheur » et le « Prince du pays du mensonge ». Dans la réécriture du conte de Grimm, Hans devient « l'heureux » émigrant à qui on prend son travail, son bien, ses droits de citoyen, sa patrie, son passeport et, pour finir, son visa de transit. La sorcière confie sa souffrance au public : il lui a toujours fallu payer pour le Mal et le malheur du monde, mais comme c'est bien, enfin « les Juifs [la] soulagent / d'une partie des injures et des plaintes[1] ».

À la fin, Erika Mann, en « beau prince », coiffée d'un chapeau d'aviateur, armée d'une cravache, revêtue d'un uniforme SS, chante le grand air du mensonge (« Qui une fois ment, n'est pas cru / qui toujours ment, sera cru »). Chez soi, dans le « Pays du mensonge », on n'a pas le droit de dire la vérité, l'Empire tout entier est « pris dans un magnifique filet de mensonges », on distribue des décorations « de fausse bravoure à l'éclat mensonger » : « Nous avons le droit d'assassiner nos ennemis »[2]. Comme dans les contes de fées, le Mal ne triomphe pas vraiment dans les anticontes d'Erika Mann. L'espoir subsiste et c'est dans la poésie et la chanson que la vérité finit par triompher, que le Bien l'emporte sur le Mal, la Raison sur la Bêtise, le besoin d'agir sur

1. *Ibid.*, p. 146.
2. *Ibid.*, p. 150.

la paresse humaine. Les visions d'un monde d'humanité et de noblesse, la certitude de s'éveiller bientôt d'un mauvais rêve, voilà ce qu'Erika Mann et son cabaret opposent à l'empire nazi dont la politique intérieure et extérieure est en train de se consolider.

Comme chacun sait, la satire vit de parodie, d'allusion, de persiflage exagéré et de montage de citations. Pris en étau entre les conditions de l'exil et les menaces d'expulsion, le numéro d'équilibriste entre le camouflage satirique et le divertissement devenait de plus en plus difficile. Comme pour le sketch en trois parties, composé avec Klaus Mann, intitulé « La Prophétesse »[1], un morceau de bravoure de « satire hitlérienne ». Madame Motzknödel (« boulette râleuse »), en apparence simple concierge, qui hait le progrès et la civilisation, ce « diable corruptif de l'intellect »[2] – qu'incarne à ses yeux le téléphone – remporte un triomphe terrible. Le monde ne sera guéri que lorsque cette invention non allemande sera éliminée. Frau Motzknödel prend le pouvoir, les téléphones et leurs utilisateurs finissent sur le bûcher. La souveraine, à l'intelligence minuscule et à la haine immense, s'adresse à la radio à ses sujets muets, enfin sans téléphone. Pour Thérèse Giehse, c'est de nouveau l'occasion de livrer un numéro plein d'éclat: déchaînée, glapissant et grimaçant avec vulgarité, elle imite et caricature sur tous les registres ce dont tous ont déjà fait l'expé-

1. *Ibid.*, p. 214-218.
2. *Ibid.*, p. 214.

rience, à leur poste de radio ou en personne, au palais des sports de Berlin, par exemple.

Le cabaret avait déjà plus de mille représentations à son actif lorsqu'en 1936 on décida d'aller chercher le succès à New York. Il n'y en eut aucun, et en plus, ce fut un vrai fiasco pour le public américain. Il est possible que celui-ci ait été peu porté sur la satire et la politique traitée au cabaret, ou peut-être cela tenait-il à la divergence entre le besoin de distraction des Américains, le *Show* et les *Girls* d'un côté, et cette forme spécifiquement européenne du théâtre politique, dans la tradition duquel s'inscrivait « Le moulin à poivre », de l'autre. En janvier 1937 – à peine trois ans plus tard – la troupe se dispersa, il n'y eut plus de « Moulin à poivre », l'exil en revanche était devenu un état durable.

En 1935, Erika Mann entama une deuxième carrière, après l'échec du « Moulin à poivre » : seule, elle parcourait le continent, donnant des conférences dans d'innombrables grandes, moyennes et petites villes d'Amérique. Dans des collèges et des universités populaires, elle parlait devant des clubs féminins et des associations juives de bienfaisance.

Parmi les émigrants, il s'agissait d'une activité très appréciée, pour laquelle on était sous contrat avec un agent qui négociait les tournées et les rendez-vous, et touchait cinquante pour cent des honoraires[1]. Comme

---

1. Pour les détails, cf. Irmela von der Lühe, *Erika Mann. Eine Biographie*, *op. cit.*, p. 208.

conférencière, Erika Mann devait donner, en soirée, de quatre à cinq conférences par semaine; une tournée durait en général de quatre à cinq mois. Il fallait être sans cesse sur les routes, voyager de façon ininterrompue et, avant tout, donner aux auditeurs l'impression que l'on était venu exprès pour eux. Les conférenciers étaient libres de choisir leurs thèmes, l'essentiel était de parler sans notes. Pour la comédienne expérimentée qu'était Erika Mann, cette profession s'avéra taillée sur mesure. Dans la presse de l'époque, les jugements sont unanimement positifs, parfois même enthousiastes. Klaus Mann qui, dans son roman *Le Volcan*, à travers le personnage de Marion von Kammer, livre un portrait de sa sœur, écrit dans son autobiographie *Le Tournant* :

> Elle excella toujours dans sa façon de s'adresser directement au public, de faire ses commentaires, de pimenter son discours d'anecdotes, de donner l'impression d'improviser ses causeries, alors qu'elle les préparait avec soin, de les rendre captivantes et convaincantes, en partie par son charme d'oratrice, en partie par la cohérence même de leur contenu. Erika devint l'une des conférencières les plus demandées du continent, parce qu'elle avait des choses à dire (*« She has a message ! »*) et qu'elle savait les faire entendre avec force et intensité (*« She has personality »*)[1].

De son côté, dans une lettre de mai 1937 adressée à sa mère, Erika Mann commentait sa nouvelle « profession » de manière un peu différente :

---

1. Klaus Mann, *Der Wendepunkt, op. cit.*, p. 411.

> À Cleveland, je parlai cinq fois en trois jours, ce qui – dans la mesure où je ne suis, comme chacun sait, ni aussi jeune ni aussi résistante que le cher Z. –, me conduisit au bord de l'effondrement. Surtout, il y avait un discours *improvisé* (en anglais !!!) entièrement « libre », « *about my father* », qui, rien que par sa folie aurait pu me coûter la vie. Mais, du reste, le séjour a été plutôt triomphal, et mes succès comme *speaker* numéro 1 s'accumulent. Ma façon un peu puérile de raconter de petites histoires et d'en tirer des enseignements compréhensibles par tout le monde séduit les Américains qui sont des gens simples, – et si je ne m'ennuyais pas un peu trop à errer en voiture, seule – et en petite femme courageuse –, dans ces petites villes désertes –, je pourrais certainement en vivre avec l'impression de ne pas le faire de façon inutile[1].

L'autodérision et la fausse naïveté caractérisent tout autant le style épistolaire et littéraire d'Erika Mann, que sa conception du journalisme politique. Les fatigues de la profession sont souvent le sujet d'anecdotes amusantes, les expériences de voyage constituent le cadre de l'information politique. Elle informait et faisait de la propagande, elle plaidait et mobilisait: pour le boycott des marchandises allemandes aux USA, pour les comités de soutien et les aides aux réfugiés. Erika Mann abordait des thèmes divers: la situation des femmes et des enfants en exil; les études des femmes dans l'Allemagne hitlérienne; l'école et l'éducation dans l'État national-socialiste;

---

1. Erika Mann, *Briefe I*, *op. cit.*, p. 120 et suiv.

le danger de guerre représenté par l'Allemagne national-socialiste; la vie quotidienne sous la croix gammée[1].

Depuis 1939 et tout au long de la guerre, elle parla d'expériences et d'événements vécus sur différents théâtres d'opérations en Europe et ailleurs. Ses efforts rhétoriques et argumentatifs étaient avant tout destinés à convaincre le public américain – les nombreux auditeurs et auditrices des petites ou grandes villes du middlewest – de la nécessité d'entrer en guerre. Les témoignages personnels de Londres sous les bombes – où elle séjourna plusieurs semaines en 1940 et 1941 – étaient au centre de ses conférences.

À partir de 1940, elle se met à travailler pour la radio, et collabore un temps avec l'antenne allemande de la BBC. Pour la « guerre d'éther » menée par les Alliés contre l'Allemagne, Erika Mann élabora son propre concept, semblable au principe de composition à la fois narratif et documentaire de ses livres: chaque émission de radio destinée à l'Allemagne devait être conçue en gardant à l'esprit le risque encouru par ceux qui, en Allemagne, écouteraient les « émetteurs ennemis ». Il aurait été irresponsable de produire des émissions ennuyeuses ou futiles. Dans un souci d'efficacité et de sécurité pour les auditeurs, il fallait circonscrire les informations diffusées sur les ondes anglaises aux nouvelles dont les sources n'étaient accessibles que de l'étranger.

---

1. Un choix représentatif d'essais, de discours et de reportages composés à ces occasions se trouve dans le volume: Erika Mann, *Blitze überm Ozean, op. cit.*

Des tableaux de genre de la Hofbräuhaus[1] de Munich seraient aussi déplacés et inefficaces que d'horribles descriptions des camps de concentration.

Il fallait – Erika Mann insistait sans cesse sur ce point – partir du principe que la majorité des auditeurs étaient de « bons nazis », c'est-à-dire de « bons Allemands », attachés à la patrie, et qui, à cause des conditions liées à la guerre, « maintenant plus que jamais », voulaient tenir bon. Mais, précisément à cause de ces conditions, ils étaient toujours plus irrités, mécontents, sans illusions, et de surcroît sous-alimentés et rendus sceptiques par la mort de maris, de pères et de fils. Il fallait tenir compte de cette ambiance et de cette situation matérielle en Allemagne, en particulier parmi les femmes. C'est de là qu'il fallait partir dans les émissions: des conditions de la vie quotidienne, rendues chaque jour plus difficiles par la guerre. Avant tout, il fallait éviter de diffuser des informations et des explications de politique générale qui ne provoqueraient que le rejet ou ne seraient pas prises au sérieux. Les programmes de la radio anglaise ne pourraient avoir d'effet que si on y glissait ce que les « bons nazis » découvraient au fur et à mesure. Ils se rendraient alors compte qu'ils étaient les seuls responsables de cette guerre, et donc de leur misère quotidienne.

Un commentaire du *Völkischer Beobachter* révèle à

---

1. Fondée au XVIe siècle, la *Hofbraühaus* est la plus grande brasserie de Munich. En 1920 s'y tint une réunion du Parti ouvrier allemand, au cours de laquelle Hitler fit voter le programme du futur Parti national-socialiste des travailleurs allemands.

quel point les émissions d'Erika Mann furent autant de coups portés au régime national-socialiste :

> Monsieur Duff Cooper s'est-il déjà abaissé jusqu'à Erika Mann ? Le choix de cette catin politique de la maison Mann parle mieux que tous les stupides mensonges qu'il débite chaque jour sur les antennes. Car là où le sel a perdu sa saveur, où la bêtise se marie aux immondices du caniveau, là apparaît ce fleuron qui a le droit de dire « père » à Thomas Mann, autrefois grande figure littéraire au caractère de crapule[1].

Lorsque fin octobre 1940, elle retourna pour la première fois en Amérique, le ministère de la propagande de Goebbels donna à la presse la directive suivante :

> Il faut exploiter le fait qu'Erika Mann se soit envolée d'Angleterre pour New York afin de montrer comment certains cercles, après avoir attisé la guerre contre l'Allemagne, l'ont propagée du côté anglais, et comment ces mêmes cercles ont ensuite cherché à disparaître en Amérique[2].

Les conférences, les émissions radiophoniques et les livres écrits durant l'exil américain d'Erika Mann sont de facture concrète et authentique, épisodique et documentée.

On met d'abord en évidence le particulier, de manière concrète et anecdotique, avant de conclure

---

1. *Völkischer Beobachter* du 8 octobre 1940, p. 2.
2. Willi Alfred Boelcke [éd.], *Kriegspropaganda 1939-1941. Geheime Ministerkonferenzen im Reichspropagandaministerium* (« Propagande de guerre 1939-1941. Conférences ministérielles secrètes au ministère de la Propagande du Reich »), Stuttgart, 1996, p. 554 et suiv.

sur le problème de fond qui est de nature politique. Les conclusions et les positions politiques sont suggérées, mais ne constituent pas le point de départ des différents textes. La comédienne, la chansonnière et l'auteure de livres pour enfants transparaissent de plus en plus dans ces principes journalistiques. La réalité de l'exil et les exigences du combat contre Hitler n'incitent pas Erika Mann à composer un opuscule, un essai ou des confessions, ni même une forme épique close sur elle-même, mais plutôt à raconter et rapporter des histoires quotidiennes, des anecdotes en partie plaisantes, en partie très sérieuses. Il en naît des histoires que la vie écrit : tristes mais non désespérées, touchantes mais non déprimantes, morales mais non dogmatiques.

« Émouvant » et « habile », tels étaient les termes employés par le frère d'Erika Mann pour qualifier le cycle d'histoires sur la vie quotidienne sous le « Troisième Reich ». Jugement autorisé de sa part car il connaissait un nombre non négligeable d'œuvres littéraires de l'émigration allemande : le regard « rivé sur l'Allemagne », on y décrivait la vie sous la dictature hitlérienne, ou plutôt la manière dont le pays s'acheminait vers la dictature. Il faut nommer le célèbre roman de Lion Feuchtwanger, *Die Geschwister Oppenheim* (« Les Oppenheim, frères et sœur »), paru dès 1933 ; *Eine Jüdin erlebt das neue Deutschland* de Lili Körber (1934, « La vie d'une Juive dans la nouvelle Allemagne »), *Nach Mitternacht* d'Irmgard Keun (1937, *Après minuit*), et la contribution de Klaus Mann lui-même au genre du roman allemand, *Mephisto* (1936, *Mephisto*). De même, les vingt-quatre scènes de *Furcht und Elend des 3. Reiches* de Bertold Brecht (1938, *Grand-peur et misère sous le Troisième Reich*) représentées pour la première fois pendant l'exil parisien; *Das siebte Kreuz* (1942, *La Septième Croix*) d'Anna Seghers; *Manja. Roman um fünf Kinder* (1938, « Manja. Un roman sur la vie de cinq enfants ») d'Anna Gmeyner, une étude de milieu, à la fois littéraire et métaphysique; enfin *Das Beil von Wandsbek* (1947, « La Hache de Wandsbeck ») d'Arnold Zweig. Dans ces textes littéraires, avec des moyens narratifs ou dramatiques très différents, les auteurs tentent de représenter la réalité quotidienne de l'Allemagne national-socialiste, et de découvrir les causes matérielles et les dispositions mentales dans lesquelles la population moyenne des années 1920 et 1930 s'est jetée dans les bras des nationaux-socialistes, ou a sous-estimé le danger qu'ils représentaient. Ce sont des tentatives littéraires pour aider à comprendre un événement politique et socio-psychologique, à y réfléchir – et ce, alors même que l'espoir naissant d'une fin rapide de la dictature était anéanti.

Dénoncer le caractère moralement blâmable du régime, démasquer la médiocrité humaine et intellectuelle de son chef et de ses partisans était un but politique, un défi esthétique, et souvent aussi la mission dans laquelle beaucoup d'auteurs et d'auteures en exil se sentaient engagés. Ils cherchaient ainsi à donner une voix à la littérature allemande de l'intérieur, condamnée au silence, et à maintenir le lien entre la littérature et la culture de langue allemande de l'émigration et de la non-émigration. Fondée sur une confiance partagée en une tradition allemande de spiritualité et d'humanité intacte, sur l'exigence, tout aussi compréhensible qu'impossible à honorer, de garantir, dans l'art et la littérature, un lieu de liberté et de dignité humaine, et contre les obstacles de l'existence en exil, est apparue, au-delà des œuvres évoquées, une littérature de l'exil de langue allemande, dont la redécouverte et l'exploration scientifique sont loin d'être achevées.

Presque soixante-cinq ans après sa publication aux États-Unis, le cycle d'histoires sur la vie quotidienne sous le « Troisième Reich » d'Erika Mann est, pour la première fois, disponible en allemand. Il se distingue des autres romans de la littérature d'exil à la fois par la date de sa conception et par son mode de narration. Dans leur majorité, les auteurs de l'exil se sont tournés vers d'autres thèmes et motifs, au plus tard à partir de 1938: l'expérience même de l'exil, le roman historique, la biographie littéraire. Erika Mann, en revanche – par son expérience du livre pour enfants et du cabaret, donc des petites formes épiques –, avait trouvé, avec son livre *Dix millions d'enfants nazis. L'éducation de la jeunesse sous le Troisième Reich* (1938, en allemand et en anglais[1]), une forme qu'elle affina et élargit avec *Les lumières qui s'éteignent*.

---

1. Erika Mann, *op. cit.*

À travers un cadre simple – un Américain visite le théâtre des événements et se trouve à la fin « par hasard » sur le même bateau de fugitifs que celui du protagoniste de la dernière histoire –, dix histoires sont reliées par un fil ténu. Le lieu est toujours le même : une ville universitaire catholique du sud de l'Allemagne, avec cathédrale et hôpital, commissariat et prison, usine et immeuble. Des ruelles pittoresques et une place du marché moyenâgeuse évoquent l'atmosphère de solidité bourgeoise ou d'aisance typique des petites villes. Le visiteur étranger est fasciné et parvient à la trop prompte supposition qu'en Allemagne tout va pour le mieux, et que, grâce à Hitler, la situation est idéale. Mais le charme romantique de la petite ville allemande est rompu par le claquement des bottes et les sons stridents des haut-parleurs. C'est à son statut d'étranger qu'il doit d'échapper à une contravention pour avoir manqué la retransmission officielle d'un discours de Hitler. Le doute qui naît dans l'esprit de l'étranger est confirmé au fil des récits. Il détermine aussi le point de vue de la narratrice qui, guide imaginaire et chroniqueur omniscient, permet au lecteur de jeter un regard à l'intérieur des maisons, dans les coulisses du quotidien soumis aux normes du régime.

L'unité thématique et la composition du cycle renvoient à un certain genre littéraire qui – depuis le XVIIIe siècle et, avec un déplacement d'accent, jusqu'au début du XXe siècle – jouissait d'une grande popularité aux États-Unis, la *small town literature* (« la littérature des petites villes »[1]) : par des scènes empreintes de nostalgie et des tableaux satiriques, la vie dans le middlewest et les petits centres urbains disséminés sont devenus des thèmes littéraires et scéniques. Les représentants les plus connus sont Edgar Lee Master, auteur de *Spoon River Anthology* (1915), *Winesburg, Ohio* (1919) de Sherwood Anderson, et, avant tout, *Main Street* (1920) de Sinclair Lewis. À ces deux derniers auteurs, Erika et Klaus Mann étaient liés depuis 1928[2].

Ces textes se situent entre l'expérience littéraire et l'étude sociologique : l'intérêt de leur contenu réside dans l'affrontement critique avec les conventions et les conflits de la vie quotidienne. « Middletown : une étude sur la culture américaine », tel est le titre de la première étude sociologique empirique de Helen M. Lynd et Robert S. Lynd, publiée en 1929[3]. Avec le sous-titre de l'édition américaine de son livre *Middletown – Nazi Version*, Erika Mann semble avoir établi un lien – sinon avec la sociologie – du moins

1. Ima Honaker Herron, *The Small Town in American Literature* (« La petite ville dans la littérature américaine »), New York, 1971. – Hans Bertens et Theo D'haen [éd.], *The Small Town in America. A Multidisciplinary Revisit* (« La petite ville en Amérique. Une relecture interdisciplinaire »), Amsterdam, 1995. En particulier l'essai de Dwight W. Hoover, « Social Science Looks at the American Small Town » (« Les sciences sociales appliquées à la petite ville américaine »), p. 19-29.

2. Cf. les extraits sur Sinclair Lewis et sa femme, la journaliste et spécialiste de l'Allemagne Dorothy Thompson, dans *Escape to Life. Deutsche Kultur im Exil*, Munich, 1991, p. 368 et suiv. – *Fuir pour vivre. La culture allemande en exil*, traduit par D.-L. Miermont, préface de Héribert Hoven, Autrement, coll. « Littérature », 1997.

3. Dwight W. Hoover, *Social Science*, *op. cit.*, p. 20 et suiv.

avec un sujet très populaire en son temps. Le livre, qui s'adressait à un public américain et non pas – comme la plupart des œuvres littéraires de l'exil – aux émigrants allemands, ne pouvait qu'en bénéficier. Dans un souci d'actualité et d'enseignement, Erika Mann exploitait un genre connu en Amérique. Elle évoluait en quelque sorte dans un modèle importé et expliquait, à l'aide d'un matériau vérifiable, le passage insidieux de la banalité du quotidien à la réalité de la vie dans un État totalitaire.

Erika Mann a pu s'inspirer, pour son cycle d'histoires, de la suite de scènes qui composent *Our Town* de Thornton Wilder. À Boston, en novembre 1939, le frère et la sœur avaient assisté à la représentation de cette pièce très populaire. Erika et Klaus Mann connaissaient bien l'auteur qui avait reçu le prix Pulitzer en 1938. Le premier chapitre du livre d'Erika s'intitule « Our City », et, de même que chez Thornton Wilder le régisseur éclaire le public par des retours en arrière explicatifs, de même la narratrice, dont le récit est traversé de commentaires, accompagne-t-elle le lecteur dans « Notre ville », en Allemagne du Sud. Par ses livres qui devaient contribuer à l'information politique du public américain, et contester l'isolationnisme de la politique extérieure américaine, Erika Mann établissait un lien, sur le plan de la forme et du fond, avec la littérature américaine contemporaine. Thornton Wilder interprète les situations fondamentales de la vie quotidienne de gens tout à fait normaux (l'amour, la maladie, la mort) comme les composantes d'un ordre universel dans lequel l'ordinaire a aussi sa place et sa valeur profonde. La *Middletown – Nazi Version*, qu'Erika Mann présente au public anglo-américain deux ans plus tard, illustre en revanche la menace qui pèse sur cette banalité, et sa perversion par la dictature et la barbarie.

Des références intertextuelles à la littérature américaine de « la petite ville » sont donc évidentes, et de surcroît corroborées par l'amitié du frère et de la sœur Mann avec Sinclair Lewis. Avec *Main Street* (1920), Lewis n'est pas seulement considéré comme l'un des fondateurs du nouveau genre; avec *It Can't Happen Here* (« Cela ne pourrait pas arriver ici »), son roman paru en 1935, il avait tenté d'ébranler la conviction américaine selon laquelle le fascisme serait un phénomène européen, en l'occurrence allemand. La même année que *Les lumières qui s'éteignent*, en 1940, paraît en Amérique le récit dialogué d'Erika Mann *Don't Make the Same Mistakes*[1] (« Ne commettez pas les mêmes erreurs »), qui redouble l'avertissement de Sinclair. Lors d'un voyage en train de plusieurs jours entre Chicago et Los Angeles, la narratrice a de longues et intenses conversations avec un jeune Américain cultivé qui défend avec cohérence son point de vue, « It can't happen here », mais auquel cependant, les arguments et les expériences de son interlocutrice font perdre son assu-

1. Erika Mann, « Don't Make the Same Mistakes », dans *Zero Hour. A Summons to the Free*, New York, 1940, p. 13-76.

rance. Avant tout, les adversaires se rejoignent dans la conclusion : en politique intérieure et encore moins en politique extérieure, il ne peut y avoir de véritable sécurité lorsque celle-ci reste l'unique but de l'action politique. La politique abordée sous forme dialoguée, et la politique comme thème des dialogues inspirent aussi le concept littéraire de ce récit que l'on peut considérer comme la suite du dernier chapitre des *Lumières qui s'éteignent*. Le recours à la fiction devient une arme du journalisme politique, et le simple récit de la banalité quotidienne, une clef pour comprendre des faits politiques complexes.

« Il y a quelque chose de complètement détraqué en Allemagne », ainsi commence le septième récit de *Quand les lumières s'éteignent*, qui traite du destin de trois hommes d'âges et de statuts sociaux différents. Deux d'entre eux, le jeune paysan et le jeune entrepreneur futé, fidèle au régime, qui a gagné pas mal d'argent en vendant des panneaux portant l'inscription « Il n'y a pas de Juifs ici », se trouvent en prison sous un prétexte banal, typique du système. Le paysan a agi contre le programme de reconstruction nationale en outrepassant l'interdiction de donner de l'orge aux poules, et le jeune entrepreneur a, en plaisantant, porté atteinte à l'honneur du Führer. Le troisième, le pasteur, le Dr Gebhardt, représente la résistance chrétienne. Après les pogromes du 9 novembre 1938, il prêche contre le régime, ce qui l'envoie en prison. L'histoire de son admirable salut se lit comme la transformation, dans la réalité politique, des légendes de martyrs chrétiens; ce n'est pas par hasard si Erika Mann, dans les annexes – dont les sources ont pu, en grande partie, être vérifiées – a, dans ce cas, recours à la fiction. Les lettres et les récits du pasteur Gebhardt ne se trouvent pas dans sa succession.

Esquisses de personnages, canevas d'intrigues et enchevêtrement de motifs sont presque constamment disposés de manière antithétique. À l'image de l'Américain qui, au début, voit les choses de manière positive, tous les autres « héros » sont des gens ordinaires. Par manque d'intérêt ou par opportunisme, par conviction ou par indifférence, ils sont favorables au régime national-socialiste.

S'il est vrai que Frau Murks peste contre les exercices de défense aérienne, elle reste cependant fidèle au Führer; si l'industriel Huber tient à épouser sa secrétaire, il ne passe pourtant pas à l'acte lorsqu'elle lui apprend qu'elle est « demi-juive ». Il se console en mangeant de la crème fraîche artificielle et en pensant à la prospérité de son entreprise qui produit des marchandises nécessaires à la guerre. Eberhardt, le poète qui chantait « le sang et le sol » relève trente-trois fautes grammaticales dans le discours du Führer et va en prison, bien que l'article en question n'ait pas été imprimé. Un jeune couple, tous deux nationaux-socialistes convaincus, est poussé au suicide parce que la jeune femme a passé quelques jours dans la clinique d'un médecin « libéral ». Bien qu'aucun diagnostic de grossesse n'ait été établi, l'absence de plusieurs jours a jeté la suspicion sur le couple accusé d'avoir eu recours à l'avortement. Le commerçant en produits coloniaux est contraint de trafiquer ses comptes pour respecter les normes de rentabilité, sans quoi il ne pourrait acquitter les impôts trop élevés. Et ce n'est que parce qu'il tolère la « relation » entre sa femme et le blockwart qu'il n'est pas dénoncé pour son escroquerie, nécessaire à sa survie.

Contre la calomnie et la dénonciation, il n'y a aucune protection dans la vie quotidienne du « Troisième Reich ». Au contraire, le régime est fondé sur l'opportunisme et la dénonciation, sur le carriérisme primitif et l'égoïsme mesquin (le Dr Killinger !). Le chaos programmé et les décrets insensés auxquels s'ajoute la préparation économique et psychologique à la guerre transforment des êtres non politiques, sinon en opposants convaincus au régime, du moins en contemporains maussades (et même, dans un cas, acculés à la folie et à la mort). La vie quotidienne en Allemagne – tel est le message implicite, illustré de diverses manières – ne rend pas les gens heureux ; la normalité sur commande a enlevé au quotidien sa vertu de quotidien. Dans des épisodes tirés de milieux différents, Erika Mann met en lumière la destruction par la dictature et la guerre de ce monde quotidien, dominé par l'aberration de l'idéologie raciste et l'absurdité d'une politique de l'espace vital agressive.

Toutefois, quelque chose semble faire obstacle à l'entière soumission des êtres au « rapport de forces », quelque chose au plus profond des individus ne peut être détruit par la terreur et la dictature. À aucun endroit du livre, ce n'est formulé de façon programmatique, aucun des dix récits ne l'affirme de manière moralisatrice. Et pourtant les partisans et les responsables du régime, qu'ils soient issus de la petite bourgeoisie ou de la bourgeoisie cultivée, n'ont pas perdu leur saine raison, et, pour la plupart d'entre eux, le sentiment de justice et de décence humaine n'est pas encore étouffé, bien au contraire: de façon discrète mais perceptible, Erika Mann attribue des traits subversifs ou rebelles à des scènes et à de nombreux personnages. Le jeune paysan, Xaver Weber, fait la connaissance, à la ville, d'une association d'ouvriers, le club clandestin des « Déclassés », et le marin Max Murks se rend à une réunion d'adversaires du nazisme. Dans les deux cas, les personnages sont vite rattrapés par le destin, l'un finit en prison, l'autre est abattu. Le soir de Noël, la terrible nouvelle est annoncée à la mère. Contre la perversion des traditions et des principes chrétiens de l'Occident, la conscience du chef de la Gestapo se révolte aussi : il ne se contente pas d'ignorer les instructions destinées à préparer et conduire le pogrome du 9 novembre, il prévient aussi les Juifs de la ville et, en leur procurant des passeports établis dans l'urgence, il leur permet d'émigrer. Toutefois, c'est en vain qu'il met en garde le médecin juif, le docteur Wolf ; qu'on lui fasse du mal, à lui « le Juif innocent », il ne peut et ne veut le croire.

> C'était un tableau étrange: le Juif exprimait sa foi inébranlable dans l'honnêteté de l'État national-socialiste, alors que le fonctionnaire de la Gestapo insistait sur la nécessité de se méfier sans réserve et de fuir sans délai.

C'est le bref commentaire de la narratrice qui illustre, par ce récit, la loyauté des Juifs allemands assimilés envers l'autorité, attestée de maintes façons dans l'histoire. L'action hautement politique de Franz Deiglmeyer ne vient pas d'une opposition de principe, c'est, aux yeux d'Erika Mann, l'effet d'une moralité et d'une conscience manifestement indestructibles, exacerbées par le régime, de façon isolée, même chez ses partisans et ses représentants.

Que le chef de la Gestapo soit contraint de payer son acte par la fuite en Suisse et – malgré les nombreuses protestations et les divers efforts déployés pour l'aider –, par son extradition vers l'Allemagne national-socialiste, n'a pas de quoi étonner; cela illustre la politique suisse de « neutralité », tôt fustigée par Erika Mann. Ce n'est bien sûr pas un hasard si, dans le cycle narratif d'Erika Mann, les représentants des élites de la ville – le chef de la Gestapo, le directeur de l'hôpital municipal, le professeur de droit criminel et le rédacteur littéraire – agissent, de manière ouverte ou clandestine, directe ou indirecte, pour contrer la bêtise et l'absence de conscience imposées par la force. Le juriste sympathisant du nationalisme allemand, au type « germanique » – comme le souligne avec insistance la narratrice – doit, il est vrai, sa carrière aux nazis, mais ne parvient toutefois pas à se faire aux principes véreux de « l'État völkisch », ni à la fonction du Führer qui se substitue au droit. Son cours, que les étudiants étonnés accueillent avec enthousiasme, se transforme en satire camouflée. Par un

« montage » de citations tirées du *Droit constitutionnel du Grand Empire allemand* de Ernst Rudolf Huber, fondamental à cette époque, mais avant tout par une casuistique, comique en situation (ne fût-ce que par ce qu'elle doit à la saine raison humaine), le professeur Habermann « démonte » la façon absurde dont les nationaux-socialistes comprennent le droit. Pas un seul mot de critique directe. Dans aucun autre extrait du livre, l'humeur railleuse de la chansonnière ne s'affiche de façon aussi évidente.

Le célèbre chirurgien et chef de clinique, le professeur Scherbach, dont sa ville natale est très fière, se transforme au contact de son milieu professionnel. Des expériences quotidiennes en font, sinon un critique, du moins un observateur sceptique, prêt à agir là où son éthique professionnelle le lui commande. Il s'indigne contre l'incompétence du nouveau personnel de l'hôpital et contre l'indifférence de ses collaborateurs ; et, quand il apprend les circonstances dans lesquelles s'est produite l'attaque cérébrale de Frau Murks, il lui administre la piqûre de la délivrance et recueille son second fils.

À travers le professeur Scherbach, Erika Mann fait le portrait même du savant, très doué dans les domaines professionnel et artistique, qui avait ainsi commenté l'arrivée au pouvoir de Hitler : « Un club de boules a changé de président, rien de plus. » Scherbach incarne le mélange très allemand de compétence professionnelle et d'érudit commerce avec l'art et, en quelque sorte, l'abstinence agressive de toute question et de toute responsabilité politiques. Mais, même ce type, sans conteste efficace, de la tradition bourgeoise allemande cultivée, n'est ni si borné ni si endurci qu'il reste impassible devant l'humanité moyenne déraisonnable et prête à employer la violence, quand il la rencontre dans son univers.

Plus les milieux et les niveaux de culture respectifs sont différents, plus les projets personnels et les objectifs professionnels sont hétérogènes : toutes les histoires du cycle narratif d'Erika Mann travaillent l'antithèse entre le bon sens et la barbarie national-socialiste. Elles montrent toutes que le régime se vide lui-même de sa substance en interdisant, à une population en majorité prête à s'adapter, de mener une vie normale et ordinaire. Trop de choses sont risibles et grotesques dans le quotidien du national-socialisme : la profusion des règlements contradictoires, l'incompétence manifeste des représentants par ailleurs fidèles à la ligne du Parti (l'assistant du médecin ou le chef du journal local), les raisons pour lesquelles on peut atterrir en prison. La « bêtise » – comme Erika Mann l'avait déjà caricaturée dans « Le moulin à poivre » – et, avec elle, la barbarie, sont arrivées au pouvoir avec Hitler. Lui-même et ses partisans sont, au mieux, de mauvais comédiens, des cabotins, mais en même temps, par leur brutalité primitive, ils sont une menace pour la civilisation dans son ensemble. Dans un communiqué de presse londonien d'octobre 1940, il est dit du livre d'Erika Mann : « *A terrifying book that furnishes proof*

– if proof still will be needed – that Nazism must be destroyed if Christian civilisation is to live[1]. »

Sans employer le ton de la révolte ni dénoncer avec indignation, Erika Mann juxtapose ses histoires. Elles racontent que l'on peut suivre et être complice, mais que, par une simple omission (le chef de la Gestapo et le pasteur) on peut aussi ne *pas* être complice. Aucune grandeur tragique n'émerge de ces deux attitudes. Il n'y a – hormis le Dr Gebhardt – aucun « héros » dans ce quotidien ordinaire allemand. Au lieu de cela, il y a l'expérience et l'espoir que, malgré l'obscurité qui s'est répandue en Allemagne depuis le début de la guerre, la lumière de l'humaine décence et de l'honnêteté morale n'est pas tout à fait éteinte. Dans cette mesure, le titre du livre et du dernier épisode est démenti par le récit du pasteur et par la plupart des autres histoires.

Dans une autre perspective, on peut voir que le cycle narratif d'Erika Mann, s'il ne les dément pas, au moins relativise les idées répandues et, de nos jours, volontiers formulées par une partie de la recherche historique et de l'opinion publique. C'est une thèse sans aucun doute pertinente, selon laquelle des hommes « tout à fait normaux » n'ont pas seulement « soutenu » le régime, mais ont aussi commis des crimes. Ce ne sont pas des monstres

---

1. Cf. « Our Booking Office », *Punch, or the London Charivari*, du 16 octobre 1940, p. 391. (« Un livre terrifiant qui fournit la preuve – s'il en fallait encore – que le nazisme doit être anéanti pour que vive la civilisation chrétienne. »)

humains ou des fous pathologiques, des figures diaboliques ou des anormaux qui ont agi, mais des Allemands moyens, par banale malignité, même si d'autres faisaient preuve de courage civique. Les histoires d'Erika Mann permettent d'avoir un aperçu des dispositions mentales d'une population moyenne qui ne se voyait destinée ni à l'une ni à l'autre, qui n'aspirait qu'à continuer sa vie de tous les jours. C'est à l'industriel Huber qu'Erika Mann attribue cette attitude :

> Herr Alfred Huber, l'industriel, était un citoyen typique de notre ville. Les autres étaient comme lui : déprimés et désorientés [...]. C'est le destin, pensaient-ils, notre destin, le destin de l'Allemagne. Ce n'est qu'en de rares moments de lucidité effrayante qu'ils se posaient des questions, et de leurs réponses, tout dépendait. Pourquoi, se demandaient-ils alors, *pourquoi* suivons-nous avec une obéissance aveugle un destin nommé Adolf Hitler ? *Pourquoi obéissons-nous ?* Mais comme aucune réponse ne venait, ils continuaient – pour l'instant – d'obéir.

De même, la conception répandue selon laquelle les Allemands – notamment à cause de la guerre, des bombes et des expulsions – seraient les premières victimes du régime national-socialiste, n'est pas confirmée dans le livre d'Erika Mann. Au lieu de cela, sous le coup de la guerre déclenchée par l'Allemagne national-socialiste, elle esquisse dans ses récits une galerie de portraits de cette Allemagne qui ne comprend ni de monstrueux criminels ni d'héroïques résistants, mais un large spectre social et moral nuancé de types ordinaires. Leur point commun est d'avoir du bon sens et de la conscience; leur foi chrétienne ou leur éthique professionnelle, leur sens des réalités ou leur amour de l'art et de la littérature, n'ont pu être corrompus par le pouvoir du régime totalitaire. C'est dans un tel plaidoyer pour la douce mais efficace lumière de la raison que la journaliste et écrivaine Erika Mann a vu sa mission, et c'est là aussi que nous pouvons cerner l'actualité et la signification durable de ses documents littéraires sur la vie quotidienne du « Troisième Reich ».

REMARQUES ÉDITORIALES

Le livre d'Erika Mann, *The Lights Go Down. Middletown – Nazi Version* parut en 1940 à la fois chez l'éditeur londonien Secker and Warburg et chez Farrar & Rinehart à New York. Le livre rédigé en allemand, a été traduit en anglais par l'écrivain Maurice Samuel (1895-1972), avec lequel Erika et Klaus Mann étaient amis ; le manuscrit original allemand doit être considéré comme perdu. La première édition dont nous disposons en allemand est ainsi une retraduction de l'anglais. Les illustrations de John O'Hara Cosgrave II proviennent de la première édition anglo-américaine. Certains chapitres du livre ont probablement été publiés entre 1941 et 1943, de manière irrégulière, sous forme de brochures en traduction française, sous le titre *Ténèbres sur l'Allemagne*, Lahore, *The Civil and Military Gazette* (Cf. les *Archives allemandes de la littérature d'exil 1933-1945* et la *Collection de littérature d'exil 1933-1945. Le Catalogue des livres et des brochures*, tome II, Stuttgart, Weimar, 2003, Nr. 9939).

À la fin de son livre, Erika Mann explique que l'ensemble des histoires et des événements qu'elle relate est fondé sur des faits. À l'exception de deux chapitres (« En souvenir d'un héros » et « Compagnons d'infortune »), elle a fourni, en annexes, comme preuve de cette affirmation, les sources, les documents justificatifs tirés des journaux de l'époque (par exemple la *Frankfurter Zeitung*), les feuilles national-socialistes (ainsi, *Das Schwarze Korps*).

Pour cette édition, toutes les indications ont été vérifiées; de vingt-huit références, seules huit n'ont pu l'être parce que les informations étaient incomplètes ou la source isolée. Dans tous les autres cas, le contenu de la source allemande du texte d'Erika Mann a été repris. Quelques fautes minimes commises par l'auteure (par exemple, les uniformes «bruns» des membres de la SS) ont été tacitement corrigées.

L'ambition d'Erika Mann, de restituer une image évocatrice de la vie quotidienne sous «le Troisième Reich», en se fondant sur des faits vérifiables (c'est-à-dire souvent les communiqués de la presse national-socialiste), n'exclut bien sûr pas certains cas pour lesquels l'auteure doit ses sources à des confidences privées et à des rencontres. Comme l'histoire du pasteur Gebhardt – racontée au chapitre 7 –, qui parvient à s'échapper de la prison de manière miraculeuse et à se mettre à l'abri en Suisse. Dans le dernier paragraphe du chapitre «Compagnons d'infortune», Erika Mann livre elle-même un indice qui identifie son héros. Il s'agit du Dr Kuno Fiedler (1875-1973), pasteur protestant et théologien combatif qui entretenait une correspondance avec Thomas Mann depuis 1915 (Cf. Extraits de l'«Échange épistolaire entre Thomas Mann et Bruno Fiedler», in *Blätter der Thomas Mann Gesellschaft*, Zürich, Cahiers 11 et 12, 1971/72, Hans Wysling [éd.]). En 1918, Fiedler a en effet baptisé la plus jeune des filles de Thomas Mann, Elisabeth, et l'écrivain y fait allusion dans le «Chant du petit enfant» (1919).

Le pamphlet paru en 1921, *Luthérianisme ou christianisme*, valut à Fiedler d'être exclu du service ecclésiastique; il travailla ensuite comme professeur en Thuringe, fut muté par mesure disciplinaire, puis licencié. Le 2 septembre 1936, il fut arrêté, le 19 septembre il put s'enfuir de la prison de Wurzbourg, et réussit à se réfugier en Suisse. Jusqu'en 1955 il fut pasteur à St. Antönien dans les Grisons.

C'est à Thomas et Katia Mann, chez qui il séjourna un certain temps à Küssnacht après s'être sauvé (Cf. Thomas Mann, *Journal 1935-1936*, Peter von Mendelssohn [éd.], Francfort-sur-le-Main, 1978, p. 371, ainsi que Heinrich Mann, *Correspondance*, Hans Wysling [éd.], Francfort-sur-le-Main, 1984, p. 244), qu'il aura fait un récit détaillé des circonstances dramatiques de son évasion, de ses épreuves en Allemagne, et des conditions de détention dans la prison de Wurzbourg.

On ne peut exclure qu'il y ait, pour d'autres histoires du livre d'Erika Mann, des modèles « réels » de ce type. En rechercher les traces aurait excédé les limites de cette édition.

La vérification des sources mentionnées par Erika Mann a été fastidieuse et souvent pénible. Mes collaboratrices de Göttingen – Kora Baumbach, Nadja Lux, Renate Namvar, Birte Werner et Insa Wilke – ont rempli cette tâche avec intuition et engagement, compétence et endurance. Qu'elles en soient ici remerciées de tout cœur.

Irmela von der LÜHE

Table

PAPIER À BASE DE FIBRES CERTIFIÉES

Le Livre de Poche s'engage pour l'environnement en réduisant l'empreinte carbone de ses livres. Celle de cet exemplaire est de : 350 g éq. CO_2
Rendez-vous sur www.livredepoche-durable.fr

Composition réalisée par NORD COMPO

Achevé d'imprimer en octobre 2012 en France par
CPI BRODARD ET TAUPIN
La Flèche (Sarthe)
N° d'impression : 70555
Dépôt légal 1re publication : novembre 2012
LIBRAIRIE GÉNÉRALE FRANÇAISE
31, rue de Fleurus – 75278 Paris Cedex 06

31/6931/5